ars vivendi
Krimi

Tessa Korber (Hrsg.)

Auf leisen Pfoten kommt der Tod

12 Katzenkrimis

ars vivendi

Originalausgabe

1. Auflage Oktober 2013

www.arsvivendi.com

Lektorat: Stephan Naguschewski
Satz: Mascha Kirchner, www.pflicht-kuer.de
Umschlaggestaltung: Caroline Orth, München,
unter Verwendung eines Bildes von
© Ingólfur Bjargmundsson / getty images
Druck: CPI Ebner & Spiegel, Ulm

Printed in Germany

ISBN 978-3-86913-273-0

Auf leisen Pfoten kommt der Tod

Schneekatzen

Augenlider mit Frost bedeckt
durchnässt das samtweiche Fell
Pfoten, so geschmeidig und lieblich
eingetaucht in kühlen, eisigen Winterpelz
Augen suchen angestrengt und eilig
nach dem sichersten Weg in den heimischen Garten.

Miriam Hännesgen

Inhalt

Vorwort

Ach ja, da liegen sie, meine beiden Schätze. Der kleine Tiger wuselt um meinen Fuß herum, um abwechselnd meinen großen Zeh abzuschlecken und herzlich hineinzubeißen. Das eine ist ihm so recht wie das andere. Alles ist Spiel. Paul, sechs Jahre, sechs Kilo, ruht hingegen ganz in sich selbst. Nachtschwarz und die Augen so grün wie der Farn, in dem er es sich bequem gemacht hat, beobachtet er alles ohne eine Regung.

Der Farn geht übrigens gerade ein. Nicht jedem bekommt es, von einer Fellkugel in Kleinkindgröße platt gedrückt zu werden. Ich genieße dieses Privileg zwar jede Nacht, bislang ohne gravierende Nebenwirkungen, auch wenn mein Arzt sagt, ich muss mehr für mein Iliosakralgelenk als für Paul tun. Aber ich bin hier ja auch nur die Autorin. Grünpflanzen sind nicht so hart im Nehmen; im Grunde alles Mimosen.

Wie auch immer, da liegen sie. Müssen keine Vorwörter schreiben, leben den puren Zen und blicken drein, dass man immer meint: Die wissen doch was.

Irgendetwas sehen sie, diese Katzenviecher, Fusselvliese, Teppichtiger, Dachhasen und Dosenöffnerdompteure, das uns Menschen zu begreifen verwehrt ist. Wer ihnen in die rätselhaften Augen schaut, traut ihnen alles zu: Gedankenlesen, Seelenwandern, Traumfangen. Sie existierten schon vor den Pyramiden. Nur einen Napf sauber ausfressen, das können sie nicht.

Natürlich haftet ihnen auch etwas Anrüchiges an, und ich meine jetzt nicht die Katzentoilette. Nicht umsonst haben sie auf den Scheiterhaufen mitgebrannt. Keine

Hexe kann ohne, auch Bond-Bösewichter profitieren von ihrer Aura; was ein aufrechter Psychopath sein will, krault am besten mit abgründigem Kichern eine Katze.

Und egal, ob so eine schwarze Katze von rechts nach links oder von links nach rechts geht, etwas Gutes kommt nie dabei heraus, vor allem, weil sie einem dabei immer direkt vor die Füße gerät. Bis man drauftritt und das Geschrei groß ist. Und dabei heißt es immer, so ein Tier habe Instinkte. Ich möchte ja niemanden desavouieren. Aber: Wenn Artjom mal wieder rückwärts vom Sofa fällt, schließe ich gnädig die Augen.

Manchmal sind sie ja auch genau so, wie die Dichter sie beschreiben: schön und elegant, ätherisch und seelenvoll, rätselhaft wie die Sphinx und immer ein wenig gefährlich. Genauso, wie auch gute Kriminalgeschichten sein sollten.

In denen Katzen nicht umsonst sehr häufig eine Rolle spielen. Es gibt kein Tier, das so oft dichterisch verarbeitet wird. Wäre es eine olympische Disziplin, sich in schriftstellerischen Werken herumzutreiben, Katzen wären Anwärter auf Gold in den Sparten Lyrik und Epik.

Darüber hinaus gibt es kein Tier, das geeigneter wäre, sich literarisch dem Verbrechen beizugesellen. Das wusste Agatha Christie so gut wie Alfred Hitchcock. Und wenn Raymond Chandler seinen einzelgängerischen Detektiven auch keine Katze an die Seite stellte: Es wäre allemal besser gewesen, er hätte es getan und die Herren hätten ihre Angorakatze gekrault anstatt immer wieder auf die katzenhaften Schönheiten hereinzufallen, die irgendwann unabwendbar in ihre einsamen Detektivbüros traten und schnurrten.

Sicher, der Hund ist Angestellter bei der Polizei. Und es gibt Schweine, die Rauschgift aufspüren. Aber haben sie die Tiefe, den Scharfsinn, den Facettenreichtum einer Katze? Schleichen sie so elegant durch unsere Ängste und Ahnungen? Sind sie geschmeidige Jäger im Dunkeln? Schöne Mörder und Schoßtier in Personalunion? Nimmermehr.

Und darum ist es die Katz und nicht der Schäferhund, der Papagei oder das Zwergnilpferd, das sich im Krimi tummelt.

Ich wünsche viel Vergnügen beim Lesen.

Tessa Korber
Nürnberg, im Herbst 2013

Jean Bagnol

Der Heiratsschwindler oder Darf's ein bisschen mehr sein?

Als Joseph »Joschi« Krüger das im altfränkischen Stil erbaute Herrenhaus zwischen Rotbuchen und Hibiskusbüschen auftauchen sah, wusste er sich seinem Ziel so nahe wie nie zuvor.

Das war Stil, das hatte Klasse! Er ließ sich im Taxi die Toreinfahrt hinauffahren, über den geschwungenen Kiesweg bis vor den Eingang des Hauses. Der Chauffeur war so beeindruckt wie Joschi selbst und verkündete den Fahrpreis – vierzehn Euro sechzig – mit einem anbiedernden Lächeln. Das verschwand allerdings rasch, als er das Wechselgeld bis auf den letzten Cent herausgeben musste.

Die Vorbereitungen für dieses Rendezvous – Friseur, Maniküre, Pediküre, Zahnpflege sowie die Renovierung seiner Garderobe – hatten Joschi Krügers Reserven aufgezehrt. Was er jetzt noch besaß, würde für das völlig überteuerte Abendessen draufgehen, zu dem er die junge Frau, die in dieser Villa lebte, eingeladen hatte.

Anna Müller.

Während der Taxifahrer mit einem zornigen Anfahren den geharkten Kies aufspritzen ließ, rückte Joschi Jackett und Krawatte zurecht und rief sich noch einmal alle Informationen ins Gedächtnis, die ihm Jimmy, ebenfalls im Heiratsschwindlergewerbe tätig, hatte geben können. Annas Vater, Anton, ein einfacher Metzgermeister, hatte es geschafft, eine deutschlandweite Fleischereikette aufzubauen. Seine Spezialität war die »Müllerwurst«, die es in jeden Imbiss schaffte. Geschickt investierte Anton Müller in Restaurants, Immobilien und Tierfutter, bis er, kurz bevor er die erste Milliarde erreichte, in seinem 500 SL bei Tempo hundertachtzig einen Herzinfarkt bekam. Seine Frau, die auf dem Beifahrersitz saß, zog mit ihm in den Metzgerhimmel ein. Seither bewohnte Anna allein die große, abgeschieden liegende Villa im Taunus, zusammen mit drei Katzen.

»Katzen?«, hatte Joschi seinen Kollegen Jimmy indigniert gefragt.

»Ich nehme an, sie haben Anna über den tragischen Verlust hinweggetröstet«, hatte Jimmy gemutmaßt.

Joschi entschied, dass diese haarenden Eckenpisser kein Hindernis darstellen sollten. Eine andere Frage interessierte ihn viel mehr.

»Also, diese Anna«, bohrte er bei Jimmy nach, »die ist jung, schön, reich und unbemannt. Warum hast du sie dir nicht längst gegriffen?«

Jimmy wand sich ein wenig, bevor er mit der Sprache rausrückte.

»Irgendetwas stimmt mit ihr nicht«, meinte er in vertraulichem Flüstern. »Es heißt, sie hätte so Vorlieben.«

Joschi war kein Mann für Andeutungen. »Was für Vorlieben?«

»Naja, so was mit Ketten und Peitschen. Du weißt schon, *Shades of Grey* und so.«

Nee, wusste Joschi nicht, er hatte es nicht so mit dem Lesen. War aber auch egal. »Peitscht sie oder will sie gepeitscht werden?« Das war für ihn die entscheidende Frage.

Aber das wusste der Jimmy auch nicht so genau. Es gebe Gerüchte. Was für Gerüchte? Von Galanen, die es bei Anna versucht hätten und dabei so verschreckt worden waren, dass man sie nie wieder gesehen habe. Das würde einem ja schon zu denken geben, hatte Jimmy gemeint.

Von wegen, hatte Joschi daraufhin geschlussfolgert, du hast sie nicht rumgekriegt. Das ist alles. Vermutlich hatte Anna diese Gerüchte selbst ein wenig angeheizt, um sich die Schmarotzer vom Leib zu halten. Als schöne, junge Millionärin konnte man gar nicht vorsichtig genug sein. Und dann hatte er sich selbst an Anna Müller rangemacht, während einer Tierschutzdemo mit dem geistreichen Titel »Alles für die Katz«. Mit dem Ergebnis, dass er Anna heute Abend zu einem schweineteuren Diner ins *Belle Époque* ausführen durfte, dem feinsten Restaurant von Wiesbaden. Und anschließend würde er sie flachlegen. Wenn er ihr dafür vorher den Hintern versohlen musste, sollte ihm das recht sein. Wäre natürlich nicht so schön, wenn Anna es umgekehrt haben wollte, aber verdammt, er war pleite. Und für ein paar Hundert Millionen würde er noch ganz andere Sachen mit sich machen lassen. Sobald die Heiratsurkunde unterschrieben wäre, hätte dieser Unsinn sowieso ein Ende.

Joschi packte den Blumenstrauß aus, den er für vierzehnfünfundneunzig am Bahnhof gekauft hatte, und drückte auf den Knopf der modernen Gegensprechanlage neben der alten Eichentür. Ein fernes, melodisches Glockenspiel erklang aus dem Haus, dann spürte er, dass die Kamera aktiviert wurde.

»Joseph! Sie sind es schon?«, ertönte Annas liebliche Stimme durch die Gegensprechanlage.

»Ich habe mich so sehr auf unseren Abend gefreut«, schnurrte Joschi zurück.

Er war natürlich mit voller Absicht eine halbe Stunde zu früh aufgekreuzt. Ein alter Trick. Auf diese Weise erwischte er die Frauen dabei, wie sie sich gerade zurechtmachten. Das verriet ihm meist schon, wie sie sich den Verlauf des Abends vorstellten. Bei Anna war es nicht anders.

Als sie die Tür öffnete, trug sie einen grün-seidenen Kimono, den sie mit der einen Hand zusammenhielt, und schwarze Seidenstrümpfe, sicherlich halterlos. Joschi war auf der Gewinnerstraße.

»Was für schöne Blumen«, rief sie und steckte ihre bezaubernde Nase in den Fünfzehneurostrauß.

Anna! Langes, volles, blondes Haar, ein Teint wie Sahne, Augen wie dunkler Waldhonig – und erst die rosigen, vollen Lippen. Unwillkürlich durchzuckte Joschi das Bild, wie sich diese wundervollen Lippen …

Als er ihr durch die Eingangshalle folgte und dabei ungeniert ihren Hintern unter dem dünnen Seidenstoff bewunderte, fragte er sich, ob er sie nicht vielleicht jetzt schon zu einem kleinen Geschmuse überreden sollte. Aber dann entschied er sich dagegen. Es war besser, kein Risiko einzugehen.

Vor der Treppe, die ins Obergeschoss führte, wandte sie sich zu ihm um.

»Geh doch in den Salon und nimm dir einen Aperitif«, sagte sie und wies zu der Doppeltür. Erfreut registrierte er, dass sie zum Du übergewechselt war. »Meine drei Lieblinge werden dir Gesellschaft leisten.«

Dann kam Anna ganz dicht an ihn heran und legte ihm die Hand auf die Brust, eine Geste, die unruhige Erregung in ihm weckte.

»Sie heißen Toffee, Mafalda und Arnie«, flüsterte sie ihm ins Ohr. »Sei nett zu ihnen, und sie sind nett zu dir.«

Sie schenkte Joschi ein verschwörerisches Lächeln und stieg die Treppe empor. Es waren tatsächlich Halterlose. Oh, diese Nacht würde ihn zu einem reichen Mann machen, wenn er sich bewährte. Aber das würde er: Darauf konnte er sich verlassen. Immer. Wenn er eine Frau einmal im Bett hatte, tat sie hinterher alles für ihn. Schon dass er ausgesprochen gut bestückt war, rief jedes Mal helles Entzücken hervor. Und außerdem kannte er auch den Unterschied zwischen Cunnilingus und Cumulus. Und er nahm sich Zeit, etwa so lange wie ein Mann braucht, um von 999 rückwärtszuzählen. Das reichte immer, bei 450, 420 hatte er sie meist so weit.

Dann entdeckte er die Viecher.

Die weiße Angora thronte auf einem Sessel, die Kaffeebraune hatte sich auf dem Teppich ausgestreckt, und die große Schwarze mit der weißen Schnauze hockte auf einem Sekretär. Ihr Schwanz zuckte leicht. Alle drei blickten ihm aufmerksam entgegen.

Joschi ging zur Bar, goss sich einen doppelten Whisky ein und setzte sich dann den Katzen gegenüber auf das Sofa. Während er trank, musterte er sie, so wie sie ihn beobachteten.

»Sobald ich hier eingezogen bin«, teilte er ihnen leise mit, »werdet ihr kleinen Stinker zu Hundefutter verarbeitet.«

Die weiße Mafalda gähnte herzhaft.

»Habt ihr das auch gehört?«, fragte sie dann.

»Mhm«, machte der braune Toffee vom Perserteppich her. »Der denkt wirklich, er könnte sich hier einnisten.«

»Wo sie diese Typen aber auch immer findet?«, sinnierte Mafalda.

»Jedenfalls nicht in der Frischeabteilung vom Supermarkt«, meldete sich Arnie sarkastisch vom Sekretär.

»Das stimmt«, gluckste Mafalda. »Bei dem hier ist das Verfallsdatum fast erreicht.«

»Erreicht?«, fragte Arnie herablassend. »Längst überschritten, würde ich sagen.«

Alle drei kicherten auf Katzenart, was sich wie ein helles, kehliges Girren anhörte.

»Wollt ihr mich anschleimen, ihr kleinen Scheißer?«, fragte der Mann.

»Seine Haare sind gefärbt«, konstatierte Toffee. »Und wenn mich nicht alles täuscht, ist da am Hinterkopf ein Haarteil eingesetzt.«

»Du kannst um die Ecke gucken?«, wunderte sich Mafalda.

»Nö, aber der da ist der Typ für frühe, runde, kahle Stellen am Hinterkopf.«

»Sieht echt unsexy aus.«

»Deswegen das Haarteil.«

»Das erinnert mich an Udo«, sagte Mafalda.

»Udo? Welcher war das?«, fragte Toffee.

»Dieser Dicke. Sah man aber nicht, weil er ein Korsett trug.«

»Wow, ja! Jetzt erinnere ich mich«, feixte Toffee. »War ne Supershow, als er die Hosen runterließ. Sah aus wie ne haarige Presswurst.«

»Und als Anna ihm dann sagte, dass er das doch nicht brauche. Weil sie ein kleines Bäuchlein so süß finde.« Selbst der zynische, schwarz-weiße Arnie musste grinsen.

»Und er dann das Ding aufmachte und der Wanst rausploppte!«

Wieder kicherten sie ausgelassen.

»Udo hat es ihr aber geglaubt.«

»Sie glauben Anna immer.«

»Bekloppte Viecher, haltet doch mal die Fresse.«

»Hey, schnuppert mal«, rief Arnie jetzt.

»Igitt, der raucht ja«, fiel es Mafalda auch auf.

»Der schwitzt Rauch aus«, merkte Toffee an. »Der hat keine Lunge, sondern einen Teerklumpen in der Brust.«

»Aber er hat sich mächtig Mühe gegeben, das zu verbergen: Nikotinflecken von den Fingern geschrubbt, Klamotten gelüftet und den Rachen ausgesprüht. Ist klar, was das heißt?«

»Er will nicht, dass Anna es me-heeerkt«, bestätigte Toffee. »Er weiß, dass sie das nicht ma-haaag.«

»Und das heißt«, schloss Mafalda, »dass er sie verarschen will.«

»Eieieiei«, machten alle drei und seufzten synchron.

»Das mögen wir aber gar nicht«, meinte Arnie.

»Was glotzt ihr mich so an, ihr Scheißer?«

»Und überhaupt, dieses Benehmen.« Die weiße Angora Mafalda erhob sich grazil von ihrem Sessel und sprang auf die Lehne.

»Der zieht den guten Whisky auch schön schnell weg«, konstatierte Toffee.

»Jetzt schenkt er sich noch einen nach. Bescheiden ist der nicht.«

»Ist ein Säufer«, stellte Arnie fest. »Schaut euch mal die Augen an.«

»Wahrscheinlich Leberzirrhose«, mutmaßte Toffee.

»Na, einen Organspenderausweis braucht der aber nicht mehr«, warf Arnie ein. Wieder kicherten sie alle drei.

»Blödes Gemaunze.«

»Aber guckt euch mal sein Gesicht an«, ließ Arnie sich jetzt vernehmen. »Diese kleinen geplatzten Äderchen unter der Haut. Der hat den Schinken aber auch immer mit Fettrand gegessen.«

»Das Herz?«, fragte Toffee.

»Hm«, machte Arnie. »Angina Pectoris. Verkalkung der Herzkranzgefäße. Zum Teil Veranlagung, hauptsächlich aber der ungesunde Lebenswandel.«

»Hach je«, seufzte Mafalda. »Meinst du, er wird die Aufregung überhaupt überstehen?«

»Na ja«, grinste Arnie so breit, wie ein Muskel-Kater nur grinsen konnte. »Irgendwie schon.«

Sie warfen sich alle drei auf den Rücken und rollten sich, weil sie sich vor Lachen nicht mehr halten konnten.

»Ich werde euch höchstpersönlich das Fell abziehen.«

»Achtung, da kommt Anna!«

»Nichts anmerken lassen. Benehmt euch wie richtige Katzen!«

»Sieht sie nicht wieder scharf aus?«, maunzte Toffee.

»Ist das ihr grünes Kleid?« Mafalda war leider völlig farbenblind und tippte wahllos eine Farbe.

»Ganz genau«, bestätigte ihr Arnie. Der zwar auch ziemlich farbenblind war, das aber nicht zugeben wollte. Also behauptete er immer irgendwas, und da Toffee nie widersprach, war davon auszugehen, dass es bei ihm nicht besser aussah.

»Los, wir schnurren ihr um die Beine.«

»Dem Stinker etwa auch?«

»Logisch, er soll doch nichts merken. Hopp, Mafalda, mach du das.«

»Auf keinen Fall! Das ist Polyester, ich ruinier mir nicht mein Fell!«

»Dann du, Toffee.«

»Vergiss es, ich werd dem Raucherbein doch nicht die Poren schlecken.«

»Na toll, muss ich also wieder ran. Beim Sokatzes! Das kostet euch nen Thunfisch, ich sag's euch.«

»Ach ihr Süßen«, rief Anna. »Ihr seid ja ganz aus dem Häuschen. Sind sie nicht reizend, Joseph?«

»Ich liebe sie alle drei jetzt schon.«

»Nun passt schön auf das Haus auf. Wir sind bald wieder da.«

»Is klar«, maunzte Arnie.

»Anna, du siehst traumhaft aus.«

»Ach Joseph, ich freue mich so, dass wir uns kennengelernt haben.«

Dann fiel die Tür hinter ihnen ins Schloss.

»Und was machen wir jetzt?«, fragte Toffee.

»Rumhängen, schlafen, lecken?«, schlug Arnie vor.

»Ich hab Hunger«, quengelte Mafalda.

Das Essen lag Joschi schwer im Magen. Blöder Franzosenfraß, dachte er, als er im Taxi mit Anna zurück zu ihr nach Hause fuhr. Portionen so groß wie Mäuseköttel auf einem Designerteller, der drei Schnitzel fassen würde. Da wurde ein Kerl nicht satt von! Also hatte er sich reichlich am Brot bedient und es in Olivenöl getunkt. Schließlich hatte er heute noch einiges zu leisten, und leider war die Ernährung bei ihm in der letzten Zeit ein wenig zu kurz gekommen. Irgendwann waren die Mäuseköttel in ihrer ganzen Anzahl zusammen mit dem olivenölgetränkten Brot doch noch zu einer richtigen Mahlzeit geworden, sodass er den letzten Gang kaum noch schaffte. Aber verdammt, er würde für diese Schweinerei sein letztes Geld hinlegen. Also stopfte er sich voll, so gut es ging. Und jetzt drückte der Gürtel. Da hatte selbst der Cognac zum Schluss nichts dran ändern können. Und als dann die Rechnung kam ...

Jetzt war Joschi wirklich pleite. Doch es hatte sich gelohnt. Anna war dahingeschmolzen an diesem Abend. Und als könnte sie seine Gedanken lesen, schmiegte sie sich jetzt im Taxi an ihn, legte ihren Kopf an seine Schulter und seufzte wohlig. Sie hatte ihm alles erzählt. Von der Armut ihrer Kindheit und wie sie früh von der Schule ging, um eine Lehre im väterlichen Betrieb zu machen, und mit ihren eigenen Händen Bratwürste füllte, Schweinefüße bürstete oder Rippchen hackte. Die Arbeit im eiskalten Kühlhaus, hinter dem Tresen oder die Buchhaltung bis spät in die Nacht.

»Ich bin wirklich nicht zwischen seidenen Kissen aufgewachsen«, hatte sie erklärt. »Ich weiß, wie Armut schmeckt. Und darum möchte ich, dass es meinen Liebsten immer gut geht.«

Ihren Liebsten! Joschi hätte sie küssen können für diese Worte. Aber er hatte nicht seine letzten Euros dafür hingelegt, dass sie hier einen auf keusches Gutmenschentum machten. Nie das Ziel aus den Augen verlieren, dachte er, als er Anna Kompliment über Kompliment verabreichte. Ihren Charme bewunderte, ihren Willen und – ja klar – ihre Intelligenz. Was man halt alles so redete. Ihre Einzigartigkeit, ihre Schönheit, ihr ... er wusste es selbst nicht mehr. In solchen Situationen funktionierte er wie ein Vollautomat. Brühen, zuckern, nachschenken. Obwohl er manches Mal den Eindruck hatte, dass das gar nicht nötig war. Alle Signale, die Anna ihm gab – die Berührung mit den Händen, die glutvollen Blicke, oder wenn sie sich mit den Fingern über den Hals strich –, deuteten darauf hin, dass sie längst bereit war, ihm ihre weichen, warmen, neureichen Schenkel zu öffnen. Das Einzige, was ihm ein wenig Sorgen bereitete, war das, was Jimmy »ihre Vorlieben« genannt hatte.

Er hatte sich vorsichtig an dieses Thema herangetastet. Ob sie spezielle Neigungen oder Hobbys habe? Vielleicht Pferde?

»Ach, eigentlich nur meine Katzen. Wieso?«

Ja ja, aber sie müsse doch auch Bedürfnisse haben.

»Sind wir denn nicht deswegen heute Abend hier?«, hatte sie mit einem Unterton geantwortet, der ihm direkt die Familienglocken zum Klingeln gebracht hatte. So hatte er bei dem affektierten Kellner rasch die horrende Rechnung beglichen. Mit einem Trinkgeld, das so gering war, dass der Blödmann wahrscheinlich noch seinen Enkeln davon erzählen würde. Aber nun saßen sie im Taxi. Anna warm und vor Lust duftend an ihn geschmiegt. Und er wusste immer noch nicht, was ihre verdammten »Vorlieben« waren.

»Kommst du mit rein?«, fragte sie mit kussfeuchtem Mund, als das Taxi in ihre Straße einbog.

»Und ob«, raunte Joschi an ihre weiche, glatte Wange.

Er gab dem Taxifahrer seinen letzten Zwanziger und verlangte nicht einmal mehr das Wechselgeld. Darauf kam es jetzt nicht mehr an.

Als sie die Tür aufschloss, drückte er sich von hinten an sie.

Sie kicherte und flüsterte: »Ich habe eine Überraschung für dich.«

»Wie schön«, gab er lächelnd zurück.

Und dachte dabei: Glaub bloß nicht, dass ich mir von dir irgendwelchen Blödsinn gefallen lasse. Ich mach hier nicht den Dressurwallach, den du mit der Gerte auf Trab bringst.

Aber im Grunde war Joschi sich sicher, dass sie nicht die aktive, sondern die passive Rolle spielen wollte. Kein Problem, das würde er hinkriegen. Wenn er nur erst mal den Gürtel los war, der drückte doch wirklich sehr. Vielleicht könnte er sie ja damit verhauen, dann hätten sie dieses Shades-of-Dingsda auch hinter sich.

Und dann Halleluja, dachte er, als er ihr ins Haus folgte.

»Da sind sie«, stellte Toffee fest.

»Wurde auch Zeit«, meinte Arnie.

Sie hatten ihre Posten im Salon bezogen und beobachteten nun durch die Doppeltür, wie Joschi sich in der Eingangshalle an Anna ranmachte. Die entzog sich seinen stürmischen Umarmungen mit einem gurrenden Lachen.

»Langsam, Geliebter«, sagte sie, »ich möchte es wirklich genießen.«

»Ja, das will ich auch«, erwiderte Joschi mit einem geilen Knurren in der Stimme.

»Donnerwetter«, konstatierte Mafalda, »der ist aber reif.«

»Ja, aber sie macht das nicht schlecht«, kommentierte Toffee. »Erst heiß machen, dann ausweichen, bis er nachkommt. Dieses ganze herrliche Hin und Her. Hey Süße, so haben wir es doch früher auch gemacht. War doch eine tolle Zeit, oder?«

»Ja, eine Superzeit«, erwiderte Mafalda lakonisch, »erst hast du dich von hinten auf mich draufgeworfen, ohne zu fragen, und dann durfte ich die Blagen austragen. Da hatte Monsieur seine Beteiligung an meinem dicken Bauch natürlich längst vergessen und leckte immer nur die Teller leer. Und als die Kleinen auf der Welt waren, hast du mir da auch nur einmal zur Seite gestanden?«

»Boah ey, das muss ja nun nicht sein. Bin ich echt nich begabt für.«

»Von wegen, ich hätte ein kleines bisschen Hilfe gut gebr...«

»Nun hört schon auf«, unterbrach Arnie sie. »Wenn Gottkater gewollt hätte, dass Kater Vaterzeit nehmen, dann hätte er es ja wohl gesagt. Schaut mal: Es geht in den nächsten Akt.«

Anna hatte Joschi die Hand an die Wange gelegt. »Mein Liebster, ich werde mir etwas Bequemes anziehen. Mach du doch schon mal alle Kerzen an und das Licht aus. Ich liebe Kerzenlicht.«

»Du sollst dein Kerzenlicht bekommen, du wunderbare Frau. Und alles, was du sonst noch willst.«

»Ich nehme dich beim Wort«, lachte Anna und eilte die Treppe empor. Joschi sah ihr nach und schnalzte mit der Zunge. Dann ging er fröhlich pfeifend und händereibend durch die Halle und entzündete die Kerzen in den schweren Leuchtern. Als er in den Salon kam und dort die Katzen erblickte, runzelte er die Stirn.

»Ihr Drecksviecher wollt uns doch wohl nicht etwa zuschauen?«, fragte er gehässig.

»Na, und ob«, meinte Toffee. »Von vorne, von hinten, ganz genau.«

»Was glaubt der denn, weswegen wir hier noch rumhängen?«, meinte Arnie. »Um uns sein Toupet anzuschauen?«

»Hey, ihr Paschas«, sagte Mafalda und witterte in Joschis Richtung. »Riecht ihr das? Da ist etwas Säuerliches in seinem Schweiß.«

»Das ist der Magen«, vermutete der gewöhnlich ungewöhnlich gut gebildete Arnie. »Kein Wunder bei den Schweinereien, die er in sich hineinstopft.«

»Der Magen ist also auch noch hinüber«, beschwerte Toffee sich. »Mann, funktioniert bei dem überhaupt noch irgendetwas?«

»Naja«, gab Mafalda zu bedenken, »diese Murmeln, die ihr nicht mehr habt, scheinen bei ihm noch gut in Schuss zu sein.«

»Pfff«, machte Toffee verächtlich.

»Werden völlig überschätzt«, urteilte Arnie.

»Stimmt. Und ich brauche nicht mehr mit dickem Bauch rumzulaufen und zwei absolut integrationsunwilligen, bumsfidelen ...«

»Achtung!«, rief Toffee. »Aufmarsch der Walküre.«

»Yeah«, meinte Arnie bewundernd. »Sie trägt ihren Kampfanzug.«

Unbemerkt von Joschi, der sich an der Bar zu schaffen machte, war Anna zurückgekommen und lehnte mit erhobenem Arm in lasziver Haltung am Türrahmen. Sie trug jetzt extrahohe High Heels zu den schwarzen Halterlosen. Ein rotschwarzes Korsett ließ ihren Unterleib frei und hob ihre bloßen Brüste wie zwei liebende Hände. Schwarze, ellenbogenlange Handschuhe mit offenen Fingern vervollständigten ihren »Kampfanzug«.

»Hi Joseph«, sagte sie mit einem weichen Raunen in der Stimme. »Kommst du mit spielen?«

Joschi traten fast die Augen aus den Höhlen, der Mund stand offen.

»Ich ...«, stotterte er, »ich ...«

»Ja, du«, sagte Anna verführerisch und winkte ihn mit einer Geste ihres Zeigefingers zu sich.

Joschi tappte auf sie zu, streckte die Arme aus, fast hatte er sie erreicht, da stoppte sie ihn mit der Hand auf seiner Brust.

»Zieh dich erst aus, mein Geliebter«, flüsterte sie, ließ ihre Hand langsam tiefer gleiten, griff in seinen Schritt und ...

»Hallo«, sagte sie erstaunt, »das ist aber mal ein Prachtkerl«, und begann ihn zu kraulen.

»Oooohh?«, machte Joschi.

»Oh Mann«, sagte Toffee. »Sie ist so gut.«

»Ich schätze«, ließ Mafalda sich vernehmen, »die Aktivität seines Großhirns ist mittlerweile auf fast null herabgesunken.«

»Mhm«, assistierte ihr Arnie, »akute Blutleere im Kopf. Wird alles da benötigt, wo sie ihn bearbeitet.«

»Nach dem zu urteilen, was Anna in der Hand hat, bleibt tatsächlich kein Blut fürs Gehirn mehr übrig«, gniggerte Mafalda.

»Das kannst du von hier sehen?«, zweifelte Toffee.

»Gleich könnt ihr euch selbst davon überzeugen.«

»Zieh dich aus«, wiederholte Anna, »und dann zeige ich dir, wie du mich beglücken kannst.«

Joschi begann, hastig sein Hemd aufzuknöpfen.

»Okay«, meinte Arnie, »ich glaube, es wird Zeit, dass wir unsere Plätze einnehmen.«

Während Joschi unter Annas begehrlichen Blicken Schuhe und Strümpfe auszog, huschten die drei Katzen zu einer unscheinbaren Tür auf der anderen Seite des Salons, in die eine diskrete Katzenklappe eingelassen war. Von dort gelangten sie in einen langen, dunklen Flur, dem sie um die Ecke herum folgten, bis sie an eine andere Tür und eine weitere Katzenklappe kamen. Nacheinander betraten sie nun das Heiligtum des Hauses und setzten sich nebeneinander an ihre gewohnten Plätze.

»Ich bin ja so aufgeregt«, sagte Mafalda.

»Ja, ja«, sinnierte Arnie, »der letzte Moment, bevor es losgeht und der Vorhang sich hebt. Bevor das Drama, das dem verehrten Publikum bisher gezeigt ward, seinem Höhepunkt entgegenstrebt und ...«

»Pscht! Da sind sie.«

Die Tür von der Haupthalle öffnete sich. Die Katzen sahen Anna rückwärts eintreten, dicht gefolgt von dem nackten Joschi, dessen Hände ihren blanken Hintern kneteten, während sie die Hand immer noch in seinem Schritt hatte und ihn wie an einer Leine mit sich zog. Die andere Hand hatte Anna ihm auf die Augen gelegt, sodass Joschi blind, nur geleitet von ihrem Hintern und ihrer aufreizend fordernden Hand, den weiten, hell erleuchteten Raum betrat. Er schien es nicht zu merken, dass seine nackten Füße auf glatten Fliesen liefen und dass die Temperatur in dem Raum deutlich niedriger war als im Rest des Hauses.

»Na, was habe ich gesagt?«, meinte Mafalda zufrieden.

»Das ist wirklich eine pralle Wurst«, bestätigte Arnie. »Erinnert mich an die Cadolzburger Thunfisch-Rinder-Wurst, die Annas Vater mal entwickelte. Ach, das war die Wurst meiner Jugend ...«

Anna führte Joschi mit süßem Flüstern zu einem merkwürdig geformten Tisch. Dann befahl sie: »Mach erst die Augen auf, wenn ich es dir sage«, und trat von ihm fort.

»Auch immer wieder eine schöne Szene«, schwärmte Arnie.

»Ja«, stimmte Mafalda ihm zu. »Der Moment, da der unschuldige Held im Begriff ist, die Wahrheit zu erkennen.«

»Das hat Tiefe, das hat Tragik«, dozierte Arnie weiter. »Dieser eine Augenblick öffnet eine Perspektive auf das Leben an sich, auf die Frage, wo in diesem Universum gleichzeitig Mozart und Miauzart in einem Parallelsein aus Kunst und …«

»Ist ja gut, Mann«, unterbrach Toffee leicht genervt.

»Banause«, murmelte Arnie.

»So mein Geliebter«, rief Anna nun, »jetzt kannst du die Augen aufmachen.«

Joschi hatte ein freudig-debiles Grinsen im Gesicht, als er die Augen öffnete. Das verlief sich allerdings, als er seine Umgebung erfasste: die blanken weißen Fliesen, der Edelstahltisch, die großen Ketten, die von der Decke herabhingen.

»Äh, was soll'n das?«, fragte er.

Dann fiel sein Blick auf die drei Katzen.

»Und was machen die hier?«

Er wandte sich zu Anna um, die hinter ihm stand. Dann weiteten sich seine Augen.

»Was …?«, fragte er grenzenlos verblüfft, »was hast du denn da?«

Anna schenkte ihm ihr allerschönstes Lächeln, als sie das Gerät auf seine Stirn richtete und mit zuckersüßer Stimme sagte:

»Das? Ach. Das ist ein Bolzenschussgerät!«

PLOPP!

»Plopp«, wiederholte Toffee hingerissen. »Ich liebe diesen Moment.«

Joschis Körper landete mit einem dumpfen Flatsch auf dem Boden.

»Hmrrrhmmm«, schnurrte Arnie, »ist echt der Höhepunkt.«

»Nur so schnell vorbei. Grad wenn's anfängt, Spaß zu machen.«

»Tja, ihr Paschas, ich könnte euch da auch was erzählen ...«

Anna summte vergnügt *Alles hat ein Ende, nur die Wurst hat zwei* vor sich hin, als sie die schwarzen, fingerfreien Handschuhe abstreifte und die Stilettos von sich kickte. Das Korsett behielt sie an, als sie einen weißen Schutzanzug aus dem Regal nahm und hineinstieg. Sie zog den Reißverschluss zu, stieg in die bereitstehenden Gummistiefel unterm Tisch und krempelte die raschelnden Plastikärmel hoch.

»An die Arbeit, an die Arbeit tralalalala, *jawoll, mein Schatz, es ist vorbei*«, sang sie leise, als sie die Ketten auf ihren Schienen heranzog, bis sie über Joschis Fußgelenken hingen.

»Wisst ihr noch, beim ersten Mal?«, fragte Toffee selig.

»Ja, da hatte sie die Sache noch nicht richtig durchgeplant«, antwortete Arnie. »Da musste sie ihn noch selber ausziehen. War furchtbar anstrengend.«

»So ist es natürlich viel einfacher, wenn die das selber machen«, stimmte Mafalda zu.

»Sie ist schon eine verdammt coole Braut, unsere Anna«, seufzte Toffee.

Anna hatte die Kette an Joschis Fußgelenken befestigt und begann nun, den Körper mittels eines Flaschenzuges nach oben zu ziehen.

»Und kräftig ist sie geworden«, konstatierte Toffee.

»Das muss sie auch sein«, bestätigte Mafalda, »als Metzgerin.«

»... *doch du musst nicht traurig sein, du bist ja nicht lang allein* ...«, sang Anna munter und schob mit dem Fuß eine Metallwanne unter den sanft vor sich hin baumelnden Joschi. Dann griff sie zu einem sichtlich oft benutzten Ausbeinmesser und öffnete mit zwei schnellen Schnitten die Halsschlagadern. Während das Blut in die Wanne plätscherte, legte sie sich ihr weiteres Werkzeug zurecht.

»Ach, ich mag es, wenn sie so fröhlich ist«, sagte Toffee.

»Unsere Anna braucht halt eine Aufgabe«, erklärte Mafalda. »Sie will sich nützlich machen.«

»Ja, das kann ich so gut verstehen«, meinte Toffee.

»Ach ja?«, fragten Mafalda und Arnie unisono.

Dann gniggerten sie wieder alle drei.

»Schön, schön«, sagte Arnie schließlich, »das war's. Der Teil, der jetzt kommt, ist ziemlich langweilig. Lasst uns ins Warme gehen.«

»... *nur die Wurst hat zwei* ...«

Während die elektrische Trennsäge aufkreischte, machten sich die drei Katzen auf den Weg in ihren gemütlichen Salon.

»Also, auf seine Lunge verzichte ich jedenfalls«, erklärte Arnie.

»Und die Leber können wir auch vergessen«, stimmte Toffee zu.

»Die Haut sollte ebenfalls weg«, meinte Mafalda und verzog ihr Näschen. »Ist ja ekelig, so ne alte Räucherpappe.«

»Schade«, seufzte Arnie, »ist diesmal nicht so ergiebig wie sonst. Darf ein bisschen mehr sein, das nächste Mal.«

»Ach«, beschwichtigte Toffee, »aus dem Rest kann sie uns ein schönes Ragout machen. Das hält ein paar Monate.«

»Wir könnten es mit Katzenminze würzen«, schlug Mafalda vor.

»Und mit Malzpaste, mmmm.« Toffee schleckte sich über das Mäulchen.

»Also ich hätte da noch ein schönes Rezept«, erklärte Mafalda, als sie nacheinander durch die Klappe in den Salon schlüpften.

»Ich wusste es«, stöhnte Arnie.

»Diese Feminatzin nu wieder«, beschwerte Toffee sich.

Mafalda richtete sich trotzig auf und rief: »Aber ich mag doch so gerne Kuttelnpastete!«

Nicola Förg
Die drei Musketiere

Flori, Fonsi und Fritzi saßen auf der Mauer. Sie blickten hinüber zu jenen Menschen, die alle einem Mann zuhörten, der ein Kleid trug. Sie betrachteten den Mann, der nun mit einer Klobürste wedelte. Nach und nach kamen andere Menschen und wedelten ebenfalls mit der Klobürste über einer großen braunen Kiste. Es gab viele Blumen auf der Kiste und rundherum, und manche der Anwesenden warfen auch mit Blumen und wedelten dann mit der Klobürste hinterher.

Flori, Fonsi und Fritzi saßen nachdenklich auf der Friedhofsmauer. Nicht, dass sie das zum ersten Mal gesehen hätten, aber dieses Mal war es so nah. So nah, dass eine Frau sogar zu ihnen »huschkuschkusch« hinaufgezischt hatte und dass sie abhauen mögen. Pietätlos sei das, hatte sie gezischt. Speziell Flori verstand das nun gar nicht. Er war schwarz gewandet und hatte einen weißen Kragen. Das hatte der Mann mit dem Kleid auch. Fonsi hatte graue Streifen an, so einen Mantel trug die Dame ganz links ebenfalls, und Fonsi hatte eindeutig eine bessere Figur. Und Fritzi, nun ja, Rot war vielleicht zur Stunde etwas unpassend, aber Fritzi hatte sein Outfit extra den ganzen Morgen gewaschen. Intensiv. Was er sonst selten tat.

Flori, Fonsi und Fritzi blieben trotz des Zischens, sie machten sich alle etwas flacher. Flori klappte die linke

Pfote ein, Fonsi die rechte und Fritzi alle beide, was ihm immer ein wenig das Aussehen einer Ente gab. Aber so waren sie doch pietätvoll-dezent und konnten weiter zusehen. Hannelore hatte einen Hut mit einem Schleier auf, den hatte sie die letzten beiden Male noch nicht getragen. Sie hatte bei den letzten beiden Malen aber auch keinen Arzt benötigt, dieses Mal ja. Er hatte eine Nadel in Hannelore gestochen, danach war sie sofort eingeschlafen. Am nächsten Tag hatte sie kleine rosafarbene Tabletten eingenommen, sie spuckte die aber nicht aus, wie das Flori, Fonsi und Fritzi taten, wenn es angeblich um die Entwurmung ihrer Astralkörper ging. Sie konnten selbst pulverisierte Tabletten aus dem Geleefutter extrahieren. Hannelore hatte das hingegen erst gar nicht versucht. Hannelores Schwester Edeltraut stützte Hannelore neben der braunen Kiste ab, Hannelore wankte und schwankte wie eine Zitterpappel, sie hatte auch an Gewicht verloren und war vorher schon nicht gerade stark gebaut gewesen.

Flori, Fonsi und Fritzi hatten Mitleid mit Hannelore. Dass sie dieses Mal aber auch so litt! So hatte sie eigentlich nur gelitten, als Ferdl überfahren worden war. Da war sie wochenlang wirklich gebrochen gewesen. Flori auch, er hatte seinen Bruder Ferdl ja ebenso geliebt! Bei Erwin war es für Hannelore nicht so schlimm gewesen. Fand zumindest Flori, der hier der Dienstälteste war. Vor zehn Jahren war er eingezogen, kurz darauf hatte er die beiden tiefen Risse in seinem linken Ohrwaschl bekommen, weil der dämliche Siamese des Nachbarn mit dem noch dämlicheren Namen Jackie Chan sich darin verbissen hatte. Damals, vor zehn Jahren, war Flori noch kein Jahr alt gewesen und hatte voll im Saft gestanden. Den Saft hatten sie dem Flori mit einer Freifahrt zu einer grauenvollen Frau mit einem großen roten V auf dem Haus dann letztlich auch genommen. Und fürderhin konnte er Erwins Gummistiefel nicht mehr markieren, die Autoreifen genauso wenig und Hannelores Regenjacke nicht. Und dann war Erwin plötzlich weg gewesen. Auch er war in so eine Kiste gepackt worden, die Menschen hatten etwas von »Herzinfarkt« und »nicht absehbar« gemurmelt, und Hannelore war traurig gewesen, ein halbes Jahr war sie wirklich ein wenig traurig gewesen. Das hatte Flori gespürt, wenn er nachts in ihrem Bett wegen ihres Weinens immer aus dem Schlaf und seinen Träumen von Wühlmäusen gerissen wurde.

Flori fand, das verging recht schnell, durch die Hintertür kam sehr bald Sepp, der Getränkefahrer, packte seine Kisten im Keller aus und brauchte dafür ungewöhnlich lange. Nach eineinhalb Jahren, wegen des Trauerjahrs und einer pietätvollen Zugabe, kam Sepp dann auch über die Vordertür. Und Flori flog raus. Flori, der Alleinherrscher im Haus, flog raus. Und warum? Weil Sepp Katzen hasste, weil er jedes Mal bei Katzenkontakt so drollig zu niesen begann. Und weil er dann mit seinen roten Augen wie ein Basset mit Augenentzündung aussah und zudem lustige Punkte bekam, die er sich nachts blutig kratzte. Da war das ein Baum von einem Kerl und so was von empfindlich! Sepp hätte ja gewollt, dass Flori ganz verschwinden müsse, da hatte sich Hannelore aber durchgesetzt und Flori im Gartenhaus einen alten Rattanstuhl mit Decken aufgebaut. Was für eine Schmach! Und im Winter war es arktisch, trotz Decken, und dieser

Sepp behauptete, Katzen mit Winterpelz würden nicht frieren. Woher wollte dieser Idiot denn wissen, ob er fror! Da Flori aber die Kunst des tragischen Schauens beherrschte und die Kunst des Heulens wie ein mondsüchtiger Wolf und weil Hannelore Nachbarn hatten, die genau das nicht hören wollten, ließ sie ihn rein, wenn Sepp nicht da war. Das Schlafzimmer blieb zwar zu, aber man konnte sich genüsslich im Teppich wälzen und schütteln, dass die Haare sich hinter den Büchern im Regal verkrochen. Und putzen konnte man sich wie wild und ein bisschen die Wohnzimmercouch mit dieser eleganten Bewegung aus dem Mundwinkel markieren. Wenn das Auto von Sepp vorfuhr, packte Hannelore Flori und setzte ihn hinaus.

Flori sah Sepp niesen, und der wurde immer asthmatischer, Flori hörte ihn häufig brüllen: »War das Scheißvieh im Haus?« Was Hannelore immer verneint hatte und darauf verwiesen, dass er ja auch auf Haselnüsse, Ananas, Thunfisch und Pollen allergisch sei. Und eines schönen Tages war er tot. Übel war ihm gewesen, erbrochen hatte er, was bei Menschen wirklich unschön aussah – und roch. Dann hatte er Sehstörungen, bekam akute Atemnot und der Puls wurde flach. »Anaphylaktischer Schock« hatte der Mann mit der braunen Tasche gesagt. Und der kreischend laute Wagen war dann abgedreht, dafür kam dann später ein rabenschwarzer Wagen, der brachte eine unförmige braune Kiste und holte sie auch wieder ab. Wie bei Erwin damals auch schon.

Flori war dann wieder auf der Friedhofsmauer gesessen und hatte den Mann mit Kleid und Klobürste beobachtet.

Da hatte er Fonsi und Fritzi kennengelernt, damals zwei erbärmlich aussehende und stinkende halbwüchsige Brüder, damals noch ohne Namen. Und ohne Zuhause. Und weil er an dem Tag doch ein wenig melancholisch war, da Hannelore schon wieder so viel weinte, lud er die zwei zum Essen ein. Das ging ein paar Tage so, bis Hannelore entsetzt über den Schnupfen der Brüder und deren wund gekratzte Ohren und Durchfall dann beschloss, mit den Brüdern zu der Frau mit dem V zu fahren. Die Jungs wurden generalsaniert gegen Katzenschnupfen, Ohrmilben und Dünnpfiff. Sie erholten sich prächtig, bekamen die Namen Fonsi und Fritzi und Flori die Aufgabe, zwei so junge Katerdeppen zu erziehen. Aber die beiden taten Hannelore gut, sie lachte wieder, wenn sie rauften, sich auf die Nasen hieben, wenn sie Weinkorken jagten und dann erschöpft Arsch an Arsch einschliefen. Sie wurden dann auch enteiert, und das ergab ein prima Trio. Oder Quartett. Hannelore unter der Decke, Fonsi im Fußraum, Fritzi im Nacken und Flori seitlich in stattlicher Länge ausgebreitet.

Für Flori, Fonsi und Fritzi hätte alles so bleiben können, aber Hannelore musste ja auf Zuraten ihrer Schwester so eine komische Maschine kaufen, die man aufklappen konnte, und dann ganze Abende in Chatrooms verbringen, wie Hannelore das nannte. Was immer das war. Jedenfalls brachte es dem Quartett Ludger ein. Wenn einer schon Ludger hieß! Und als hätte sie da ein Händchen, war der auch wieder so eine störungsanfällige Fehlkonstruktion, die nieste und schnupfte. Und weil Hannelore sich wohl tief drinnen doch ein wenig die Schuld gab für das Ableben von Sepp – hatte sie den allergenen Flori doch immer eingelassen – war nun Ende im Gelände. Keine Katzen im Haus. Im Schuppen gab es zwar mehr Decken und einen neuen Kratzbaum, und es wurde besseres Futter ausgegeben, aber so leicht ist Katz nicht manipulierbar! Aus der Erfahrung mit Sepp zog Flori sein Team zusammen und instruierte es sorgfältig. Menschen waren nun einmal faul und verplant. Da stand eben doch mal eine Türe offen: rein, wälzen, schütteln, lecken. Da war ein Fenster zum Lüften weit geöffnet: rein, wälzen, schütteln, lecken. Da wartete der Korb mit der frischen Bettwäsche: großartig! Rein, wälzen, schütteln, lecken. Es war zugegeben etwas anstrengend, immer so auf dem Sprung zu sein, aber für ein höheres Ziel mussten Opfer gebracht werden.

Flori, Fonsi und Fritzi wussten, dass Ludgers Luftröhre von Eisenklammern umschlossen war, seine Bronchien wurden immer desolater. Das Trio wurde immer besser, im Einschleichen-ins-Haus und im Sich-Verpissen und In-den-Schuppen-Zurücksausen. Darin, dort dann ganz unauffällig zu liegen und gelangweilt ein Auge zu öffnen, wo der Puls eigentlich raste. Aber das bemerkte Hannelore nicht, weil sie es nicht bemerken wollte. Ludger jedoch war zäh, zäher als geglaubt. Es ging auf den Winter zu, langsam musste was passieren. Was es dann tat. Er brach endlich doch an seinem Asthma. Flori, Fonsi und Fritzi hingegen atmeten auf. Es war immerhin schon November, und die letzten Nächte waren bereits sehr ungemütlich gewesen. Dass Hannelore nun so traurig war, nun, das musste man als Kollateralschaden eben hinnehmen. Sie drei würden ja alles tun, um Hannelore zu trösten.

Flori, Fonsi und Fritzi lagen immer noch entspannt auf der Friedhofsmauer an diesem milden Spätherbsttag. Ein schöner Tag zum Beerdigen. Die Frau, die vorher so gezischt hatte, sagte gerade zur Schwester: »Nun verliert sie den zweiten Mann wegen Atemproblemen. Tragisch. Sonst kriegen's doch eher Krebs. Jetzt ist sie wieder allein.« Na, allein war sie ja nicht, hatte sie doch Flori, Fonsi und Fritzi. Die Schwester zischte nun auch: »Besser allein als nochmals so eine Trauerfeier. Das steht sie nicht mehr durch.«

Flori, Fonsi und Fritzi hörten das nur zu gerne. Und es blieb dabei. Hannelore erholte sich, sie fuhr nach Spanien in Urlaub, die Schwester hatte die Aufgabe, die Kater zu füttern. Und wie Flori, Fonsi und Fritzi so fraßen, sagte sie: »Na ihr Felldeppen, jetzt habt ihr euer Frauchen wieder für euch.« Und die Felldeppen Flori, Fonsi und Fritzi streckten sich, schauten huldvoll und legten sich ins Bett. So ganz recht hatte die Schwester allerdings leider nicht behalten: Als Hannelore wieder kam, währte die Freude nur kurz. Natürlich umstrichen die drei Hannelores Beine, und sie spürten, dass Hannelore irgendwie unter Strom stand. Sie sah immer wieder zu ihrem Auto. Sie hatte doch nicht? Hatte sie nun einen feurigen Spanier mitgebracht? War alles umsonst gewesen? Hannelore streichelte ihre Kater und murmelte etwas davon, dass man sich doch bestimmt verstehen könne. Und dann ging sie aufs Auto zu. Stieg nun Pedro – oder wie feurige Spanier so hießen – aus? Aus stieg etwas Beiges, sie hatte einen Hund aus der Tötungsstation mitgebracht. Einen Hund! Ein Tier, das nicht auf ein Katzenklo gehen konnte, das man zum Scheißen hinausführen musste und das wie bekloppt mit dem Schwanz wedelte. Das war der Supergau! Wie war denn so etwas elegant zu eliminieren?

Flori, Fonsi und Fritzi saßen auf der Mauer, auf der Friedhofsmauer. Ein inspirierender Ort. Sie würden hier nachdenken müssen, denn Katzenhaarallergiker war der kläffende Spanier leider nicht.

Uwe Gardein
Kater Kaspar und die Fliegen

Herr Kammerer stieg aus dem Linienbus und lief durch die Gartenanlage am Stadtrand. Seine Wohnung befand sich in einem Haus fast direkt am Wald. Er wechselte die Straßenseite, denn er wollte sich nicht wieder von dem Hund seines Nachbarn angiften lassen. Herr Kammerer und der Nachbar pflegten sich ihre gegenseitige Verachtung durch Gesten zu zeigen. Diesmal schwieg der Kläffer. Vor dem Haus stand ein Polizeiwagen. Nach zweihundert Metern konnte Herr Kammerer endlich die Tür aufsperren. Er eilte die Treppe hinauf, denn seine Katzen erwarteten ihr zweites Frühstück.

Pechschwarz war er, der Kater Kaspar, und wer an Hexen glaubt, dem hätten seine großen Augen Furcht eingeflößt, wenn er unbeweglich auf der Schulter seines menschlichen Dieners saß. Aber eigentlich ließ er sich nur deshalb gerne tragen, weil er dadurch Kraft sparte. Kater Kaspar war ein Philosoph, und der erste Artikel in seinen Grundsätzen lautete: Tue nichts. Sein zweiter Grundsatz hieß: Ich fresse, also bin ich. Mehr Weisheiten brauchte er nicht. Einige Dinge hatte die menschliche Dienerschaft zu beachten, wenn sie ihm nicht die Laune verderben wollte. Am Morgen und am Abend sowie in der Mittagsstunde und zur Teezeit hatte das Katzenklo sauber zu sein. Nicht einfach nur befreit vom Kot und Urin der Kätzinnen, sondern ausgewischt und mit frischem Sand versehen. Es musste dieser feine Sand sein, der sich so herrlich durch die Luke hinauswerfen ließ, damit die menschliche Dienerschaft etwas zum Auffegen hatte. Grundsätzlich verboten war es den beiden Kätzinnen, sich in der Nähe des Katzenklos aufzuhalten, wenn Kater Kaspar sein Geschäft erledigen musste. Deshalb wurde das von ihm auch vorher mit drei kräftigen Schreien angekündigt. Nachdem er sein Geschäft am Morgen erledigt hatte, musste neben dem alten Kleiderschrank ein Stuhl stehen, von dem aus er hinaufspringen konnte, um sich auf dem Dach des Schranks sein Vormittagsschläfchen zu gönnen. Wurde das vergessen, kletterte er umständlich durch das Bücherregal hinauf. Dabei vergaß er nie, um seinen Unmut zu zeigen, den Goethe vom letzten Regal aus auf den Fußboden zu werfen. Merkwürdigerweise war es immer der Faust, den er zu Boden schleuderte. Seine Hauptspeisung erwartete er beharrlich zur frühen Mittagsstunde, wenn die nahe Kirche ihr Geläut beendet hatte. Wobei sein Napf deutlich entfernt von denen der Kätzinnen stehen musste. Vor ihren Näpfen hielt er kurz an, nahm ein wenig Geruch auf, schüttelte angewidert den Kopf und spazierte zu seinem Platz. Er fraß gemütlich, ließ stets etwas zurück, schlabberte Wasser nach, dann ging er und setzte sich auf den Teppich, um nachzudenken. Wenn er genug nachgedacht hatte, nahm er seinen Lieblingsplatz ins Visier.

Um sein Wohlbefinden vollkommen zu machen, hatten zwei bis drei Zeitungsseiten auf dem Fensterbrett zu liegen, und der Fensterrahmen musste gekippt sein, weil er ab und zu seine Nase in den Luftstrom halten wollte. Was draußen vor dem Haus und auf der Wiese passierte, das interessierte ihn eigentlich so gut wie gar nicht. Vorbeifliegende Vögel ödeten ihn geradezu an, und weshalb der Nachbarhund ständig bellte, war ihm vollkommen unerklärlich. Besonders sein Herumgerenne blieb ihm ein ewiges Rätsel. Die letzten Tage hatte er ihn allerdings nicht mehr gesehen. Er machte es sich auf seiner Zeitung kommod, legte den großen Kopf auf eine Pfote und wartete auf Morpheus. Nun ergab es sich aber immer wieder einmal, dass eine der Kätzinnen auf die Schauspiele vor dem Fenster anders reagierte, als er es tat. Dann sprang sie direkt vom Boden an das Fenster, um eine Krähe zu beobachten, Tauben anzustarren, Wespen mit Blicken zu töten oder sich mit schräg gelegtem Kopf einer Biene zu widmen. Kater Kaspar nahm das, bis zu einem bestimmten Grad der Belästigung, mit einem kurzen Augenaufschlag zur Kenntnis. Helene war seine Schwester, und er mochte sie nicht. Oder noch deutlicher gesagt, er konnte sie nicht ausstehen. In seiner Nähe duldete er sie nur, wenn ihn sein Tag völlig erschöpft hatte oder wenn er schlief. An seinem Fenster war die Sache immer recht schnell erledigt. Helene bekam einen ordentlichen Hieb auf die Nase, dann floh sie schreiend in ihr Versteck, und Kater Kaspar machte es sich wieder gemütlich. Das war die harmlose Variante. Wurde er richtig wütend, dann jagte er Helene durch die Wohnung und die menschliche Dienerschaft musste eingreifen. Nun wäre es einfach zu sagen, Kater Kaspar war ein Tyrann und Macho, doch das wäre ihm gegenüber nicht fair, denn Helene konnte durchaus auch zickig sein. Sie fraß nur eine bestimmte Sorte Futter, es sei denn, es ergab sich die Gelegenheit, Kater Kaspar etwas aus seinem Napf zu stibitzen. Bekam sie das gleiche Futter in ihren Napf, um keinen Streit zu provozieren, fraß sie es nicht. Besonders hinterlistig verhielt sie sich gegenüber Liesbeth, die von Geburt an blind war. Eine sehr fröhliche Katze, wenn man das von einem Tier sagen darf. Sie war ganz weiß, mit einem schwarzen Schwanz und weißer Spitze. Man durfte in der Wohnung keine Möbel verrücken, weil sie sich sonst den Kopf stieß. Helene, eine Schildpattkatze, machte sich einen Spaß daraus, Liesbeth zu ärgern. Sie lauerte hinter Regalen, um plötzlich zuzuschlagen, oder sie schlich sich von der Seite an und biss Liesbeth in den Schwanz. Da Kater Kaspar mit Liesbeth gut auskam, ohne dass er ihr etwas von seiner Wohnung abgab, könnte man auf die Idee verfallen, dass er an Helene Rache übte, weil sie die blinde Liesbeth traktierte. Aber das wäre wohl zu menschlich gedacht.

Wenn er lang gestreckt neben dem Menschen lag, dann reichte sein Körper vom Lendenwirbel bis zur Ferse seines Dieners. So schlief er jede Nacht. Helene blieb im Schaukelstuhl und Liesbeth auf einem Kissen der Couch. Bevor Herr Kammerer sich am Morgen erhob, lag Kater Kaspar bereits auf dem Kleiderschrank. Diese Zeit nutzten die Katzen, um nacheinander ein wenig Bettwärme zu erhaschen.

An einem Sonnentag im Juli lag Kater Kaspar auf einigen neuen Seiten der *Süddeutschen Zeitung* und döste vor sich hin, während Herr Kammerer im Schaukelstuhl saß und in einem Buch las. Der dachte daran, dass er als junger Bursche tatsächlich geglaubt hatte, die Englischvokabeln würden in der Nacht in seinen Kopf strömen, wenn er das Buch unter sein Kopfkissen legte. Kater Kaspar streckte sich aus und ließ sich von der Sonne bescheinen, schlief dann ein, und nur an dem leichten Auf und Ab seiner Atmung war zu erkennen, dass er noch lebte. Der menschliche Diener hörte die Fliege bereits brummen, bevor sie durch den Schlitz des Kippfensters in das Wohnzimmer eindrang. Dort summte sie die Scheibe hoch und runter, da war es nur eine Frage der Zeit, bis Kater Kaspar unwirsch auf diesen Störenfried reagieren würde.

Die Fliege am Fenster führte dazu, dass Helene vom Esstisch hinüberstarrte und Liesbeth auf der Couch die Ohren spitzte. Als Kater Kaspar der Fliegenlärm zu viel wurde, öffnete er ein Auge. Sonst passierte nichts weiter. Herr Kammerer ließ sein Buch sinken und wartete auf das, was nun passieren würde. Die Fliege sauste zur Decke hinauf und machte Kater Kaspar eine lange Nase. Kurz darauf klebte sie wieder am Fenster. Die Fliege wurde dem Kater aber immer lästiger. Wenn er wieder seinen Schlaf finden wollte, musste er etwas unternehmen. Er raffte sich auf, setzte sich und betrachtete die Fliege, wie sie die Scheibe entlanglief. Dann schnaufte er kurz, und der Brummer flog erschreckt in das Wohnzimmer hinein, wo Helene bereits auf dem Esstisch wartete, sich ihr mit einem heldenhaften Sprung entgegenwarf, sie mit der Pfote traf, wodurch die Fliege benommen zu Boden stürzte. Dort lauerte schon Liesbeth. Da sie nicht sehen konnte, tastete Liesbeth den Teppich ab, fand die Fliege, biss sie tot und ließ sie liegen. Nach dieser Begebenheit kehrte wieder Ruhe ein.

Am nächsten Tag saßen zwei dicke Fliegen an der Scheibe. Sie schienen noch größer zu sein als die vom Vortag. Diesmal nervten sie Herrn Kammerer, der sich in seiner Lektüre gestört fühlte. Daher öffnete er das Fenster und scheuchte die Fliegen hinaus. Direkt gegenüber der Wohnung, nur von einem schmalen Rasenstück getrennt, stand ein zweistöckiger Rohbau. Man erzählte in der Nachbarschaft, dem Eigentümer wäre das Geld ausgegangen. In solchen Fällen stellten die Gewerke sofort ihre Arbeit ein. Der Anblick war alles andere als schön, aber da konnte niemand etwas machen. Ein Zaun mit Sichtblenden versperrte den Zugang.

Herr Kammerer holte sein Fahrrad aus dem Keller und fuhr durch den warmen Tag einkaufen. Zunächst besorgte er ein paar Kleinigkeiten für sich, um dann den Laden aufzusuchen, in dem es alles das gab, was der Mensch für seine Katzen zu benötigen glaubte. Das Futter musste selbstverständlich sein, also lagen schnell jeweils zehn Becher und Dosen im Einkaufswagen. Jede der Katzen bekam ihr eigenes Futter. Mit diesem Einkauf ging es noch nicht zur Kasse, denn es gab neue Näpfe. Es wurden drei Porzellanteller ausgesucht und vorsichtig in den Wagen gelegt.

Alle in der Nachbarschaft wussten von seinen Katzen, auch wenn sie das Haus nie verließen. Aber man konnte sie von draußen am Fenster sehen, vor allem Kater Kaspar. Der kam nicht zur Tür, als Herr Kammerer die Wohnung betrat, was die Katzen aber immer taten. Das war nicht neu, denn zumeist schlief Kater Kaspar tief und fest. Diesmal nicht. Er saß auf seiner Zeitung und stierte knurrend auf den Rohbau gegenüber. Herr Kammerer erinnerte sich, wie er sich in einer der vergangenen Nächte darüber gewundert hatte, dass Kater Kaspar nicht bei ihm im Bett lag. Herr Kammerer hatte sich erhoben und war im Dunkeln in das Wohnzimmer gegangen, wo Kater Kaspar in der gleichen Haltung grollend am Fenster gesessen hatte. Er trat neben Kaspar und glaubte für wenige Sekunden, eine Person mit Taschenlampe im Rohbau gegenüber zu erkennen.

Doch vielleicht hatte ihm seine Mattigkeit einen Streich gespielt, deshalb nahm er Kater Kaspar und trug ihn ins Bett, um den Rest der Nacht ruhig und friedlich mit seinem Kater zu verbringen.

Trotz der Hitze früh am Morgen schloss er das Fenster, als er die ersten Fliegen entdeckt hatte. Kater Kaspar schlug mit der Pfote von innen gegen die Scheibe, doch das Dreifachglas dämmte seine Hiebe und die Brummer reagierten nicht. Da Herr Kammerer keine Erklärung für die Zudringlichkeit der Fliegen hatte, begann er die Wohnung nach Unrat abzusuchen, dessen Geruch die Insekten folgen wollten. Es kam schon vor, dass eine der Katzen sich in irgendeiner Ecke übergeben hatte, die nicht jeden Tag gereinigt wurde, was Fliegen anlockte. Auch auf schmutzigen Katzentellern sah man ab und zu eine Fliege, doch in diesem Ausmaß hatte er das noch nie erlebt. Da er nichts Verdächtiges finden konnte, dachte er an die Nachbarn in der Wohnung unter ihm. Die wohnten von Mai bis September auf einem Campingplatz an seinem See und hatten vielleicht Essensreste in der Küche liegen lassen. Aber das konnte er nicht klären, denn er besaß keinen Schlüssel für die Wohnung. Deshalb entschloss er sich dazu, seine gesamte Wohnung mit einem flüssigen Hygienereiniger zu desinfizieren. Eigentlich hätte er dazu die Gattin befragen müssen, doch da die nie vor zweiundzwanzig Uhr von ihrem Büro nach Hause kam, konnte er in aller Ruhe die Reinigung durchführen und sie würde davon nichts bemerken. Ihr kleines Zimmer, in dem sie auch schlief, konnte er außen vor lassen, denn dort würden sich, außer verblühten Blumen, keinerlei verderbliche Güter befinden. Also nahm er sein Fahrrad und fuhr zum nächstgelegenen

Drogeriemarkt. Um dem vorherrschenden Autoverkehr aus dem Weg zu gehen, durchfuhr er Nebenstraßen, und dabei hatte er das Gefühl, ihm würde jemand folgen. In seinem Rückspiegel sah er ein dunkelrotes Fahrzeug. Doch als er aus dem Geschäft kam, das Schloss am Fahrrad aufsperrte, war der rote Wagen verschwunden. Da er keinen Grund fand, weshalb ihn jemand verfolgen sollte, fuhr er geschwind nach Hause und bekam zunächst die geballte Empörung seiner Katzen zu spüren. Tatsächlich hatte er ihr zweites Frühstück vergessen. Das wurde sofort nachgeholt. Üblich war es, dass sie danach allesamt ihr Schläfchen hielten, doch als er den Putzeimer voll Wasser laufen ließ, da schien ihnen beste Unterhaltung angeboten zu werden, weshalb sich Helene und Liesbeth direkt vor dem Badezimmer einfanden. Sobald der große Lappen um den Schrubber gewunden worden war, saß Liesbeth bereits darauf und ließ sich über das Parkett ziehen, während Helene ihren Spaß dabei hatte, Herrn Kammerer damit zu ärgern, mit leichten Schlägen das Wasser aus dem Eimer auf den Holzboden zu befördern. Kater Kaspar hockte auf dem Esstisch, betrachtete das Geschehen aus der Distanz und ließ dabei die Fliegen an der Außenscheibe nicht aus den Augen. Unter dem alten Bücherschrank fand sich eine staubige Stoffmaus, die bei den Kätzinnen sofort heiß begehrt wurde, und unter dem Sofa lagen zwei Schraubverschlüsse, die auch gleich in das Spiel integriert wurden. Nach kurzer Zeit gab es an jeder Stelle des Wohnraums Pfotenspuren auf dem Parkett. Also wischte Herr Kammerer noch einmal, damit es der Ehefrau nicht auffiel. Das Katzenspielzeug warf er kurzerhand in den Flur, wohin beide Kätzinnen sofort folgten, während sich Kater Kaspar nicht vom

Fleck rührte. Das musste er aber, denn Herr Kammerer wollte das große Fenster mit Hygienespray reinigen und so die Fliegen verscheuchen. Also trug er Kater Kaspar in sein Schlafzimmer. Danach öffnete er mit der linken Hand einen Spalt das Fenster und sprühte so wild drauflos, dass sich ein kleiner Nebelregen bildete. Die fetten Fliegen schienen wenig beeindruckt zu sein, denn sie blieben kleben. Weil er nichts anderes fand, benutzte er als weiteres Kampfmittel Kalkreiniger. Ob das den Fenstern schaden konnte, überlegte er nicht lange. Sodann spülte er die Scheiben außen mit heißem Wasser ab, das er mittels eines Messbechers ausschüttete. Als er keine Fliegen mehr sah, konnte er endlich das viele Wasser vom Fensterbrett und vom Boden aufwischen, das ihm danebengegangen war. Inzwischen kratzten alle drei Katzen an den Türen, weil sie geschlossene Räume nicht mochten. Herr Kammerer goss das Schmutzwasser in die Kloschüssel und stellte den Putzeimer samt Lappen auf den Balkon. Während Kater Kaspar als Erster eingelassen wurde und sofort seinen Fensterplatz aufsuchte, schnupperten Helene und Liesbeth den gesamten Boden ab. Als sich Herr Kammerer in den Schaukelstuhl setzen wollte, um gegen sich selbst Schach zu spielen, entdeckte er zwei fette Fliegen an der Deckenlampe. Das heißt, eigentlich hatte Kater Kaspar sie entdeckt, denn er schaute hoch und Herr Kammerer war seinem Blick gefolgt. Nun war seine Geduld inzwischen so überstrapaziert, dass er zum Äußersten griff. Er holte sich ein Küchenhandtuch, wirbelte es durch die Luft, bis die Fliegen sich bewegten, und erschlug sie, nachdem er einen Sessel und seinen Brillentisch umgeworfen hatte. Kater Kaspar äußerte sein Unverständnis, indem er dem Geschehen seinen Rücken zuwandte. Um sich am Abend jeder Frage seiner Gattin zu entziehen, ging Herr Kammerer früh zu Bett.

Der nächste Morgen war bereits wieder so heiß wie der vergangene Tag. Als Erstes lief Herr Kammerer zum Fenster, das wieder voller Fliegen saß. Ratlos verteilte er das Futter in die Schalen. Kater Kaspar trabte unwirsch zu seinem Teller, fraß nur etwa die Hälfte seiner üblichen Menge und schaute immer wieder, als wollte er sagen, tue doch endlich etwas. Offensichtlich war ihm die Freude an seinem Lieblingsplatz genommen worden. Um die Ursache für die Fliegenplage zu finden, ging Herr Kammerer hinaus und lief zu den weiter weg stehenden Nachbarhäusern. Er sah seinen verhassten Nachbarn, der ihn mit einem Doppelglas von seiner Küche aus beobachtete. Herr Kammerer schaute zwischen die Hecken, aber er entdeckte nichts. Dann ging er zur Südseite und schaute auf sein großes Fenster. Dort sah er Fliegenschwärme in apokalyptischer Größe zwischen dem Haus und der Bauruine schweben. Nur auf dieser Seite waren sie zu sehen. Die anderen Fenster der Wohnung waren nicht betroffen. Einen Moment überlegte er, ob ein Kammerjäger das Problem lösen könnte, entschied sich aber lieber dafür, Fliegengitter zu kaufen. Doch dann stand er vor dem Problem, dass er für die Installation ein Fenster öffnen müsste, was bedeutete, er würde den Fliegen quasi seine Wohnung zur Verfügung stellen. Während Kater Kaspar maulend umherlief, bereitete Herr Kammerer das Abendessen zu. Es gab selbst gemachte Frühlingsrollen, Salat der Saison und einen gemischten Obstteller. Nachdem sich seine Frau zurückgezogen hatte, hockte er im dunklen Wohnzimmer und starrte auf das Fenster.

Kater Kaspar saß auf seinem Schoß und starrte mit. Helene und Liesbeth dösten auf ihren Plätzen.

Kater Kaspar und Herr Kammerer hatten schlecht geschlafen. Der hatte abscheulich geträumt und war mehrfach aufgestanden, um nachzusehen, wie es beim Fenster ausschaute. Kater Kaspar saß die halbe Nacht am Fenster und starrte in die Dunkelheit. Manchmal hatte er geknurrt. Ein weiterer Morgen kam über das Land, es gab einen herrlichen Sommertag und noch mehr Fliegen an den Scheiben. Herr Kammerer dachte daran, seinen kleinen Gasbrenner zu aktivieren, mit dem er seine köstliche Crème brûlée krönte. Er wollte die Fliegen sozusagen von der Scheibe brennen. Als es klingelte, Kater Kaspar knurrend zur Tür lief und die Kätzinnen sich versteckten, ging er ebenfalls zum Eingang. Er öffnete und hielt dabei den Gasbrenner noch in der Hand. Im Hausflur standen zwei Damen des Tierschutzbundes, die ihn mit der Denunziation konfrontierten, er sei ein Katzenquäler. Herr Kammerer reagierte empört, und Kater Kaspar knurrte die Damen an, sodass es zu keiner zivilisierten Gesprächsrunde kam. Die Damen drohten mit der Polizei, und Herr Kammerer drohte mit seiner Gemahlin, einer erfolgreichen Rechtsanwältin. Die Tür flog zu. Vom Fenster seiner Schlafkammer aus sah er, wie sich die Damen mit seinem Hundenachbarn unterhielten, der frech zu ihm heraufsah.

Kater Kaspar und Herr Kammerer legten sich auf das Sofa und schauten hinüber zu den Fliegen an den Fensterscheiben. Der Gasbrenner würde das Problem nicht lösen, dachte Herr Kammerer. Wahrscheinlicher wäre, dass die Scheiben platzten oder er die Kunststoffrahmen beschädigte. Um sich und Kater Kaspar abzulenken, las er ihm aus Tolstois *Krieg und Frieden* vor. Nach einer folgenden und ausführlichen Darstellung der korsischen Herkunft Napoleon Bonapartes, schlief zunächst Kater Kaspar ein, und dann Herr Kammerer. Schweißgebadet wachte er auf, eilte hinaus, um einzukaufen, denn für den Abend plante er ein schmackhaftes Gemüsepotpourri im Wok. Als er zurück in die Wohnung kam, saß Kater Kaspar auf dem Esstisch und starrte wieder knurrend auf das Fenster. Helene und Liesbeth lagen lang gestreckt auf den Teppichen. Die Hitze in der Wohnung wurde langsam unerträglich, denn er öffnete kein einziges Fenster mehr. Inzwischen nährte sich in Herrn Kammerers Kopf der Verdacht, dass ihn die Fliegen langsam in den Wahnsinn trieben. Bevor seine Gemahlin nach Hause kam, öffnete er die Fenster zur Nordseite, in beiden Händen mit Fliegenklatschen bewaffnet.

Es änderte sich nichts. Zwei weitere Tage vergingen, und die Fliegen blieben. Kater Kaspar knurrte ständig, fauchte die Kätzinnen an und benahm sich äußerst grimmig. Er wollte sich auch nichts mehr vorlesen lassen. Die Laune von Herrn Kammerer sank ebenfalls auf einen Tiefpunkt. In der Nacht wachte er aus einem Halbschlaf auf, weil Kater Kaspar aggressiv knurrte. Brummend hockte Kater Kaspar vor der Scheibe und starrte zum Rohbau hinüber. Nun war der Punkt erreicht, den Herr Kammerer eigentlich nicht hatte überschreiten wollen. Diesmal würde er das Schild »Betreten verboten« ignorieren. Er nahm seine Taschenlampe zur Hand, stieg die Treppe hinab und lief zum Rohbau. Vom Bauzaun aus schaute er in den ersten Stock hinauf zu den glühenden Augen vom Kater Kaspar. Der Mond bot eine dürftige Helligkeit an, aber sie genügte, um die Baustelle zu erkennen. Herr Kammerer umrundete mehrfach die Ruine. An der Seite des Baus versuchte er den Zaun zu bewegen, aber es gelang ihm nicht. Für einen Moment glaubte er sich beobachtet. So ging er erfolglos wieder zurück, schaute nach seiner schlafenden Gemahlin, wusch sich ab und trug Kater Kaspar zum Bett, um endlich zur Ruhe zu kommen.

Nachdem sich seine Frau am Morgen zu ihrer Reise in eine andere Stadt aufgemacht hatte, wo sie in einem Prozess mitwirken sollte, entschloss sich Herr Kammerer, noch einmal zum Rohbau zu gehen, denn die große Scheibe war erneut schwarz von Fliegen. Es schien ihm logisch zu sein, dass sich das Problem dort drüben stellte, da die Häuser in der Nähe kein Fliegenproblem hatten, wie er durch mehrfaches Beobachten festgestellt hatte. Um der Belästigung durch diese ekligen Brummer zu entgehen, hatte er sich einen alten Hut genommen und daran ein Stück Gardine aus dem Keller befestigt, sodass er wie ein Imkerhut funktionieren sollte. Dazu nahm er noch eine Dose Antiwespenspray mit, die er im Kellerregal gefunden hatte. Zweimal lief er um den Rohbau herum, bis er eine Stelle im Bauzaun entdeckte, die geeignet war. Mit seiner ganzen Körperkraft stemmte er sich dagegen und schaffte es, den Zaun einen Spalt zu verschieben. Schnaufend machte Herr Kammerer eine Pause und sah, wie ihn ein Schwarm Fliegen umkreiste, weil er sehr stark transpirierte. Er schlug mit den Händen um sich und sah zu seinem Erstaunen, dass alle drei Katzen am Fenster saßen. Die blinde Liesbeth ganz rechts in der Ecke, Helene auf der anderen Seite, und Kater Kaspar thronte in der Mitte. Nun wollte er erst recht nicht versagen, wuchtete sich noch einmal gegen den Bauzaun und betrat endlich das verbotene Grundstück. Er musste um die Ruine herumgehen, um zum Hauseingang zu gelangen. In den zwei Etagen lag viel Schutt, auch ein getrockneter Katzenhaufen an der Treppe, aber nichts, was diese Massen von Schmeißfliegen in der Ruine erklärte. Behutsam tastete sich Herr Kammerer in der Bauruine weiter vor. Mit jedem Schritt wurden die Fliegenschwärme dichter und unerträglicher. Er stieg über eine zerstörte Toilettenschüssel, um den Keller zu erreichen. Im Erdgeschoss lehnte eine Leiter, denn eine Betontreppe gab es nicht. Er war in diesen Dingen nicht geschickt und zögerte, weil er nicht mitsamt der Leiter hinabstürzen wollte. Als er unten angekommen war, bewegte er sich vorsichtig, um nicht überrascht zu werden. Doch das half ihm nicht, da das, was er dann sehen musste, in ihm sofortige Übelkeit verursachte. Direkt vor ihm baumelte ein Hund an einem Strick von der Decke. Sein toter Körper war dunkel, weil es an ihm keine Stelle ohne fette Fliegen gab, und Massen von Fliegen flogen überall herum. Voller Ekel wollte Herr Kammerer sofort wieder umkehren. Er taumelte und befürchtete, kurz vor einer Ohnmacht zu stehen, als er ein leises Wimmern vernahm, wie er es von ganz jungen Katzen kannte. Herr Kammerer richtete seine Taschenlampe in Richtung des Geräuschs. Eine große Holzkiste war zu sehen, deren Deckel sich langsam hob. Plötzlich wurde er hart von hinten gepackt und verlor vor Schreck kurzzeitig das Bewusstsein.

Ein uniformierter Mann stand über ihm und blickte ihm scharf in die Augen.

»Sie sind verhaftet«, hörte er seine Stimme sagen.

Herr Kammerer lag in einem Rettungswagen, wurde aber von uniformierten Polizisten aufgerichtet und in

Handschellen in einen Streifenwagen geführt. In seinem Kopf rotierte es, und er konnte keinen klaren Gedanken fassen. Erst langsam begriff er, dass nun Fragen zu beantworten waren, denn offensichtlich glaubte die Polizei, er habe den Hund aufgehängt. Sein Nachbar, sagte ein Polizist, hatte eine Anzeige wegen seines verschwundenen Hundes abgegeben und ihn als Verdächtigen genannt. Im Präsidium ging es dann plötzlich um etwas völlig anderes. Man zeigte ihm Fotos von einem kleinen Mädchen in einer Kiste. Das war genau die Kiste, die er kurz vor seiner Ohnmacht entdeckt hatte. Da er sich keiner Schuld bewusst war, verstand er die vielen Fragen nicht, die nun gnadenlos auf ihn einprasselten. Stundenlang lief die Befragung nur in eine Richtung, bis er begriff, dass man ihn der Kindsentführung und Erpressung beschuldigte. Das kleine Mädchen war im Keller des Rohbaus in einer Kiste gefangen gehalten worden. Der Entführer hatte es mit Schlafmitteln ruhiggestellt. Einen Tag länger, und es wäre dort elend zugrunde gegangen. Nachbarn hatten gemeldet, dass sich an der Bauruine immer wieder jemand herumtrieb, deshalb fuhr die Polizei dort regelmäßig Streife, um den vermeintlichen Dieb zu fassen. Als sie ihn in der Ruine sahen, folgten sie ihm.

Herr Kammerer erzählte die Geschichte von seinem Kater Kaspar und den Fliegen so oft, bis die Herren sie nicht mehr hören konnten. Am späten Nachmittag wurde Herr Kammerer dann entlassen. Sein Hinweis auf das rote Auto hatte die Beamten schließlich endgültig zum Ziel geführt, denn auch anderen Nachbarn war aufgefallen, dass sein Besitzer immer zwei Straßen vor der Bauruine parkte. Sie vermuteten einen Baustellendieb und hatten das Kennzeichen notiert. Wie die Polizei herausfand, gehörte der Wagen dem pleitegegangenen Hausbesitzer. Der hatte die kleine Tochter des Besitzers der Baufirma entführt, weil der ihn betrogen hatte. Mit dem erpressten Geld wollte er den Bau fortsetzen. Sein Geständnis befreite Herrn Kammerer aus seiner misslichen Lage. Er hatte den Polizisten ein Foto von Kater Kaspar überreicht, mit schönen Grüßen an die kleine Charlotte. So hieß das entführte Mädchen. Schließlich war es Kater Kaspar, der durch sein Knurren wesentlich zur Rettung der Kleinen beigetragen hatte. Herr Kammerer war froh, als er endlich ein Taxi bestieg.

Als seine Frau spät abends nach Hause kam, lag Herr Kammerer auf dem Sofa. An seinem Kopf ruhte Helene, in seinem Arm lag Liesbeth, während Kater Kaspar lang gestreckt zwischen seinen Beinen schlief. Diese ungewöhnliche Konstellation führte dazu, dass Frau Kammerer fragte, ob etwas passiert sei. Herr Kammerer schüttelte den Kopf. Für eine Sekunde sah es so aus, als würde Kater Kaspar von einem Ohr zum anderen grinsen. Aber das war ja unmöglich. Sie wird morgen alles aus der Presse erfahren, denn bisher hatte man die Entführung geheim gehalten, um das Kind nicht zu gefährden. Das ist früh genug, dachte Herr Kammerer. Für die nächste Zeit wünschte er sich keinen Menschenkontakt.

Fredrika Gers
Stubenkrieger

Meine gewissenhafte Dosenöffnerin war ausgegangen. Ich nutzte die Zeit am Laptop – und es ging nicht darum, ihre letzte Onlinebestellung beim Katzenshop zu frisieren. Früher hatte ich das allerdings schon ein paarmal getan. Einfach die Anzahl der Dosen meiner Lieblingssorte erhöht – statt zwei Dosen Thunfisch lieber zweihundert. Sie hatte sich gewundert, aber das Zeug nicht zurückgeschickt. Dachte, sie hätte sich vertippt.

Kaum vorstellbar, dass unsere Vorfahren noch ganz auf die Vorzüge des Internets verzichten mussten. Seit dessen Einzug hat unsere Welt einen ungeheuren Aufschwung genommen. Schnell gewöhnten sich die Menschen daran, dass Katzen eine Vorliebe für Tastaturen zu haben scheinen. »Sie liegen da gern, weil es warm ist«, sagen sie. Dabei werden Tastaturen überhaupt nicht warm, außer vielleicht bei kleinen Laptops. Es gibt noch eine andere Theorie: »Sie sind eifersüchtig, sie wollen Aufmerksamkeit.« Ja, genau. Aber was soll man machen, wenn man unverhofft beim Hacken überrascht wird. Man legt sich auf die Tastatur und tut ganz entspannt.

Diesmal hörte ich die Schritte rechtzeitig. Mit zwei schnellen Pfotendrückern fuhr ich meine Programme herunter und schaltete den Bildschirmschoner ein. Gute Ohren sind für eine ambitionierte Hacker-Katze mindestens genauso wichtig wie geschmeidige Pfoten und ein schnelles Hirn. Alles, was man sonst noch wissen muss, erfährt man am besten im Chat. Daher kommt ja auch der Name für diese Onlineunterhaltungen, »Chat« ist Französisch für »Katze«. Aber das wissen Sie sicher.

Meine Dosine Franzi ist ein lieber Mensch, ich mag sie wirklich. Als sie an diesem Morgen bereits vom Flur aus nach mir rief, hörte ich ihrer entgleisten Stimme sofort an, dass etwas nicht stimmte. Mehr als das, sie schien völlig außer sich zu sein. Franzi hat die Angewohnheit, mir alles zu erzählen, was in ihrem Leben passiert, obwohl mich das meiste nicht die Bohne interessiert und obwohl sie annimmt, ich würde kein Wort verstehen. Irrtum, denn im Unterschied zu den Menschen können Katzen echte Fremdsprachen. Wir sind da nicht mal allein, alle halbwegs vernünftigen Tiere können miteinander kommunizieren – wenigstens höhere Säugetiere und viele Vögel. Bei Fledermäusen und Maulwürfen hört's dann auf. Aber da ist das Kommunikationsbedürfnis von Katzenseite auch eher gering. Wer redet schon gern mit seinem Essen? Wir essen auch Vögel, sagen Sie? O. k., da ist eine kleine Lücke in meiner Argumentation, aber die können einem auch auf die Nerven gehen mit ihrem Gepiepe.

Zurück zu Franzi. Ihr Redeschwall wurde immer wieder von Schluchzern unterbrochen, sodass ich Mühe hatte, ihren Ausführungen zu folgen. Schließlich verstand ich. Kein Wunder, dass sie so aufgelöst war. Sie hatte eine Katze überfahren! Aber das war noch nicht das Schlimmste: Es handelte sich um Fritz, einen guten Freund von mir! Der gemütliche ältere Kater hatte in einem der Nachbarhäuser gelebt. Angeblich war er ihr in einem irrsinnigen Tempo vor den Wagen gerannt, sodass sie nicht mehr hatte bremsen können. Als ich das begriff, war ich selbst genauso geschockt wie sie. Der alte

Fritz war einer meiner engsten Freunde gewesen. Wie oft hatten wir unter dem Vogelhäuschen gesessen und über Gott und die Welt geplaudert.

Außerdem fielen mir an der Geschichte gleich zwei Merkwürdigkeiten auf. Erstens hatte ich Fritz noch niemals rennen sehen. Ich konnte mir praktisch nichts vorstellen, was den friedliebenden, tiefenentspannten und etwas übergewichtigen Knaben in gestreckten Galopp hätte versetzen können. Und zweitens, selbst wenn er einen derartigen Grund zur Eile gehabt hätte, wäre er niemals völlig planlos über die Straße gehetzt. Es war kompletter Blödsinn anzunehmen, dass Fritz versehentlich vor ein Auto gelaufen war. Wenn es jemals eine Katze gegeben hatte, die vor dem Überqueren der Straße immer brav nach links und rechts schaute, dann war es der besonnene Fritz. Daher gab es nur eine Erklärung: Jemand hatte Fritz so in Panik versetzt, dass er alles um sich herum vergaß.

Obwohl wir seit Jahrtausenden in der Zivilisation leben, schlummern ja in jedem und jeder von uns immer noch Instinkte, die auf bestimmte Schlüsselsignale unweigerlich anspringen. Oder haben Sie schon einmal eine Katze gesehen, die es schafft, ein durchs Zimmer rollendes Wollknäuel komplett zu ignorieren? Genauso gibt es Fluchtreflexe, die alles andere auslöschen. Um die herauszukitzeln, hatte es bei Fritz sicher einiger Anstrengung bedurft. Und genau darum war das garantiert kein Versehen und kein Unfall, sondern kaltblütiger Mord gewesen.

Dafür fiel mir nur ein Motiv ein, und wenn ich damit recht hatte, dann war ich der Nächste. Es war reiner Zufall, dass es ihn zuerst getroffen hatte. Schließlich hatten wir gemeinsam an dem Geheimprojekt gearbeitet. An dem Hack, mit dem wir den heiligen Zorn der Fundamentalisten von Al Katzda auf uns gezogen hatten.

Doch bevor ich mich um die Sache kümmern konnte, musste ich meine unschuldige Dosine trösten. Ich schnurrte, was das Zeug hielt, legte ihr meine Pfote auf die Schulter, was sie immer als besonderen Vertrauensbeweis ansah, ließ sie meinen Bauch kraulen, obwohl das immer so kitzelt, und rieb meinen Kopf inbrünstig an ihrem Busen, den sie heute nicht in so ein komisches Körbchen getan hatte. Als sie aufgehört hatte zu weinen und wieder halbwegs sie selbst war, machte ich mich vom Acker.

Natürlich war auch ich traurig – um nicht zu sagen geschockt –, aber eine Katze lässt sich das nicht so anmerken. Fritz war einer meiner besten Freunde gewesen. In unserer Jugend hatten wir uns manchmal aus Übermut wilde Kämpfe geliefert, aber in den wichtigen Dingen des Lebens waren wir immer einer Meinung gewesen. Wir waren beide seit Jahren Mitglieder des Ältestenrates, der sich wöchentlich hinter dem Supermarkt traf, um bei abgelaufenen Fleischresten die Angelegenheiten der örtlichen Gemeinschaft zu regeln. Primär freilich die Geschicke der Katzengemeinschaft, doch wenn es notwendig war, mischten wir auch bei den Menschen kräftig mit. Falls Sie keine Katze sind, wird Sie das vielleicht erstaunen, aber glauben Sie mir: Wir haben unsere Mittel und Wege. Davon gleich mehr.

***

Ich lief in den Garten und ließ das ertönen, was die Menschen als Katzenmusik bezeichnen. In Wirklichkeit handelte es sich jedoch um die Einladung zur außerordentlichen Bürgerversammlung. Ich musste so bald wie möglich mit den anderen reden. Bisher waren nur Pino und Fiorina vom Ältestenrat in unsere Hacker-Aktion eingeweiht. Die beiden arbeiteten in der Redaktion der Lokalzeitung – offiziell als Kammerjäger, aber in Wirklichkeit waren sie die grau getigerten Eminenzen der Redaktion. Dort hatte man Zugang zu kostenpflichtigen Internetquellen, die anderen verschlossen waren. So hatten sie die Hinweise auf die neuen Aktivitäten von Al Katzda als Erste entdeckt.

Pino und Fiorina arbeiteten seit Jahren zusammen. Ihr System war perfekt. Während die eine schrieb, lenkte der andere den Chefredakteur ab und umgekehrt, je nach Ressort. Der Mann konnte sich der kontinuierlichen Zuwendung seiner Katzen sicher sein – nur niemals beider gleichzeitig. Um diesen Umstand zu rechtfertigen, führten die beiden eine Scharade auf, mit dem Titel »Die streitenden Katzen«. Sie taten, als wären sie unbändig eifersüchtig aufeinander und könnten es gar nicht verkraften, ihren Dosenöffner zu teilen. Nachdem sie sich oft genug gegenseitig über seinen Schreibtisch gejagt hatten, versuchte er gar nicht mehr, nach der einen zu rufen, während die andere gerade bei ihm weilte. So konnte immer mindestens einer der beiden erfahrenen Journkatzlisten in Ruhe am aktuellen Artikel über artgerechtes Katzenfutter, Mäuseplagen oder Tierrechte arbeiten und ihn ungestört ins Redaktionssystem einspeisen. Der – vermeintliche – Chefredakteur sah seine Katzen selbstverständlich noch öfter auf irgendwelchen Tastaturen liegen als andere Leute. Doch selbst er dachte immer noch, sie täten das, weil es so gemütlich war. Bitte – wer würde freiwillig auf einer Unterlage aus lauter kleinen, harten Würfeln liegen?

Zwar schrieben immer wieder Leser an die Redaktion, die sich über die ständigen Artikel zum Thema Katze wunderten. »Dies ist eine Tageszeitung und kein Katzenblatt«, schrieben sie – in Unkenntnis der Tatsache, dass es genau das war. Aber diese Leserbriefe ließen die Redaktionskatzen verschwinden, noch bevor sie jemand lesen, geschweige denn drucken konnte. Auch manche Artikel, die von menschlichen Redakteuren im Schweiße ihres unbehaarten Angesichts verfasst wurden, verschwanden spurlos in den Tiefen des Redaktionssystems. Genauso alle Bilder, auf denen Katzen Schleifchen oder gar Glöckchen trugen.

Vor einigen Wochen nun waren in der Redaktion Berichte über Unregelmäßigkeiten bei mehreren Tierfutterherstellern eingegangen. Im Handel waren Dosen aufgetaucht, die mit »Rind« etikettiert waren, obwohl Ente drin war. Und Etiketten, auf denen »Rindflügel«, »Thunfleisch« oder »Huhnfisch« stand. Alle Dosenfutterhersteller schienen plötzlich das gleiche Problem mit ihrer Steuerungssoftware zu haben. Das hatte uns zu denken gegeben. Schnell hatten wir festgestellt, dass ein Trojaner für die Probleme verantwortlich war, und diese Schadsoftware bis ins Extranet von Al Katzda zurückverfolgt. Dann hatten wir diesen Plan entwickelt, der leider ein bisschen schiefgegangen war. Wir wollten deren Trojaner mit einem Trojanertrojaner umprogrammieren. Dummerweise hatten die Fundamentalisten nicht nur unser Eindringen bemerkt, sie hatten die Spuren auch zurückverfolgt und uns lokalisiert.

Fritz und ich hatten zwar gewusst, dass wir es mit einem skrupellosen Gegner zu tun hatten, aber wer hätte damit gerechnet, dass sie gleich ein Killerkommando schicken würden? Und dann ausgerechnet einen Dosenöffner als Waffe benutzen. Jedenfalls wussten bisher nur wir vier von der ganzen Sache. Der Rest der Gemeinde hätte es, wenn alles gut gegangen wäre, nie erfahren.

Kaum hatte ich mein Katzenlied beendet, da hörte ich, wie sich etwas durch den Gartenzaun quetschte. Ich erschrak, meine Haare sträubten sich ganz automatisch, ich machte mich sprungbereit. Aber es war kein Killer, sondern Alex aus dem Nachbarhaus. Der neugierige Kerl hatte meine Einladung gehört und wollte aus erster Hand wissen, was los war. Alex ist ein ehemaliger Bauernhofkater, der sich auf seine alten Tage von einer Stadttussi hat adoptieren lassen. Er mag keine Mäuse mehr jagen und lässt sich jetzt nach Strich und Faden verwöhnen, was man seiner Wampe unschwer ansieht. Es ist schon praktisch, wenn das Futter automatisch auf dem Tisch steht. Wer wie ich den Geschmack von frischem Blut schätzt, fängt sich natürlich trotzdem gern noch etwas nebenbei. Aber Spaß macht es nur, wenn man nicht dazu gezwungen ist – nicht morgens in aller Frühe auf der feuchten Wiese sitzen muss, die Augen starr auf ein vielversprechendes Loch gerichtet, bis sich Stunden später vielleicht ein Frühstück blicken lässt.

Ich erzählte Alex nur, dass Fritz tot war. Den Rest würde er heute Abend noch früh genug hören. Doch weil er schon mal da war, verdonnerte ich ihn dazu, meine Einladung bis an die Grenzen unseres Gebiets zu verbreiten: heute Nacht beim höchsten Mondstand auf dem Parkplatz hinterm Supermarkt. Ich selbst lief zur Redaktion, um Fiorina und Pino vorab zu informieren. Die beiden hatten als erfahrene Journalisten schon viel gesehen und trugen es mit Fassung. Außerdem bemühten sie sich rührend, mir mein schlechtes Gewissen auszureden. Immer wieder versicherten sie mir, dass ich keine Schuld trüge, dass Fritz ja genauso freiwillig mitgemacht habe wie ich. Sie waren wie ich der Meinung, dass es jetzt Zeit war, die Gemeinde in Kenntnis zu setzen, und würden pünktlich am Parkplatz sein.

***

Ich konnte den Termin kaum erwarten, aber eine größere Katzenversammlung am helllichten Tag ist nun mal nicht angeraten. Schon eine halbe Stunde vor Beginn war ich am Parkplatz. Da sich gegenüber die angesagteste Disco des gesamten Landkreises befand, standen auch am Abend Autos dort. Ich fand einen Porsche 911 und ließ mich auf der Kühlerhaube nieder. Von dort beobachtete ich, wie die anderen nach und nach eintrudelten. Alex erwischte einen Mercedes und setzte sich breit neben den Stern. Die anderen Teilnehmer mussten mit VW, Opel und diversen Japanern vorliebnehmen.

Ich eröffnete die Versammlung und berichtete zunächst von Fritz' gewaltsamem Ableben. Erschrockenes Gemurmel ging durch die Reihen. Dann erzählten Pino, Fiorina und ich, was wir über die neue Strategie von Al Katzda herausgefunden hatten. Die Organisation an sich gab es schon länger, und es gibt sie wohl immer noch. Diese Fundamentalisten wollen das Rad der Geschichte zurückdrehen. Sie wollen, dass die Katzen sich von den Menschen trennen und zurück in die Wildnis gehen. Klar könnten Katzen auch ohne Menschen überleben. Aber unsere Vorfahren sind ja nicht umsonst bereits vor vielen Jahrtausenden freiwillig aus den Wäldern in die Lager der Menschen gekommen. Keine vernünftige Katze will dorthin zurück. Für Zahnlose oder Übergewichtige wäre dann nämlich Schicht am Kratzbaum. Außerdem gibt es in der Natur keine Kartons. Und Kartons sind für Katzen einfach das Größte.

Früher hatte Al Katzda sich auf Propaganda beschränkt. Jetzt waren die Glaubenskrieger militant geworden und versuchten offenbar, Einrichtungen an der Katze-Mensch-Schnittstelle zu zerstören. Eigentlich war es ziemlich inkonsequent, dass diese Verfechter des einfachen Lebens für ihre Angriffe Computer nutzten. Mit dem Ideal der edlen Wildkatze war das kaum zu vereinbaren. Aber bei solchen Elementen heiligt ja immer der Zweck die Mittel.

Dann kam die Stelle, an der ich berichten musste, wie wir beschlossen hatten, die Pläne von Al Katzda zu durchkreuzen. Pino warf mir einen Blick zu, den ich sicher richtig deutete. Verdammt, wir waren nicht ganz so genial, wie wir gedacht hatten. Und das hatte Fritz mit dem Leben bezahlt.

Viele brauchten eine Weile, um das Gehörte zu verdauen. Schon aus Sicherheitsgründen hatten wir vier geschwiegen, aber auch, um die Allgemeinheit nicht zu beunruhigen. Vielleicht hätten wir es in ein paar Jahren unter einer dichten Hecke unseren Enkeln erzählt. Doch jetzt benötigten wir Hilfe. In unserer Stadt trieb sich ein Killerkommando herum.

Als wir geendet hatten, herrschte einige Sekunden betroffene Stille. Dann hob ein halbwüchsiges rotes Katerchen die Pfote. Soweit ich mich erinnern konnte, war es noch nie in der Versammlung der Erwachsenen dabei gewesen. Wahrscheinlich war es erst vor einem halben Jahr stubenrein geworden, jetzt saß es schon keck auf dem Sattel eines großen Motorrads. Ich nickte dem Kleinen zu. Darauf rief er mit piepsigem Stimmchen: »Ich glaube, ich hab sie gesehen!«

»Ja, wo denn?«, fragte ich.

Der kleine Rote erzählte, dass er vor einigen Tagen zwei fremde Katzen innerhalb unseres Gebiets beobachtet hatte. ›Das hättest du gleich melden müssen‹, lag es mir auf der Zunge, aber ich wollte ihn nicht verunsichern und hielt das Maul. Der Kleine erzählte, dass er die Fremden in den Gassen zwischen Hauptstraße und Bahnhof gesehen habe. Wahrscheinlich waren sie mit dem Zug angereist.

Mit zwei einzelnen Gestalten konnten wir es ohne Weiteres aufnehmen – jetzt sowieso, da sie das Überraschungsmoment nicht mehr auf ihrer Seite hatten. Aber was nützte das? Vermutlich würde dann schon in ein paar Tagen ein neuer, stärkerer Trupp auftauchen. Nein, wenn wir längerfristig Ruhe haben wollten, mussten wir weiter oben ansetzen.

»Wir sollten ihre Kommunikationsinfrastruktur zerstören«, sagte Alex, der zwar keine Ahnung vom Hacken hatte, aber dafür sehr viele Talkshows im Fernsehen sah.

»Im Prinzip ein guter Ansatz«, antwortete ich, »fragt sich nur, wie.«

Pino meldete sich zu Wort: »Vielleicht ist da tatsächlich was zu machen. Ein paar Passwörter haben wir ja schon. Und Fritz hat da in den letzten Tagen wohl noch einiges herausgefunden. Ich werde mal seinen Onlinenachlass in der Cloud durchforsten und dann sehen, was ich tun kann.«

»Prima, mach das. Aber es wäre schön, wenn wir noch einen zusätzlichen Ansatzpunkt finden würden«, sagte ich.

Nichts gegen Pinos Hackerleistungen, aber nach unserer letzten Pleite wollte ich doch lieber zweigleisig fahren. Wir diskutierten hin und her.

Dann hatte Fiorina eine Idee: »Es ist doch allgemein bekannt, wo das Hauptquartier von Al Katzda ist. Wir könnten die Menschen dazu bringen, es zu zerstören.«

Tatsächlich gab es ernst zu nehmende Vermutungen über die Zentrale von Al Katzda. Es sollte sich um eine leer stehende ehemalige Strumpffabrik handeln. Man hatte dort seit Jahren zu jeder Tages- und Nachtzeit Katzen hinein- und herausschleichen sehen, manchmal mit verdächtigen Gegenständen im Maul. Und wenn andere dem Gebäude zu nahe kamen, wurden sie unweigerlich in brutale Kämpfe verwickelt.

»Wir brauchen den Menschen nur zu suggerieren, dass dort gegen Umweltauflagen verstoßen wird«, spann Fiorina ihren Plan weiter. »Dann reißen sie das Gebäude ab. Mit Umweltschutz sind die Menschen für absolut alles zu mobilisieren.«

Das stimmte. Wenn man behauptet, dass irgendwo eine seltene Grille zirpt, dann stoppen die Menschen den Bau ganzer Flughäfen. Wir hatten dieses Mittel schon häufiger angewandt. Seltene Grillen zu fangen und anderswo auszusetzen, ist eine unserer leichtesten Übungen.

»Schwierig bei einer geschlossenen Fabrik«, meinte jedoch Pino. »Außerdem geht es in diesem Fall nicht darum, etwas zu stoppen, sondern etwas zu zerstören.«

»Tierrechtler«, sagte eine ältere Kätzin, die schon viel erlebt hatte, »die machen Sachen kaputt. Wir könnten behaupten, dass dort eine Tierversuchsanstalt errichtet werden soll, dann gehen die Leute von PETA hin und zünden die Bude an.«

Aber dieses Thema war so gruselig, dass die Diskussion schnell erstarb.

»Asbestverseucht. Gefahr für die Allgemeinheit«, sagte eine dreifarbige Kätzin, die bei einem Architekten lebte. »Dann kommen sie, sperren alles ab, hängen Folie vor die Fassade und reißen die Hütte ab.«

Das klang gut. Also wurde Fiorina beauftragt, einen entsprechenden Artikel zu lancieren, der die Öffentlichkeit aufstachelte. Später würde dann noch ein Gutachten nachzureichen sein, das irgendjemand – vermutlich ich – im Intranet einer Umweltschutzorganisation ablegen musste. Kein Problem, diese Umweltler sind oft schlampig mit ihren Passwörtern.

Damit hatten wir schon zwei Eisen im Feuer, aber es gab noch ein weiteres vielversprechendes Angriffsziel, und darum würde ich mich selbst kümmern. Das war ich Fritz schuldig.

»Ich nehme mir den Anführer vor«, sagte ich und skizzierte kurz, wie ich mir das vorstellte.

Um den Anführer von Al Katzda rankten sich diverse Gerüchte. Eines davon besagte zum Beispiel, dass es sich um eine Anführerin handelte. Nur eines schien sicher zu sein: Während die meisten Mitglieder seit Jahren im Untergrund lebten und das zelebrierten, was sie für ein natürliches Leben hielten, war das Oberhaupt der Organisation sich dafür zu schade. Angeblich logierte es auf dem riesigen Anwesen eines Internetunternehmers in der norddeutschen Tiefebene – mit den schnellsten Leitungen, den besten Rechnern, jeglicher Software. Der

Mensch war mit windigen Internetunternehmungen reich geworden, die er immer äußerst gewinnbringend verkauft hatte, obwohl im Prinzip nichts dahinter war. Die Investmentfirmen hatten natürlich nicht zugeben mögen, dass sie das Geld ihrer Anleger für heiße Luft ausgegeben hatten, sodass auch sie Stillschweigen bewahrten. In Katzenkreisen – wahrscheinlich auch in menschlichen Hackerkreisen – war diese Tatsache jedoch allgemein bekannt. Bisher hatten wir nur kein Interesse an diesen menschlichen Machenschaften gehabt. Doch jetzt rückte der Unternehmer in den Fokus, und er und seine aktuelle Firma wurden zum Kollateralschaden degradiert. Es ging um Wichtigeres.

»Du meinst, ein gezielter Hinweis an die Polizei?«, fragte Fiorina.

»Ja, aber der muss unbedingt an der richtigen Stelle landen. Solche Leute haben immer jede Menge Freunde, die auch mal Beweise verschwinden lassen. Darum werde ich die Information direkt im Polizeinetz platzieren.«

»Aber da kommt man von außen doch gar nicht rein«, wandte Pino ein.

»Richtig. Deshalb muss ich in die Polizeiwache und mir dort ein freies Terminal suchen.«

Einige hatten Bedenken. Eine Katze, die ausgerechnet in die Polizeiwache marschiert, um dort auf den Schreibtischen herumzuturnen – das würde den Menschen gar nicht gefallen. Schon klar, aber mein Entschluss stand fest. Ich würde die Sache durchziehen, und zwar allein. Nur bei der Abfassung der belastenden Informationen sollte Fiorina mir behilflich sein.

Schließlich überlegten wir uns noch ein Ablenkungsmanöver für das Killerkommando. Dem kleinen roten

Kater, der übrigens Winnetou hieß, wurde dabei eine tragende Rolle zugedacht. Er war ja der Einzige, der die Terroristen bisher gesehen hatte. Das aufgeweckte Kerlchen war auch gleich Feuer und Flamme.

Es versteht sich von selbst, dass es viele Orte gibt, an denen sich eine Katze verstecken kann, aber schon deutlich weniger, die sie nicht einmal zum Fressen verlassen muss. Geradezu prädestiniert dafür war eigentlich nur ein Gebäude in der Nähe des Bahnhofs – genau dort, wo Winnetou die Fremden gesehen hatte. Es handelte sich um ein aufgegebenes Kino. Von den Mäusen, die in den alten Sitzpolstern hausten, konnte wahrscheinlich eine ganze Armee monatelang leben.

Also wurde Winnetou instruiert, vor das Kino zu ziehen und sich dort möglichst auffällig zu benehmen: Hin- und herlaufen, scharren, Dinge herumtragen. Wenn er schließlich sicher war, dass man ihn beobachtete, sollte er sich in eine Richtung davonmachen, die von unseren Einsatzorten möglichst weit wegführte. Auf Katzenneugier kann man sich verlassen, die Fremden würden ihm folgen, um zu sehen, was los war. So würden sie nicht mitbekommen, was wir wirklich vorhatten – dass wir zum großen Schlag ausholten. Zu Winnetous Schutz stellten wir noch zwei große Kater namens Max und Moritz ab. Die sollten sich aber im Hintergrund halten, damit die Terroristen keine Falle vermuteten. Nur ein Halbwüchsiger allein würde ihnen ungefährlich vorkommen.

***

Der Morgen dämmerte, als ich durch die leeren Straßen lief. Fast alle Menschen lagen noch in ihren Betten. Unsere Polizeiwache ist zum Glück ziemlich alt und von hohen Bäumen umgeben. Problemlos kletterte ich an einem alten Ahorn hoch und schlich übers Dach bis zu einer halb geöffneten Luke. Der Spalt war gerade breit genug für mich. Als ich die Treppe vom Dachboden herunterkam, sah mich ein grün gewandeter Polizist. »Was machst du denn hier?«, rief er und wollte mich greifen. Ich hatte keine Zeit, die liebe Katze zu spielen, die sich verlaufen hat. Also entzog ich mich blitzartig durch einen großen Satz. Fast hätte ich dabei den USB-Stick verloren, den ich im Maul trug. Ich flitzte um einige Ecken, konnte den Polizisten abschütteln und fand schließlich ein leeres Büro. Ich sprang auf den Schreibtisch. Der Rechner war online – perfekt. Von dem Stick überspielte ich schnell Fiorinas Text in den Polizeicomputer und setzte die Nachricht auf »höchste Priorität, sofort lesen«.

Dann machte ich, dass ich rauskam. Diesmal lief ich einfach die Treppe runter und zum Eingang hinaus. Wer mich sah, musste mich schlicht für eine verirrte Katze halten, die man vor die Tür setzte. Und genau da wollte ich ja sowieso hin. Als ich draußen war, atmete ich auf. Unterhalb der Stufen, die zum Eingang führten, setzte ich mich nieder und putzte mir erst mal die Pfoten. Das beruhigt. Mein Blick schweifte über die am Bordstein parkenden weißgrünen Polizeifahrzeuge. Da! Unter einem der Wagen bewegte sich etwas. Es bewegte sich nicht nur, es kam auf mich zu. Es war Fiorina. Die getigerte Journkatzlistin japste wie ein Jagdhund, was ihr gar nicht gut stand. Offenbar war sie kilometerweit gerannt. »Sie – haben – Winnetou!«, brachte sie schließlich heraus.

Verdammt!

In aller Eile erzählte sie mir, dass der Plan, die beiden Al-Katzda-Agenten zu beschäftigen, fehlgeschlagen war. Oder anders gesagt, er hatte ein wenig zu gut funktioniert, und sie hatten den kleinen Winnetou gefangen.

»Der eine hatte seine Zähne in Winnetous Nacken und hat ihn weggeschleppt wie ein Junges«, erzählte sie. »Und der andere hat den Rückzug gedeckt. Was sollten unsere Jungs da machen? Hätten sie eingegriffen, wäre Winnetou womöglich verletzt worden. Die Killer hätten bloß zuzubeißen brauchen.«

»Gut, dass Max und Moritz nichts ohne Anweisung unternommen haben«, sagte ich. »So viel Umsicht hätte ich den beiden gar nicht zugetraut.« Die Zwillinge besaßen mehr Muskeln als Hirn.

Fiorina erzählte mir, wie es weitergegangen war: Die fremden Agenten hatten Winnetou mit ins alte Kino genommen. Sie hatten sich also tatsächlich dort verschanzt, das wussten wir jetzt – aber zu welchem Preis!

»Wissen die anderen schon Bescheid?«, fragte ich.

»Ja, Max und Moritz haben die meisten informiert. Sie sind bereits am Treffpunkt.«

»Dann nichts wie los«, sagte ich und flitzte schon über die Straße. Als wir auf den Parkplatz einbogen, kam auch Pino gerade angehetzt. Unter den Autos rumorte es. Zwischen Breitreifen und Auspufftöpfen blitzten gelbgrüne Augen hervor. Jetzt, am hellen Morgen, waren viel mehr Fahrzeuge da als in der vorigen Nacht. Viele Menschen waren zum Einkaufen gekommen. Es standen wohl einige Geschlossentage bevor, die Menschen nennen das Feiertage. Eine Katze braucht keine Feiertage. Sie macht ja jeden Tag, was sie will.

Max und Moritz waren am Boden zerstört, weil sie Winnetou nicht hatten schützen können.

»Der arme Kleine«, schluchzten die beiden schwarzweißen Kater im Chor unter einem alten Volvo hervor. »Wir haben es vermasselt, er hat sich auf uns verlassen.«

»Ihr habt getan, was ihr konntet«, beruhigte ich sie. Selbstvorwürfe brachten uns nicht weiter. »Lasst uns jetzt überlegen, wie wir ihn da rauskriegen.«

»Ich biete mich zum Austausch an«, sagte Alex, der das wohl im Fernsehen gesehen hatte.

»Darauf werden sie kaum eingehen«, sagte ich. »Dich können sie schließlich nicht am Genick herumtragen. Und eine Geisel, die man beim Rückzug nicht mitnehmen kann, bringt ja wohl überhaupt nichts.«

»Wahrscheinlich wollen sie doch nur freien Abzug«, meinte Pino. »Sie werden ihn freilassen, wenn sie sicher im Zug sitzen.«

»Vielleicht, vielleicht aber auch nicht«, sagte ich. Das war nun wirklich zu unsicher. Was, wenn sie den Kleinen mit ins Hauptquartier nahmen?

»Dann müssen wir es stürmen«, sagte Fiorina. »Schließlich sind wir weit in der Überzahl.«

»Zu gefährlich für Winnetou«, lehnte ich ab.

Wir drehten uns im Kreis. Aber wir mussten etwas unternehmen – und zwar sofort! Es reichte ja im Grunde, wenn man die feindlichen Agenten für kurze Zeit ablenkte. Ablenken ... anlocken ... locken ... unwiderstehlich ... ja, das war die Lösung.

***

Kurze Zeit später schlichen wir durch den Ort in Richtung Kino. Wir mussten uns vorsichtig bewegen, sonst hätten die Menschen einen Aufstand gemacht. Wenn das jemand gesehen hätte – zwölf ausgewachsene Hauskatzen, die mit Büroklammern befestigte Wattebäusche auf ihren Nasen trugen. Zwar zwickten die Büroklammern fürchterlich, aber diese improvisierten Gasmasken waren unbedingt notwendig. Die Wattebäusche hatten wir zusätzlich mit Thunfischöl getränkt. Sie schützten uns vor dem betörenden Duft der Riesenportion Katzenminze, die wir mit uns führten.

Unser Antiterrorkommando umfasste vier Minzeträger, unter denen sich als einzige Kätzin auch Fiorina befand, sechs kampferprobte Kater, die ich allein nach ihrer Durchschlagskraft ausgewählt hatte, sowie Pino und mich als Oberkommando.

Kurz vor dem Kino trennten wir uns. Die Träger sollten unsere Geheimwaffe vor einem eingeschlagenen Seitenfenster des alten Kinos deponieren, sodass der Duft schnell ins Innere gelangte, und sich anschließend auf einen sicheren Beobachtungsbaum schräg gegenüber verziehen.

Wir anderen schlichen uns auf die gegenüberliegende Seite des Gebäudes. Ich ging davon aus, dass die Terroristen Winnetou in irgendein kleines Kabuff gesperrt hatten, denn Fesseln kam eher nicht infrage. Um eine Katze zu fesseln, braucht man professionelles Material, das die Terroristen hier kaum zur Verfügung hatten. Deshalb gab es genau drei Möglichkeiten, wo er sein konnte: in der Putzkammer oder in einem der beiden Menschenklos. Die Menschen bestehen ja darauf, ihre Hinterlassenschaften nach Geschlechtern zu trennen.

Wir arbeiteten uns so weit vor, wie es möglich war, ohne gehört zu werden. Dann warteten wir auf das vereinbarte Signal.

Es dauerte nicht lange: Schon nach wenigen Minuten ertönte das verabredete vierstimmige Katzenlied, das uns freie Bahn signalisierte. Vermutlich wälzten sich gerade sämtliche Al-Katzda-Agenten besinnungslos in einem Riesenhaufen Katzenminze.

Wir flitzten in das Gebäude. Sechs Kater stürmten in drei unterschiedliche Richtungen davon. Wer wo nachschauen sollte, hatte ich bereits vorher bestimmt. Pino und ich blieben zurück, um dem ersten, der Erfolg meldete, zu Hilfe zu kommen. Es würde ja eine Tür zu öffnen sein.

Da, ein Ruf von Cäsar, dem alten Kämpen. Er war schwarz mit weißen Pfoten, die Menschen hatten ihn früher wahrscheinlich unglaublich niedlich gefunden. Inzwischen hatte er überall kahle Stellen und Narben von unzähligen Kämpfen. Ich selbst hatte mich früher einige Male mit ihm geprügelt. Cäsar saß vor einer geschlossenen Tür, hinter der klägliches Weinen zu hören war. Ich sprang auf die Klinke. Sie rührte sich nicht. Ich winkte Pino. Auch er sprang und hängte sich mit den Vorderpfoten an die Klinke. Das zusätzliche Gewicht ließ die Klinke sich ein Stück nach unten bewegen, aber die Tür schwang immer noch nicht auf. Sie klemmte. Vielleicht wollte auch der Schließmechanismus nicht mehr so richtig.

»Verdammt. Cäsar, schau mal, ob du die Tür jetzt aufkratzen kannst«, rief ich hinunter.

Der Kraftprotz kratzte wie besessen mit beiden Pfoten am Türspalt. Gleichzeitig bekam er Hilfe von innen,

Winnetou hatte inzwischen begriffen, dass Rettung nahte. Als ich dann noch einen kleinen Hüpfer machte, bequemte sich der Riegel endlich ganz zurück, und die Tür ging quietschend so weit auf, dass Winnetou herausschlüpfen konnte.

»Nichts wie weg!«, rief ich und sprang von der Türklinke. Keine Sekunde zu früh, denn am anderen Ende des Saales erschienen schon die Al-Katzda-Kämpfer, jeder einen Strauß Katzenminze im Maul. Wir wollten nicht kämpfen, wir wollten nur unseren Junior retten. Wenn alles gut ging, würden die Glaubenskrieger sowieso demnächst ohne Anweisungen, ohne Zentrale und ohne Oberguru dastehen.

***

An diesem Abend herrschte ausgelassene Stimmung auf dem Supermarkt-Parkplatz. Die Jungen jagten sich gegenseitig über die Autos, die Älteren saßen in enger Runde und erzählten einander die Begebenheiten aus unterschiedlichen Blickwinkeln.

In den folgenden Tagen trudelten nach und nach weitere Erfolgsmeldungen ein. Pino schaffte es tatsächlich, das Extranet von Al Katzda komplett lahmzulegen. Zwei Wochen später ebneten riesige Bagger das Hauptquartier ein. Auf Fiorinas flammenden Artikel gegen das angeblich asbestverseuchte Gebäude hin hatte sich sofort eine Bürgerinitiative gegründet, und da Wahlen vor der Tür standen, waren die Behörden schnell eingeknickt.

Auch mein Eintrag im Polizeicomputer fiel auf fruchtbaren Boden. Eines schönen Tages rückte die Staatsanwaltschaft auf dem Anwesen des Internetmillionärs an.

Die Menschen wurden festgenommen, die dort vorgefundene weiße Perserkatze kam in ein Katzenhaus. Und dreimal dürfen Sie raten, von wem so ein Katzenhaus geführt wird. Schnell waren die Stammdaten des Neuzugangs geändert. Jetzt stand da: »Darf nur als Wohnungskatze gehalten werden. Möchte gern zu einer älteren, allein lebenden Dame.« So kam die ehemalige Anführerin von Al Katzda zu einer achtzigjährigen Rentnerin ohne Internet, die sie niemals ins Freie ließ. Lebenslange Kontaktsperre – das hatte sie jetzt davon.

Der kleine Winnetou war obenauf. In den folgenden Wochen konnte man ihn oft auf irgendwelchen Zäunen oder Holzstapeln hocken sehen, wo er seine jugendlichen Bewunderer um sich versammelte und ihnen von seinen Abenteuern erzählte. Wahrscheinlich wurde die Geschichte jedes Mal weiter ausgeschmückt. Als ich einmal zufällig ein paar Sätze aufschnappte, hatte sich die Anzahl der Killer schon verdreifacht, und Winnetou hatte mehrere davon mit bloßen Zähnen und Krallen erledigt, bevor sie ihn überwältigten.

Das alles ist jetzt ein halbes Jahr her. Viele Anhänger von Al Katzda leben weiterhin im Verborgenen, andere jedoch besannen sich eines Besseren und suchten sich nette Menschen. Wir werden jetzt wohl einige Zeit Ruhe haben. Bis der Nächste auf die Idee kommt, sich zum Führer emporzuschwingen und einer ganzen Spezies seine persönliche Weltanschauung aufzuzwängen.

Auch meine Dosine hat ihren Schock inzwischen verkraftet. Sie sitzt da drüben im Sessel. Ich werde mal rübergehen, mich in ihrem Schoß zusammenrollen und mich sanft in den Schlaf kraulen lassen. Fast schade, dass sie nie erfahren wird, wen sie vor sich hat.

Thomas Kastura
Doug, der Gerechte

Es ist Nacht. Menschen sterben, Sirenen heulen. Leichen werden abtransportiert aus einem Kellerloch gleich um die Ecke. Bandenkrieg oder Familiendrama, wer kann das schon sagen? Die Straßen dampfen von sintflutartigem Regen. Doch er hat all den Dreck nicht weggewaschen, sondern nur neu verteilt. Die Stadt steckt in ihrem Morast aus Missgunst und Mord und wartet auf einen Kollaps, der nie eintritt. Durch überquellende Rinnsteine schiebt das Leben seinen Einkaufswagen weiter wie ein Penner seine Habe. Dem Tod schenkt es nur ein Achselzucken.

Und die Katzen schauen zu.

Das ist so unsere Art. Die Welt kann ihre Probleme gern für sich behalten. Wir haben selber genug.

Ich treibe es mit Kitty auf einem ausgebrannten Lieferwagen. Der Kübel stinkt nach Verwesung, stört mich aber nicht. Dass unsere Spezies Wert auf Reinlichkeit legt, ist nur ein Gerücht. Wenn das alte Rein-Raus ruft, ist uns alles egal, dann sprechen die Instinkte. Ich bin ein großer *Clockwork Orange*-Fan.

»Komm schon! Sag was Versautes!«

»Wuff!«, macht Kitty.

»Yeah, Baby! Du weißt, wie du mich kriegst.«

Ich leg nen Zahn zu, und es wird ne Nummer, wie ich sie von meiner Lieblingspussy erwarte: heftig, laut, voller Körpereinsatz.

Kitty ist ne Straßenmieze. Sie sucht sich ihre Kunden trotzdem sorgfältig aus. Schwarz von den Ohren bis zur

Schwanzspitze, eine Rückenlinie zum Dahinschmelzen. Und Sinn für Humor. Was will ein Kater mehr?

»Mit dir ist es am schönsten«, schnurrt sie und rollt sich zusammen. »Bist echt der Burner, Doug.«

Ich liege platt wie ne Flunder auf dem Lieferwagen. Die Rammelei bringt mich noch mal ins Grab. Und ich kenne ne Menge Leute, die auf diesem Grab tanzen werden. Tagelang.

»Hab von dem Beatmungsgerät für Katzen gehört. Wenn das auf den Markt kommt, können wir über ne Ehrenrunde reden.«

»Wie wär's mit Viagra?«, fragt sie.

»Davon krieg ich Haarausfall.«

»Schade! Die Nacht ist noch jung ...«

Ich richte mich auf und nehme eine, na ja, seriöse Haltung ein. Erst das Vergnügen, dann die Arbeit, sag ich immer. »Hör mal, Kitty, eigentlich bin ich nicht wegen der Liebe hier. Da draußen regiert der Hass.«

Sie senkt ihren Kopf – mit leichtem Bedauern, als wüsste sie seit Generationen Bescheid. »Auch schon gemerkt?«

»Ich bin an nem neuen Fall dran. Vielleicht kannst du mir helfen.«

»Schieß los.«

Kitty tut unbeteiligt, aber ich merke, dass etwas an ihr nagt. Etwas Unverzeihliches. Unversöhnliches. Nie wieder Gutzumachendes.

»Wir alle haben Feinde in dieser Stadt«, fange ich an. »Typen, die uns zum Spaß gegen ne Wand werfen oder den Schwanz abhacken. Sie wollen uns vergiften mit Seuchenfleisch, Gen-Milch und was weiß ich. Sie sperren uns in eine Kiste mit Kanalratten, die doppelt so groß sind wie wir – Wetten à la Schrödinger. Von den armen Schweinen, die an Bäume und Türen genagelt werden, ganz zu schweigen.«

»Menschen kann man aus dem Weg gehen.«

»Wer redet denn von Menschen? Katzen tun das Katzen an. Oder sie beauftragen jemanden damit.«

»Und?«

»Es geht um die Hurenmorde, Kitty. Da ist ein Irrer am Werk. Den müssen wir stoppen.«

Sie verstummt.

»Ich weiß inzwischen von sechs Miezen, denen die Kehle durchgeschnitten wurde. Sauber von hinten – ein Seufzer in der Finsternis. Die Süßen wurden überrascht.«

Kitty bekommt diesen Blick in die Ferne. Er zielt auf einen Punkt, wo Zorn, Schmerz und Kummer sich zusammenballen zu einem Schwarzen Loch namens Rache.

»Als Bonnie Lou dran glauben musste«, fahre ich fort, »hast du da irgendwas gesehen? Ihr habt doch zusammengearbeitet, in Sichtweite, damit nichts passiert.«

»Hat wohl nichts gebracht.«

Ich lasse sie überlegen. Bei uns Katzen blubbert alles wie von selbst hoch. Wir haben ein Elefantengedächtnis.

Kitty schüttelt den Kopf. »Der Typ, der's getan hat – keine Ahnung, wie er aussah. Ich war selber ziemlich beschäftigt.«

»Denk nach.«

Sie steht auf und geht am Rand des Lieferwagens entlang. Ihre Barthaare stehen stramm wie Miniantennen. »Da war noch jemand dabei.«

»Wer? Wen meinst du?«

»Bonnie Lou ist mit dem Kunden weiter in die Straße reingegangen. Bei Sonderwünschen macht sie das manchmal. Verdammt leichtsinnig, wenn du mich fragst.«

Die Straße ist eigentlich ein Hinterhof, Deadend. Kitty deutet auf Schatten, die selbst für Katzenaugen schwer zu durchdringen sind. Angespannt schaut sie sich nach allen Richtungen um. »Einer saß unter dem Pick-up-Truck.«

Sie meint ein Autowrack, das dicht neben einer Hauswand steht und dort für die Ewigkeit geparkt ist. Es stammt aus einer Zeit, als es noch reichlich Benzin gegeben hat. Solche Blechruinen findet man überall in der Stadt. Niemand macht sich die Mühe, sie auszuschlachten oder abzuschleppen. Seit der Sprit knapp ist, herrscht an Reifen und Schrott Überfluss.

»Unter dieser Karre saß ne Katze?«, frage ich.

»Nee, ein Rhinozeros.«

»Witzig.«

Kittys Miene wird wieder ernst. »Da war noch was anderes, etwas Großes, weiter oben auf der Feuertreppe.«

Das verrostete Ding erstreckt sich in die Unendlichkeit. Ich kann zwar richtig weit sehen, aber nach zehn Stockwerken verliert sich alles in einer urangrauen Masse, die ein paar Hippies mal »Himmel« nannten.

»Der Killer hatte also Unterstützung«, sage ich. »Einer stand unter dem Auto Schmiere. Und die Luftüberwachung hat ›Mister Big‹ übernommen. Das war kein durchgeknallter Nuttenschlitzer, Kitty. Sieht mir nach nem Auftragsmord aus.«

»Und die anderen Katzen, die's erwischt hat?«

»Falls es einen Zusammenhang gibt, haben wir es mit Hinrichtungen in Serie zu tun.«

»Eine neue Gang? Wollen die ihr Revier abgrenzen?«

»Unwahrscheinlich. Ihr hart arbeitenden Miezen seid lebendes Kapital. Niemand dezimiert potenzielles Kapital. Vielleicht ein, zwei Morde zur Abschreckung, um einen Fuß in die Tür zu kriegen. Aber sechs tote Pussys sind sechs gottverdammte Fragezeichen.«

»Warum Bonnie Lou? Sie war immer so ... nett.«

»Nett ist lange her.«

Wir schweigen. Katzen können das gut, vor allem in der Gegenwart von Menschen. Macht uns irgendwie rätselhaft, unnahbar. In Wirklichkeit ignorieren wir nur das Gelaber der Zweibeinarschlöcher, die den Planeten in einen Strudel aus Gier und Vernichtung gerissen haben. Vor ein paar Tausend Jahren in Ägypten hatten wir einen Pakt mit den Menschen und standen kurz davor, den ganzen Laden zu übernehmen. Hat leider nicht geklappt. Doch in letzter Zeit ist es einigen wenigen von uns gelungen, diesen Pakt zu erneuern, mit weitreichenden Konsequenzen ...

»Mit wem hing Bonnie Lou sonst noch ab?«, frage ich.

»Mit Culariña. Die beiden waren ein Herz und eine Seele.«

»Kenn ich. Treibt sie sich noch oben in Kingsbridge rum?«

»In der *Piper's Tavern*. Ist dort so was wie'n Heiligtum. Kneipenmieze.«

»Danke.« Ich stelle den Schwanz senkrecht – langsam geht's wieder. Checke die Lage, um nen Abgang zu machen. »Adios, Baby. Pass auf dich auf.«

»Tu ihnen weh, Doug. Tu's für mich.«

Ich lasse ihr fünfzig Mäuse da. Das ist fast alles, was ich habe. Kitty will's nicht annehmen, aber was wird aus uns, wenn wir anfangen, für lau den Arsch hinzuhalten? Und dass jetzt keiner denkt, »Mäuse gleich Nagetiere«. Im Big Apple bezahlt man immer noch in Dollar. Sogar Vögel haben irgendwo ein paar Scheinchen versteckt. Wollt ihr wissen, wo ich meinen Zaster aufbewahre? Schaut euch nen Knastfilm an.

Weiter. In die Dunkelheit, die unser Verbündeter ist.

Mein Name ist Douglas Gillanders Maclaine of Lochbuie. Alle nennen mich Doug. Klingt ein bisschen wie Dog, was ich durchaus berechtigt finde. Ich hab mal zwei Dobermännern ne Schönheits-OP verpasst. Nach meiner Behandlung sind die mit ihren zerfleischten Schnauzen ein Fall fürs *Hanoi Pho* gewesen, so heißt das vietnamesische Restaurant in meinem Viertel. Hab die Reste der Mahlzeit aus der Tonne geangelt. Bisschen zäh, die Köter sind nur Knochen und Muskeln gewesen. Mit Süßsauersoße allerdings gar nicht übel.

Ich bin ein Scottish Fold Longhair aus bester Zucht. Mein Fell ist grau-weiß getigert, wenn gerade mal keine Scheiße oder Schlimmeres dran klebt. *Silver mackerel tabby* nennt man diese Färbung. Nicht dass ich stolz drauf wär.

Als mich das Riverdale-Pärchen, bei dem ich gelebt hab, zum Kastrieren schleifte, bin ich stiften gegangen. Warum konnten die mir nicht einfach meine Ration Luxusfresschen hinstellen und gut is? Ich häng an meinen Eiern, comprende!

Jedenfalls hab ich mich in die Büsche geschlagen, im Van Cortlandt Park war das damals. Kein guter Ort, um sich neu zu erfinden, aber der Schule des Lebens ist das egal. Die besorgt's dir an jedem beliebigen Ort von New York.

Seither schlag ich mich so durch.

Zur Bronx ist mir das Gelatsche zu weit. Ich spring auf ne Rikscha und lass mich von einem Schweizer Touristen streicheln, quasi als Gegenleistung dafür, mitgenommen zu werden. Die Schweizer kommen mit hypermodernen Segelschiffen über den Ozean, bleiben genau eine Woche in Amerika und hauen dann wieder ab. Seit dem letzten Ölkrieg sind die Schweizer die Einzigen, die noch Kohle haben. Gut, ein paar andere Länder bunkern auch noch was, aber wir nennen sie alle »Schweizer«, zur Vereinfachung.

Ich springe Ecke 231st Street ab und such mir meinen Weg zur *Piper's Tavern*. Vor ein paar Jahren war das noch ne einigermaßen sichere Gegend. Doch mittlerweile liegt Kingsbridge an der Grenze zur Toxischen Zone, und da will keine Katze hin, nicht mal ne Milbe. Kontaminiertes Umland, No-stay-Area, wie bei allen größeren Städten, die sich einen Fraktallaserschirm leisten können.

Es regnet wieder. Die Nacht schreitet mit Springerstiefeln voran. Keine Sterne.

Das *Piper's* begrüßt mich mit einem Bettlerkordon. Ich winde mich zu den Türstehern durch. Sie lassen ihre Eiswürfelaugen auf mir ruhen. Dann darf ich rein.

La Culariña thront, für alle sichtbar, auf dem Kneipenklavier. Ihr Göttinnenarsch ist hier die Hauptattraktion.

»Buenas tardes, Douggie. Lange nicht gesehen.«

Ihre Stimme kommt von ganz tief unten. Und für ihr Lächeln müsste man eine neue Maßeinheit erfinden. La Culariña ist nämlich auch La Boca, auf Wunsch macht sie's in beide Richtungen.

»Muss dich unter vier Augen sprechen, Cula. Hast du Zeit?«

»Für mein kleines schottisches Pumpwerk? Aber immer!«

Sie führt mich in ein Séparee, in dem gerade keine Menschen zugange sind. Ein Plüschinferno aus Polyester. Rot, die Farbe des Hormonstaus.

Mein Fell sträubt sich wie im Comic. Es gibt keine Fenster. Nur einen versifften Luftschacht.

»Du kennst die Regeln!«, sagt sie. »Boca y Culo. Keine Sauereien.«

»Würde mir nie einfallen.«

»Ich könnte deine Mutter sein. Schon mal von Freud gehört? Es gibt so viele junge, knackige Pussys da draußen.«

Sie macht einen Schlenker mit dem Hintern, dass mir ganz anders wird. »Der Nachwuchs hat nicht deine Klasse.«

»Erfahrung zahlt sich aus, Jungchen.«

Schluss mit dem Geplänkel. Ich rede Fraktur. »Bonnie Lou ist tot. Und fünf andere Miezen. Dafür muss jemand bezahlen.«

»Hab davon gehört.« Ein Schauer läuft ihr über den – immer noch verführerischen, dunkelbraun schattierten – Rücken. Sie geht zur Tür und schließt sorgfältig ab. Culariña wirkt überhaupt nicht mehr souverän, sondern nervös.

»Was ist los?«, frage ich. »Vor wem hast du Angst?«

»Ich weiß nicht. Niemand weiß es. Halt dich aus der Sache raus. Miezen sterben jeden Tag. Berufsrisiko.«

Ich tapse ein wenig auf der Sofalandschaft herum. »Berufsrisiko. Erzähl das mal den Mädchen, die sterben mussten. Ihren Lovern und ihren Freundinnen. Ihren Kindern.« Ich mache eine Pause. »Und ihren Müttern.«

Sie leckt sich die Pfoten. Übersprungshandlung oder Pontius Pilatus? Ihre Stimme wird ganz leise. »Du weißt nicht, mit welchen Leuten du es zu tun bekommst.«

»Es bleibt unter uns, Culariña. Und vergiss nicht, du bist mir was schuldig.«

Hab sie mal rausgehauen, als ein Pitbull sie zu Hackfleisch verarbeiten wollte. Einer der vielen Amokläufe in der Stadt: Heimgekehrte Army-Kampfhunde, traumatisiert bis zum Anschlag, stürmen eine Kneipe und verwandeln alles in ein Schlachthaus, Menschen, Katzen, Hundekumpel, scheißegal. Ursprünglich sollten sie den Krieg zum Feind tragen. Könnte besser funktionieren.

Es arbeitet in ihr. Schließlich ringt sie sich durch.

»Kennst du Marno?«, fängt sie an.

»Den Sohn des Stadtpräsidenten? Klar kenn ich gewalttätige Wichser, die New York noch tiefer in den Schlamm reindrücken, auf dem es einst erbaut worden ist. Wie alt ist der jetzt? Zwei?«

»Für einen Kater die beste Zeit, um ... Entdeckungen zu machen.«

»Was für Entdeckungen?« Langsam werde ich unleidlich. »Spuck's schon aus, Cula.«

»Na ja, Marno hat sich gern bei uns rumgetrieben. Edelnutten konnte er jederzeit buchen, die sind geimpft, clean, aalglatt, aber eben nicht der Wahre Jakob, verstehst du?«

»Er wollte ein bisschen *street credibility*.«

»Genau. Und deshalb musste es ein Gruppending sein. Straßenmiezen für ne Orgie. Die haben das in einer alten U-Bahn-Station aufgezogen.«

»Und du warst dabei.«

Sie blickt zu Boden. »Ja, ich war dabei. Aber frag mich nicht, was Marno von den Mädchen alles verlangt hat. Dagegen ist ›pervers‹ ein Witz.«

»Dass du bei so was mitmachst?«

»Er hat gut gezahlt. Unglaublich gut. Bonnie Lou hat den Schulmädchen-Part übernommen. Die anderen – «

»Zu wievielt wart ihr?«

»Sieben Miezen.«

»Davon sind sechs inzwischen tot«, stelle ich fest. »Wer hat dich bezahlt?«

»Ticksie, das Wiesel.«

»Schlechte Nachricht.«

Noch während ich die beiden Wörtchen sage, bricht in dem Zimmer die Hölle los. Die Tür wird aufgesprengt, Culariña prallt gegen die Wand. Ich flitze zum Luftschaft, dem einzigen Ausweg. Springe rein und riskiere einen Blick zurück.

Dobermänner. So scharf, als hätten sie wochenlang nichts mehr zu fressen bekommen. Sie zerreißen meine alte Freundin in der Luft. Genießen es.

Ich kann nichts ausrichten. Also hau ich ab, durch den Luftschacht. Da passen diese Köter garantiert nicht rein.

Aber jemand anderes. Krallengeräusche auf Aluminium, dicht hinter mir. Dem Geruch nach ein Kater. Bisschen säuerlich.

Wenn das Borschtsch ist, kann mir nur einer auf den Fersen sein.

Sergej.

Alle kennen ihn nur als Sergej, den Schnitter. Ein Auftragskiller. Manche sagen: der beste. Er folgt mir durch den Schacht.

Ich komme an eine Verzweigung. Rechts geht's abwärts, da liegt wahrscheinlich die Küche. Fritteusendünste.

Links riecht's mehr nach Straße.

Und überall klapprige Rohrleitungen.

Ich entscheide mich für eine Seite und warte.

Sergej kommt scheißeschnell näher. Dann bremst er ab, kurz vor der Abzweigung. Schnuppert.

Ich halte den Atem an. Sergej besitzt maßgeschneiderte Krallenverlängerungen, das weiß jeder, sichelförmig und rasiermesserscharf. Dagegen hab ich keine Chance.

Er zeigt sich. Ganz offen, seine Muskeln tanzen Kasatschok unter dem Fell. Ihm ist klar, dass ich in den Schacht zur Küche gekrochen bin. Beutetiere flüchten *immer* nach innen, Reflex. So ein Uterus-Ding. Mäuse machen das so. Heute bin ich die Beute.

Na gut, Schnitter, *du* bist dran.

Er holt aus und will mir die Rübe mit einem einzigen Hieb absäbeln.

Ich trete gegen eine Rohrleitung, mache Kräfte frei, von denen ich keine Ahnung hatte. Es zischt wie verrückt, Wasserdampf, heiß. Sergej lässt das kalt, aber er sieht nichts mehr. Mit Karacho ramme ich ihm meinen vernarbten Dickkopf in die Fresse. Er schwankt.

Hinter ihm tauchen plötzlich zwei Miezen auf, gleiche Färbung wie Culariña, gerade mal geschlechtsreif. Sie bohren Sergej einen langen Kebab-Spieß in den Wanst. Und von dort ins Herz. Da ist viel Wut dabei. Wo haben die das gelernt?

Der Schnitter war der Beste. Hat seine Rückendeckung vernachlässigt. Erfolg macht unvorsichtig. Deshalb bin ich noch am Leben.

»Verschwinde!«, raunt mir eines der Kätzchen zu. »Die sind überall.«

Das lass ich mir nicht zweimal sagen. Wie ein Bekloppter fetze ich höher hinauf, dritter, vierter, fünfter Stock, immer über die Schächte. Das Haus muss aus einer Zeit stammen, als man Schadstoffe noch wegleitete, raus aus dem Gebäude.

Irgendwann hört der Boden unter mir auf. Kein Flachdach, einfach nur Leere.

Ich wär keine Katze, wenn ich nicht sicher auf meinen vier Pfoten landen könnte. Also fliege ich durch die Luft wie dieser Klugscheißer von Spiderman und suche nach einem Landeplatz. Benutze den Schwanz als Höhenruder.

Aber da ist noch Ticksie, das Wiesel. Er sitzt auf einem Fenstersims. Alles läuft in Millisekunden ab. Der Bastard legt ne Armbrust auf mich an, ungelogen, so ein Teil mit brutaler Spannung und nem sauspitzen Bolzen, die Größe spielt da nicht so die Rolle, entscheidend ist die Durchschlagskraft.

Das Geschoss streift mein linkes Ohr. Autsch.

Ich mache mich lang. Erwische die Kante des Simses. Ticksie lädt fieberhaft nach. Ich schwinge mich zu ihm hoch – gut, dass ich nie mein Pilates versäume.

Er schaut echt aus wie ein Wiesel: schlank, schlangenhaft, Überbiss. Will aus nächster Nähe auf mich anlegen. Idiot. Ich packe den Bolzen und bohre ihn tief in seine Brust.

Gerechtigkeit für Schmieresteher.

Den Schatten über mir bemerke ich allerdings viel zu spät. Mit einem einzigen Prankenhieb werde ich umgenietet. Ein Vorschlaghammer ist dagegen ein Samthandschuh.

Mister Big hat sich im Hintergrund gehalten, bis er mich genau da hatte, wo er mich haben wollte. Ein Kater, so groß wie eines dieser ausgestorbenen Viecher. Luchs? Puma?

Ich falle.

Falle.

Er setzt nach, um mir am Boden den Rest zu geben, über Mauervorsprünge, Traufrinnen, Löcher in der bröckelnden Backsteinfassade. Abwärts.

Durch die Watte in meinem Kopf bemerke ich, wie Mister Big zurückbleibt. Culariñas Töchter greifen ein, es sind Dutzende, zu viele selbst für einen Profi wie ihn, zu viele Augen, zu viele Sinne. Sie verscheuchen die Bestie. Er springt hoch aufs Dach, was kaum jemand wagt wegen der Raubvögel, der mutierten Fledermäuse und was sonst noch da oben lauert.

Ich falle immer noch. Alles dreht sich.

Mein Aufprall ist überraschend weich: Müllsäcke.

Mir tut jeder Knochen weh, ich spucke einen Zahn aus. Kann nicht aufstehen, aber Culariñas Töchter schleifen mich raus aus dem Chaos rund um *Piper's Tavern*, weg von all dem Blut, den Metzgerhunden und den Erinnerungen an eine zerstückelte Leiche, die mir mal ne Ziehmutter gewesen war.

Sie bringen mich in einen Keller, nähen mein ausgefranstes Ohr. Keine Ahnung, was sie mir spritzen. Die Chemie haut tierisch rein, und ich sinke in einen tiefen, traumlosen Schlaf.

Als ich aufwache, geht's mir bedeutend besser. Katzen erholen sich schnell. Muss daran liegen, dass die meisten von uns viel zu früh sterben.

Ein Engel stakst mir entgegen. Weißes Fell, der Rest rosa. Brüste wie Milch und Honig. Haben die das Paradies wieder aufgemacht?

»Guadalupe«, sagt sie und öffnet einen Beutel Energiefutter.

»Ich wusste, dass du ne Heilige bist.« Während ich mir die Aufbaunahrung reinziehe, erklärt sie mir, was passiert ist.

»Angeblich hat der Sturmtrupp nur eine Routinerazzia gemacht. So weit die offizielle Version. Aber wir Miezen sehen das anders: Culariña wurde liquidiert, auf Befehl von ganz oben. Das *Piper's* ist ne Festung, ein Killerkommando kann da nicht so einfach reinspazieren. Deshalb haben die größere Geschütze aufgefahren.«

»Warum Culariña?«

»Sie wusste zu viel. Über Marno.«

»Was gibt's über den miesen Sadisten denn zu wissen?«, wundere ich mich. »Steht auf Gangbang. Na und?«

»Hat sie's dir nicht gesagt?«

»Dafür blieb keine Zeit, bevor ...«

Guadalupe nickt nachdenklich. »Verstehe. Also, Marno hat diese Orgie mit den Straßenmiezen steigen lassen, spontan, der Dreckskerl muss high gewesen sein oder so was Ähnliches. Danach sind ihm allerdings Bedenken gekommen. Er hat sich gefragt, ob jemand sein Geheimnis entdeckt hat.«

»Spann mich nicht auf die Folter, Kleines.«

»Er ist tätowiert, an der Innenseite des rechten Hinterlaufs.«

»Wirklich?«, spotte ich. »Was ist es? Ein Anker?«

»Eine Seriennummer.«

Ich schnappe nach Luft. »Bist du sicher?«

»Culariña konnte es ganz kurz sehen. Sie hat mich eingeweiht.«

Das ist ne Mitteilung, die ich besser nie gehört hätte. Der Sohn des Stadtpräsidenten besitzt eine Seriennummer. Das bedeutet, er ist ein Scheißroboter.

Illegaler geht's nicht.

Ein Verstoß gegen den Artificial-Life-Act von 2025. Den haben die Restnationen der Erde festgeschrieben, nachdem Tokio und ein paar andere Megastädte Großchinas durch eine Roboterarmee ausgelöscht wurden. Seither dürfen keine Lebensformen, die größer als Nanobots sind, künstlich hergestellt werden. So lautet das Gesetz, eines der wenigen, an das sich die Regierungen dieses kaputten Planeten noch gebunden fühlen. Bei Zuwiderhandlungen ist eine militärische Intervention zwingend erforderlich. Der Einsatz von Miniatombomben steht ganz unten auf der Liste erlaubter Maßnahmen.

»Warum, Scheiße noch mal?« Ich krieg mich nicht mehr ein. »Warum ist Marno künstlich? Wem bringt das was?«

»Kannst du dir nicht denken, wer dahintersteckt?«, fragt Guadalupe.

»Der Stadtpräsident«, sage ich tonlos. »Cleophus Gundaccar der Dritte.«

»Steril wie Katzenstreu. Er will einen Erben, jemanden, den er auf seine Nachfolge vorbereiten kann. Wahrscheinlich hat er ganze Baureihen produzieren lassen, bis er mit dem Resultat zufrieden war. Dummerweise war ihm nicht klar, dass künstliche Intelligenz einen eigenen Willen entwickelt.«

»Das Fleisch ist willig, aber der Geist ist schwach.« Ich nicke. Langsam fügt sich alles zusammen. »Und weil keiner erfahren darf, dass Marno eine Plutoniumbatterie im Arsch stecken hat, lässt Cyber-Daddy alle umbringen, die das spitz gekriegt haben könnten.«

»Wie ich Culariña kenne, hat sie's auch so gemerkt. Dafür musste sie keine Seriennummer sehen.«

Ich strecke mich, mache Dehnübungen.

»Was wird das?« Guadalupe klingt besorgt. Sie ist ein Goldstück. Und blitzgescheit. Manchmal hat die Zukunft kleine, feste Titten.

»Ich knöpf mir das Pack vor. Die wissen doch eh, dass ich an der Sache dran bin. Vielleicht kann ich zur Abwechslung was für den Fortbestand unseres Kontinents tun.«

»Sieh dich vor, Doug. Weißt du, wer dich da oben an dem Sims fast abserviert hätte? Das war Major Kroll, die rechte Hand des Stadtpräsidenten.«

»Dachte mir schon, dass er einen Nazinamen hat. *Die* sterben nie aus.«

»Irgendwas an ihm ist nicht normal.«

»Was ist schon normal?« Ich hauche ihr ein Küsschen auf die Wange, und ob Sie's glauben oder nicht: Die Heilige errötet.

Guadalupe zeigt mir einen Gang, der ins Freie führt. Ich schleiche raus auf die Straße …

… in einen fahlen, nieseligen Tag, der sich von der Nacht kaum unterscheidet. Schwärzliche Wolkengebirge türmen sich über der Stadt. Hat was mit den Vulkanausbrüchen zu tun, die sich häufen, seit Geothermik-Kraftwerke an den Kratern kleben und die Magmakammern direkt angebohrt werden. Wenn der Regen ungefiltert runterkäme, wären die Straßen gelbschwarz von Asche und Schwefel. Biblisch irgendwie. Ich nehme an, der Teufel hat sich's längst drüben in Jersey gemütlich gemacht.

Diesmal gehe ich zu Fuß. Muss wieder in Form kommen für das, was vor mir liegt. Nach East Harlem sind's gut sieben Meilen. Auf den Straßen und Gehwegen drängen sich Kutschen, Rikschas, Inlinefahrer, Skateboarder, die Pferdebahn zum Central Park und tausend Fahrräder. Hin und wieder zischt ein Vehikel mit Solarantrieb vorbei, vor denen nehme ich mich besonders in Acht. Doch mit einem klaren Ziel vor Augen läuft sich's leichter.

Deswegen mache ich diesen Detektiv-Mist überhaupt: um ein Ziel zu haben. Sonst wär ich schon längst vor die Hunde gegangen, buchstäblich. Normalerweise sind meine Aufträge nicht der Rede wert, Betrugsgeschichten, Erpressung, kleinere Diebstähle, was eben so anfällt. An die Hurenmorde bin ich geraten, weil mich der Bruder einer toten Straßenmieze angeheuert hat, der ersten, die von Sergej aufgeschlitzt wurde. Meadows heißt er, ein Dealer am Lincoln Square. Bezahlte mich für einen Tag im Voraus, seitdem hab ich nichts mehr von ihm gehört. War auch gar nicht nötig. Ich hab den Fall zu meiner persönlichen Angelegenheit gemacht. Warum? Weil ich die Mädchen des Gewerbes einfach mag, zumindest die meisten. Sind so was wie Familie.

Konnte ja nicht ahnen, dass ich den Deckel eines gigantischen Eimers Kacke lüfte. Aber jetzt arbeite ich mich voll in die Kacke rein, durch sie hindurch. Und wenn es das Letzte ist, was ich tue.

Poor Richard's Playground ist fest in Katzenhand. Menschenkinder spielen hier schon lange nicht mehr. Im Stamm einer abgestorbenen Eiche hat Xerxes seinen Laden. Ein dunkelgrauer Perser. Schaut aus wie ein missmutiger Staubwedel, der zu viel Gras raucht.

»Ich hab was Größeres vor«, kürze ich das Lange-nicht-gesehen-was-darf's-denn-sein-Blabla ab. »Auf Biegen und Brechen rein und nach einem kurzen, energischen Dialog schnell wieder raus. Mehr brauchst du nicht zu wissen.«

Meine Stimme sagt ihm, dass ich in Sachen Tod unterwegs bin. Er wird munter. Zeigt mir sein ganzes Sortiment, auch das Zeug für Stammkunden. »Die neuen Sprengsätze werden dir gefallen, Doug. Gerade mal so groß wie Murmeln, ultraleicht, mit der üblichen Effektpalette. Kommen im Zehnerpack inklusive Survival-Kit. Der Gürtel ist kinderleicht umzuschnallen.«

Ich brumme was Zustimmendes.

»Wie ich dich kenne, stehst du nicht auf Schusswaffen.«

»Zu unhandlich«, stimme ich zu.

»Dann empfehle ich ein Set Wurfsterne. Titanlegierung, das ist Weltraumtechnologie. Nur für alte Freunde.«

»Dein Gequatsche stammt aus der Antike, Xerxes. Aber ich nehm die Kameraden.«

Shuriken waren schon immer mein Fall. Als ich noch bei meinen Ernährermenschen lebte, hab ich ein Probetraining bei den Mets absolviert. Ich wär der Tom Seaver der National Cat League geworden.

»Hast du ne Überraschung für den Infight?«, frage ich.

Er präsentiert Derringer, Elektroschocker, Handphaser, alles unbrauchbar. Schließlich finde ich einen Springdolch, der sich mit einer Manschette an der Pfote befestigen lässt. Die Klinge ist scharf wie ne Hell's-Kitchen-Pussy und mörderlang. Handwerk mit Tradition.

»Pack mir alles ein und zieh's von meinem Konto ab.«

»Stets zu Diensten.«

»Ist dein Schwager noch im Geschäft?«, will ich wissen.

»Natürlich. Wurde noch nie erwischt.«

Xerxes ist stolz auf diesen Computerfreak, dessen Namen niemand kennt. Ein Hacker von Gottes Gnaden. Ich setze mich an das Terminal des Persers und schicke seinem »Schwager« eine verschlüsselte Order. Dafür geht der Rest meines Guthabens drauf. Vergeltung macht arm.

Mit einem Daypack auf dem Rücken verlasse ich den Playground und setze meine Ein-Kater-Armee in Marsch. Nach Long Island. Wo die Fäden des Schicksals zusammenlaufen.

Der Abend dämmert, als ich in Bayville ankomme. Bin vorsichtig gewesen. Hab die Hauptstraßen gemieden und jede Deckung genutzt, die sich bot. So was wie mit Sergej in den Schächten wird mir nicht noch einmal passieren. Immer die Initiative behalten.

Das Anwesen, in dem der Stadtpräsident der Katzen residiert, wird von einem eigenen Hochleistungs-Fraktallaserschirm geschützt. Die Strahlung ist hier gleich null, Regentropfen verdampfen noch in der Atmosphäre. Außerdem gibt's einen vier Meter hohen, elektrisch geladenen Zaun, menschliche Wachen, überall Scheinwerfer, Videokameras – und Hunde. Eine Zitadelle, uneinnehmbar.

Wenn nicht die Kaninchen wären. Die Kerle haben sich in letzter Zeit vermehrt, als gäb's kein Morgen. Sind so was wie die Schlusspointe der Evolution: Bevor's ganz dicke kommt, zeugen die sich noch mal die Seele aus dem Leib in der Hoffnung, dass irgendein Klopfer das globale Gemetzel überlebt.

Und sie buddeln wie blöd. Unterhöhlen alles. Legen Gangsysteme an.

Ich entdecke die Öffnung eines Tunnels und schaue auf meine Armbanduhr. Kurz vor 20 Uhr. Primetime. Gleich geht's los.

Ein Rascheln neben mir im hohen Gras. Zwei lange Ohren. Mein Kontakt.

Sein Fell ist strahlend weiß. Er zwinkert mir zu. Ich komme mir vor wie Doug im Wunderland: *Follow the White Rabbit.*

Punkt acht gehen die Scheinwerfer aus. Xerxes' Schwager hat auch die Kameras und den Alarm lahmgelegt – hoffe ich und sprinte zum Tunnel.

Rein ins Vergnügen. Der Gang ist verdammt eng, ich muss den Daypack abnehmen und hinter mir herzerren. Kein Problem.

Auf der anderen Seite flutsche ich raus wie ein Korken aus der Flasche. Versuche mich zu orientieren. Lege meine Ausrüstung an.

Rings um die Villa herrscht Verwirrung. Die Hunde sind Rottweiler in XXL-Format, muss ne neue Züchtung sein. Sie nehmen Witterung auf.

Ich komme gut aus den Startblöcken, mache ein paar lange Sätze – die Hälfte ist geschafft. Doch von links und rechts walzen diese Rottwerwölfe auf mich zu und fletschen ihre Monsterzähne.

Zeit für ne Blendgranate. Mit einer Prise Chili. Hab ich schon gesagt, dass ich's pikant mag?

Jaulen, Fiepen. Ich erreiche ein Fallrohr und hangele mich eins-zwei-drei hoch.

Aufs Dach.

Nun hab ich ja mit Vielem gerechnet. Aber dass mir ein verschissener Weißkopfseeadler – der Wappenvogel Amerikas! – die Schulter aufreißt und mit dem Schnabel nach meinem guten Auge hackt, das ist zu viel. Ich mache einen Satz zur Seite und ziehe ihm einen neuen Scheitel. Hairforming à la Springdolch.

Mir läuft das Blut runter, nicht zu knapp. Ich streue Zucker drauf aus dem Survival-Kit. Muss reichen.

Eine Dachluke. Kurzes Zögern. Dann: Geronimo!

Bevor ich in einer Art Atrium lande mit Galerie und geschwungenen Treppen an den Seiten, sprenge ich mir im Fallen den Weg frei. Streuwurf.

Diesmal erwischt es ringsum Menschen. Korrupte NYPD-Schergen inhalieren Betäubungsgas, als wär's ihr Feierabendjoint.

Während ich die Luft anhalte und sich der Qualm langsam verzieht, sehe ich sie. Durch eine geöffnete Flügeltür. Mir bleibt das Herz stehen.

Kitty.

Major Kroll hält ihr eine kleine, extra für Katzen hergestellte Pistole an die Schläfe.

Ich mache ein paar weite Sprünge in die Kommandozentrale hinein. Hinter dem Major sehe ich den Stadtpräsidenten an seinem Edelstahlschreibtisch sitzen. Sein Sohn fläzt sich auf einem Ledersessel. Sie wirken wie Zuschauer, die eine geile Show geboten kriegen. Kitty windet sich in Krolls Klammergriff, kann aber nichts dagegen machen. Die Tür schließt sich automatisch.

»Keinen Schritt näher!«, befiehlt Kroll. »Bewundernswert, dass Sie es bis hierhin geschafft haben.«

Ich bleibe stehen. »Bewundernswert, dass Sie noch am Leben sind«, sage ich drohend.

Er lacht. »Der Auftraggeber bleibt immer am Leben.«

Es dauert eine Weile, bis ich kapiere.

Kroll nimmt mir das Wort aus dem Mund. »Sie finden jeden, Doug, das ist bekannt. Sie haben Freunde im Milieu. Und Sie gelten als unbestechlich. Deshalb habe ich Ihnen die Ermittlung überlassen. Meadows war ein Strohmann. Er liegt längst im Hudson River, mit einem Gewicht an den Pfoten. Niemand braucht Zeugen.«

»Das heißt ...«

»Sie haben die ganze Zeit in meinem Auftrag gehandelt. Ich bin Ihnen gefolgt, habe Ihnen gelegentlich ein bisschen Angst eingejagt, zur Motivation. Durch Sie habe ich erfahren, wer alles über Marno Bescheid weiß. Dadurch konnte ich entsprechende Maßnahmen ergreifen. Ich war Ihnen immer einen Schritt voraus.«

»Meinen Sie, ich bin der Einzige, der von Ihren Machenschaften weiß?«

Kroll grinst. »Während wir hier Höflichkeiten austauschen, werden das *Piper's* und der ganze Block, zu dem es gehört, von mehreren Marschflugkörpern eingeebnet. Die Polizei hat das Viertel weiträumig abgesperrt, wegen eines undichten Gastanks, der in einem Keller entdeckt worden ist. Klingt plausibel, oder? Die junge Prostituierte, mit der Sie sich so angelegentlich unterhalten haben, ist gleich nur noch ein Haufen Asche.«

Tatsächlich spüre ich dumpfe Vibrationen unter den Pfoten, als würden in einiger Entfernung Meteoriten einschlagen.

Guadalupe stirbt.

Und Kitty steht kurz davor.

Ich mache mich bereit. »Soll die Geschichte hier zu Ende gehen, Kroll?«

»So haben wir uns das gedacht.«

Mit jahrelanger Übung lassen sich Shuriken werfen, als wären sie nur ein bitterböser Gedanke zwischen zwei Wimpernschlägen. Ein Hochgeschwindigkeitszucken.

Major Kroll betrachtet die drei Titansterne, die sich in seinen Schädel gegraben haben. Er schielt. Die Metallummantelung klafft auseinander, Servomotoren werden sichtbar, nutzlos rotierende Zahnräder.

Noch ein Roboter.

Er lässt Kitty los und bricht zusammen. Zuckt unkontrolliert umher. Bis die Abschaltautomatik Erbarmen hat.

Ich baue mich vor Marno und seinem Schöpfer auf. Eine Bildschirmwand zeigt das *Piper's*-Inferno. Überall Flammen. »Gefällt euch das Programm?«

Marno macht einen Fehler. Er nickt.

Kitty hat sich Krolls Kanone geschnappt, wahrscheinlich will sie Junior das ganze Magazin in die Eier jagen. Aber ich halte sie zurück. Die beiden rot getigerten Kater schauen mir ein bisschen zu unbekümmert drein.

Die Pfote des fetten Stadtpräsidenten schwebt über einer Taste auf seinem Schreibtisch. Ich blicke zu Boden. Schicke Aluminiumplatten, dazwischen ... Fugen?

Keine Fugen. Ein Plasmagitter. Gleich werden wir gegrillt.

»Nur zu!«, sagt der Alte. »Lassen Sie Ihrer Wut freien Lauf.« Er grinst, als finge der Spaß erst jetzt für ihn an.

Kitty begreift und senkt die Pistole.

»Weg damit!«, kommandiert er. »Sie auch, Doug, ganz langsam. Keine Waffen in meiner Gegenwart.«

Ich lege den Gürtel und meinen letzten Wurfstern ab.

Er dreht an einem Regler und drückt auf die Taste. Ein Stromschlag fährt durch unsere Körper, dass es uns schier zerreißt. Schmerzen in allen Nervenbahnen, Nahtod im Gehirn. Das Fleisch brennt, die Eingeweide kochen.

Dann ist es ganz plötzlich vorbei.

Kitty liegt mit schlaffen Gliedern auf dem Gitter, Blut läuft ihr aus der Nase. Atmet sie noch?

»Das war die niedrigste Einstellung«, sagt Cleophus. »Wenn ich jetzt um das Spielzeug an Ihrer Pfote bitten dürfte.«

Zitternd wie ein Tattergreis löse ich die Manschette mit dem Springdolch und werfe sie weg.

»Wissen Sie, was dieser Galedroid gekostet hat?« Er deutet auf den schrottreifen Major. »Er war der Stolz unserer Forschungsabteilung, ein Prototyp, wie ihn die Welt noch nicht gesehen hat. 65 Kilowatt Gesamtleistung, wiederaufladbar, das ergibt einen Kieferdruck von – «

»Trau nie nem Auslaufmodell.«

»Vielleicht waren die Reflexe noch unausgereift. Aber bei Marno hier sind sie deutlich verbessert.«

Mir dämmert, worauf das Theater hinausläuft: eine Demonstration. Fass, Katerchen, fass!

Marno gleitet von seinem Sessel wie ein Gladiator, der endlich von der Kette gelassen wird und auf Wettkampfmodus schaltet. Sein gelangweilter Gesichtsausdruck weicht eiskalter Konzentration. Er ist noch ein Stück größer als Kroll. Sein erster Hieb bricht mir fast das Genick.

Ich fliege quer durch den Raum und pralle gegen die Bildschirmwand. Sie flackert nicht mal. Meine Schulterwunde bricht auf.

Hochrappeln, Verteidigungsposition einnehmen.

Doch Marno lässt sich Zeit.

»Das war eine rechte Gerade«, kommentiert Cleophus. »Jetzt will ich einen Haken sehen.«

Es wird ne ganze Serie. Marno fährt die Krallen aus, damit Farbe ins Spiel kommt. Wenn deine Futterluke nach und nach Matsch wird, macht jeder Schlag so ein feuchtes Geräusch. Hört sich obszön an, tut aber weh und weher.

Das Ungetüm schickt einen Leberhaken hinterher. Ich werde gegen den Sessel geschleudert und kotze ein Gemisch aus Blut und Knochen.

Der Alte frohlockt. »Übertragen auf menschliche Proportionen wäre das ein Wirkungstreffer, der schwere innere Verletzungen nach sich zieht. Da hilft keine Schutzweste. Ideal für den waffenlosen Nahkampf im Dschungel.«

Ich stehe wieder auf. Taumle, keuche, die Lungen rasseln. Was faselt Cleophus da? Menschliche Proportionen? Dschungelkampf?

»Und zum Schluss ein Uppercut. Hau ihm die Zähne durchs Hirn, dass sie oben wieder rauskommen!«

Marno nickt und marschiert auf mich zu.

»Was wird das hier?«, nuschle ich. »Das is'n Test, oder?«

Ein gewaltiger Schwinger, der mir das Licht ausblasen soll. Doch diesmal springe ich rechtzeitig hoch, knapp über Marnos Kopf hinweg. Die Landung ist eine einzige Schmerzwelle.

»Es geht gar nicht um Katzenroboter«, fahre ich fort. »Ihr wollt ne Androidenarmee bauen. Künstliche Soldaten. Für nen neuen Krieg.«

Marno wirft sich blitzschnell auf mich, ich kann nicht mehr ausweichen. Er hält mich fest und verpasst mir ein Mörderding.

Doch so dicht an mir dran kann er nicht richtig ausholen. Bricht mir nur die Nase.

»Mehr hast du nicht drauf?«, röchle ich.

Er holt erneut aus.

»Bravo!« Auf der Bildschirmwand erscheint ein Gesicht, überlebensgroß. Es ist der Stadtpräsident, doch nicht Cleophus Gundaccar der Dritte, der in New York über die Tiere herrscht, sondern sein menschliches Pendant, Richard T. Sundberg. Schwer zu sagen, wer von beiden skrupelloser ist.

Marno hält inne.

Sundberg applaudiert per Videoschalte. Offenbar glaubt er, ich wär schon hinüber. »Beeindruckende Vorführung, Kollege! Ich gratuliere zu einer hervorragenden Arbeit. Es hat uns viel Geduld und steuerliche Mittel gekostet, aber ich denke, wir können jetzt mit der Produktion humanoider Kampfeinheiten beginnen. Möge der Pakt zwischen Menschen und Katzen fortdauern.«

Aus den Augenwinkel bemerke ich, wie Kitty wieder zu sich kommt. Sie bleibt unten, wartet auf eine Gelegenheit.

Cleophus starrt auf die Bildschirmwand, als würde ihn der Allmächtige belobigen. »Dem steht nichts mehr im Wege«, schnurrt er unterwürfig. Ein Translatorwürfel auf seinem Schreibtisch übersetzt. »Verbindlichen Dank, Sir.«

Frankensteins Kater weiß nicht, was er machen soll. Warum sparen die immer am Grips?

Kitty fummelt eine Granate aus dem Gürtel und wirft sie mir zu. Ich stopfe Marno das Ding zwischen die Zähne und betätige den Zünder.

Er schaut ungläubig, sein Schraubzwingengriff lockert sich.

Ich drehe mich unter ihm raus und mache mit letzter Kraft einen Satz hinter den Sessel.

Die Explosion versengt meinen Arsch. Das Videobild verschwindet, die Bildschirmwand zerbirst in tausend Splitter. In Zeitlupe schaut das richtig cool aus. Eine Rauchwolke erfüllt den Raum.

Ich lasse ein paar Sekunden verstreichen. Dann checke ich die Lage.

Marno ist mehr so der kopflose Typ. Ein Halsstumpf zum Verlieben. Mit dem Rest können Bastler bestimmt noch was anfangen.

Kitty hat sich unter den Schreibtisch gerettet. Sie lebt, richtet sich auf. »Wo ist die Ratte?«

Die Balkontür steht offen. Cleophus macht sich dünne.

Ich aktiviere die Selbstzerstörungssequenz, über die der Wochenendsitz des Stadtpräsidenten natürlich verfügt, schon wegen der vielen Aufstände, die es andauernd gibt. Inzwischen ist auch ein Sirenenkonzert zu hören. Die Büttel nahen.

»Hinterher!«, sagen wir synchron.

Der Balkon entpuppt sich als Sonnendeck in luftiger Höhe, endlos lang, typisch Long-Island-Protzbau.

»Der Dreckskerl könnte überall sein.« Kitty resigniert.

Beutetiere, die von innen kommen, fliehen nach draußen. Möglichst weit weg von der Gefahrenquelle. So ein Titanic-Ding.

Ein Steg geht vom Sonnendeck ab Richtung Meer. »Skywalk«, nennt man das. Nur ne Vermutung.

Seite an Seite laufen wir durch die Nacht. Die Mieze neben mir lässt mich meine Wunden vergessen. Oh, Kitty! Könnte es nicht immer so sein? Du und ich, dem Bösen auf der Spur, mit süßer, verzehrender Rache im Herzen? In der Gewissheit, alles bewirken zu können. Lautlose Wächter einer untergehenden Welt.

Wir holen Cleophus am Ende des Aussichtssteges ein. Mit seinem Übergewicht hat er viel länger gebraucht als wir. Schreibtischkater.

Er blickt nach unten. Das Ufer. Aber da ist kein Wasser, sondern Ebbe. Scharfkantige Felsen, in einer Tiefe von gut zwanzig Metern. Er dreht sich um.

Wir tauschen Blicke.

Eins muss man ihm lassen: Er weiß, wann es aus ist. Keine Monologe mehr. Cleophus Gundaccar der Dritte springt.

Doch er scheint vergessen zu haben, wie das geht: auf allen vieren landen. Sein Schwanz rudert hilflos in der Luft, die Instinkte versagen. Als sich sein Kopf mit einem hässlichen Geräusch in den Bauch bohrt, schauen wir weg.

Ein toter Stadtpräsident. Zwei Straßenkatzen wissen warum.

Hinter uns Feuerbälle. Die Druckwelle bläst uns weit raus in den Long Island Sound.

Das Meer. Wärmer als gedacht.

Wir sind gute Schwimmer.

Christian Klier
Paristocats

Ich werde sie [: die Kläger] zu dir schicken.
Sobald sie bei dir angekommen sind,
wirst du sie vor Amun führen;
dieser wird über sie befinden
und den Lügner vom Unschuldigen scheiden.
Du wirst das Urteil schriftlich niederlegen
und es mir zukommen lassen.

Brief auf Papyrus, 21. Dynastie, 1069-945 v. Chr.
Louvre – E 25360

Der Schriftsteller Champfleury behauptet, der Kardinal Richelieu sei kein echter Katzenfreund gewesen, obwohl dieser in seinen Arbeitsräumen ständig von kleinen Katzen umgeben war. Durch ihr Herumgetolle hätten die flauschigen Tiere dafür gesorgt, dass sich die schlechte Grundstimmung des Kirchenmannes etwas aufhellte. Doch die Katzen seien nur Mittel zum Zweck gewesen. Geliebt habe Richelieu sie nicht. Das beweise die Tatsache, dass er die Katzen weggab, sobald diese drei Monate alt waren, und durch neue, jüngere ersetzen ließ.

Ich klappte das Buch zu, das ich vor noch nicht einmal zwei Stunden bei einem modernen Antiquar in der Rue Saint Martin erworben hatte, ging zum Fenster und öffnete es. Die Straße brummte. Zwischen den sich im Schritttempo vorwärtsbewegenden Automobilen vollführten risikobereite Rollerfahrer waghalsige Manöver, für die sie mit energischem Hupen bedacht wurden, was die Kraftradfahrer nicht weiter kümmerte.

Ich lehnte mich aus dem Fenster und atmete die kohlenmonoxidhaltige Luft. Das ist Paris, dachte ich und sah nach links, wo sich die Straße mit der Rue de Rivoli kreuzte. Hinter der diesigen Atmosphäre erhob sich die Ostfassade des Palais du Louvre, die mit ihren korinthischen Doppelsäulen und dem großen Tympanon in der Mitte wie die Imitation eines griechischen Tempels aussah.

Nachdem ich das Fenster wieder geschlossen hatte, begab ich mich zurück an meinen Schreibtisch. Ich blickte auf eine Fotografie meines Urgroßvaters, die diesen im Jahr der Gründung des Detektivbüros »Blanc« zeigte. Der hagere Mann mit dem blitzblanken Stehkragen und dem dunklen Haar zeichnete sich besonders durch einen überdimensionierten Zwirbelbart aus, wie er wohl damals kurz vor dem Ersten Weltkrieg Mode gewesen war. Ich seufzte und dachte mit einem Gewissen, das sich in ebenso schlechtem Zustand wie die aktuelle Auftragslage befand, an die unmittelbare Zukunft. Es wäre nur noch eine Frage der Zeit, versank ich in dunklen Gedanken, bis die traditionsreiche »Agence Blanc« Insolvenz würde anmelden müssen.

Plötzlich klopfte es an der Tür.

»Entrez!«

Eine Frau jenseits der Sechzig betrat das Büro. Sie trug einen langen, schwarzen Faltenrock und eine Bluse, die ebenso grau war wie ihr Haar, das sie zu einem Dutt gebunden hatte. Hätte sie einen Schleier getragen, man hätte sie für eine Ordensschwester halten können.

Die Frau stellte sich mir als Marie-Yolande Fournier vor und sah mich aus wachen, aber ängstlichen Augen an. Ich bat sie, sich zu setzen.

»Meine Tochter wurde ermordet, aber niemand glaubt mir.«

Vor Aufregung stieß die Frau mit ihren von Altersflecken übersäten Händen gegen die Fotografie meines Urgroßvaters. Während ich meinen Ahnen von der Horizontalen zurück in die Vertikale brachte, forderte ich Madame Fournier auf, den Sachverhalt doch bitte geordnet und von Anfang an darzulegen.

Seit über zwanzig Jahren sei ihre Tochter Ghislaine, die alleinstehend war und bereits die Vierzig überschritten hatte, als Aufseherin innerhalb der ägyptischen Sammlung des Louvre tätig gewesen. Vor zwei Tagen hatte man Ghislaine, als die Tore des Museums geöffnet wurden, in der Mastaba des Akhethetep gefunden, erschlagen von einer Statue.

»Die Mastaba des Akhethetep?«, fragte ich nach.

»Eine Mastaba, das ist eine Art Gruft, in der sich Könige, aber auch reiche Bürger Ägyptens beisetzen ließen.«

»Und Sie gehen davon aus, dass Ihre Tochter mit dieser Statue erschlagen wurde?«

»Die Polizei behauptet, die Skulptur sei ohne Fremdeinwirkung auf Ghislaine heruntergefallen. Wenn jemand die Statue berührt habe, dann höchstens Ghislaines Katze. Aber das ist Unsinn.«

»Ihre Katze?«

»Ja, Sévi. Eine große schwarze Katze mit einer Perlenkette um den Hals. Seit dem Unfall ist sie verschwunden.«

Vielleicht plagte den Vertreter der Felidae ja tatsächlich das schlechte Gewissen, mutmaßte ich und legte einen Zeigefinger an meine Lippen.

»Die Katze Ihrer Tochter trägt eine Perlenkette?«, schweifte ich ab.

»Ja, eigentlich heißt sie ja Madame de Sévigné, Sévi ist nur ihr Kosename.«

»Madame de Sévigné? Sie meinen wie die berühmte Briefschreiberin, die zur Zeit König Ludwigs des XIV. gelebt hat?«

»So genau kenne ich mich da nicht aus«, antwortete Madame Fournier. Aber genau wissen, was eine Mastaba ist, dachte ich und wunderte mich ein wenig. »Wer hat denn den Fall bearbeitet?«, kehrte ich zum eigentlichen Thema zurück.

»Ein gewisser Commissaire Leduc.«

Ich stieß einen unmerklichen Seufzer aus. Georges Leduc galt als einer der erfahrensten Ermittler der *Brigade Criminelle*. Ich konnte mir beim besten Willen nicht vorstellen, dass er unsauber gearbeitet hatte.

Meine Hand war schon ausgestreckt, um eine ablehnende Geste zu machen, da holte Madame Fournier ihr Portefeuille hervor und legte mehrere Hunderteuroscheine auf den Tisch. Für einen Moment warf ich einen skeptischen Blick auf das Geld, dann erinnerte ich mich an die finanzielle Gesamtsituation der »Agence Blanc« und nickte. In schwierigen Zeiten ist es manchmal ratsam, ungewohnte Wege zu gehen, selbst auf die Gefahr hin, dass sich diese später als ungangbar erweisen, dachte ich und begleitete Madame Fournier nach draußen.

Der Auftrag versprach wenig Aussicht auf Erfolg, und doch wollte ich nicht untätig bleiben. Ein Besuch des

Louvre, dachte ich, wäre in jedem Fall gewinnbringend, selbst wenn man dadurch nur das Niveau seiner Allgemeinbildung anhob. Ich verließ also das Büro und machte mich auf den Weg.

Nachdem ich die Arkaden der Rue de Rivoli, wo diverse Touristengeschäfte die immergleichen Souvenirs anboten, passiert hatte, durchquerte ich eine Passage, die sich unter dem Nordflügel des Louvre befand. Interessanterweise trugen sowohl Passage als auch Flügel den Namen Richelieus. Ob das Arbeitszimmer mit den Katzen wohl hier in diesem Teil des Gebäudes gewesen war?, fragte ich mich und ließ einen misslaunigen Kardinal in rotem Gewand vor meinem geistigen Auge entstehen: Der Kuttenträger war gerade dabei, eine Katze, die ihm zu alt geworden war, aus einem Fenster in den steinigen Hof des Louvre zu werfen.

Ich betrat den Bau über die Glaspyramide, den Haupteingang der Museumsanlage. Im *Entresol* angelangt, kaufte ich mir eine Eintrittskarte und passierte die Kontrollen für den hinteren Bereich, die *Aile Sully*.

Der Weg zur ägyptischen Sammlung führte an den Mauerresten des mittelalterlichen Louvre vorbei, einer Festungsanlage, die bis in die Zeit Heinrichs des IV. Bestand hatte.

Endlich empfing mich ein Zwischenwesen aus mittelkörnigem Granit. Der Stein war durchsetzt von Glimmer, der im dezenten Licht aufblitzte. Ich verließ alsbald die mächtige Sphinx, der wie ihrer großen Schwester von Gizeh die Nase fehlte.

Ich brauchte nicht lange zu suchen, nachdem ich in den Bereich der *Antiquités égyptiennes* eingedrungen war: Bereits im vierten Saal der Ausstellung befand sich besagte Mastaba, in der Ghislaine Fournier vor zwei Tagen zu Tode gekommen war.

Vor dem Eingang der etwa dreieinhalb bis vier Meter hohen Grabkammer befand sich das Absperrband der Kriminalpolizei. Ich sah mich um. Neben einer Vitrine, in der verschiedene Amphoren ausgestellt waren, stand der verwaiste Stuhl eines Aufsehers. Ich überlegte, ob es nicht sinnvoll wäre, für einen Moment das Gesetz zu umgehen. Ich ging in die Knie, griff nach dem Flatterband, um es nach oben zu drücken. Einige Besucher warfen mir argwöhnische Blicke zu. Das war der Auftrag nicht wert, dachte ich, ließ das Absperrband los und richtete mich wieder auf. Ich ging zu einem Fenster. Durch einen hellen Vorhang erkannte ich die Umrisse der Kuppel des Institut de France, das sich auf dem gegenüberliegenden Ufer der Seine erhob.

Plötzlich hörte ich einen Knall. Sofort drehte ich mich um. Ein Wortfetzen drang an mein Ohr, doch er war zu undeutlich, um ihn wirklich zu verstehen. Ich hörte Schritte, schnell und stakkatoartig näherten sie sich. Noch bevor die Frau um die Ecke kam, begriff ich den Knall: eine Tür, die mit voller Wucht in einem der angrenzenden Säle zugeschlagen worden war.

Die Frau in der dunkelblauen Aufseherkleidung stöckelte zu dem Stuhl, der neben der Vitrine stand, und setzte sich. Dann verschränkte sie ihre Beine und holte ein Taschentuch aus ihrem Jackett. Ich sah genauer hin. Als sie sich mit dem Tuch über die Wangen fuhr, wurde mir klar, dass die Frau eben noch geweint hatte.

»Mein Name ist Blanc, Julien Blanc. Ich untersuche den Tod Ihrer Kollegin Ghislaine Fournier.«

Die Frau sah abwechselnd mich und meine Visitenkarte an. Dann brach sie erneut in Tränen aus. Ich reichte ihr ein frisches Papiertaschentuch.

Als sie sich wieder beruhigt hatte, versuchte die Frau, die ich auf Mitte zwanzig schätzte, ein Lächeln. »Ich heiße Noémie-Ozanne Mallet. Nennen Sie mich einfach Nozanne. Ghislaine ...«, mit einem Mal glitt ihr Blick in eine imaginäre Ferne. »Ein wirklich bedauerlicher Unfall.« Das Schwarze in ihren Augen verkleinerte sich wieder. »Aber warum ermitteln Sie in dieser Angelegenheit? Die Polizei hat doch schon ...«

»Ich weiß. Eine enge Familienangehörige möchte Gewissheit. Das ist alles. Wie gut kannten Sie Ghislaine?«

Nozanne zuckte mit den Schultern. »Wir kannten uns, wie man sich unter Arbeitskollegen so kennt.«

»Das heißt?«

»Ich arbeite für gewöhnlich weiter hinten bei den Sarkophagen. Ghislaine und ich haben das ein oder andere Wort gewechselt, wenn wir uns über den Weg gelaufen sind.« Mademoiselle Mallet wischte sich eine dunkle Haarsträhne aus dem Gesicht.

»Danke, Nozanne. Wenn Ihnen noch etwas einfällt, dann melden Sie sich bitte«, ich deutete auf die Karte, die sich inzwischen in der Hand der jungen Frau befand.

Ich wollte gerade gehen, da hielt mich Mademoiselle Mallet am Arm fest. »Ich weiß nicht, ob es wichtig ist«, begann sie unsicher, »aber Ghislaine und der Kurator der Abteilung hatten ein ...«, sie stockte, »relativ enges Verhältnis zueinander.« Nozannes Blick erschien mir zweideutig, und doch verharrte er im Ungefähren.

»Und wo finde ich den Herrn Kurator?«

»Monsieur Jouberts Büro ist in dieser Richtung«, Nozanne deutete nach rechts. »Die Tür zwischen Saal fünf und sechs.«

»*Entrez!*«

Ich glaubte, einen ärgerlichen Unterton in der Aufforderung bemerkt zu haben. Der Gesichtsausdruck, den Monsieur Joubert mir zuwarf, als ich die Tür um einen Spaltbreit geöffnet hatte, gab mir recht. Dass sich seine Miene zum Positiven veränderte, als er meiner ansichtig wurde, ließ mich vermuten, dass er mit jemand anderem gerechnet hatte.

Der große, dünne Mann mit den grau melierten Koteletten und der Gleitsichtbrille auf der Nase legte das Papier auf den Schreibtisch, das er gerade noch in Händen gehalten hatte. Die Art, wie er mich anlächelte, ließ auf ein hintergründiges Wesen schließen. Außerdem blitzte ein gewisser Charme in seinen Augen auf, den man – trotz des Alters des Mannes – durchaus als jugendlich hätte bezeichnen können.

Ich stellte mich vor und erklärte den Grund meines Kommens. »Wie war Ihr Verhältnis zu Ghislaine Fournier?«, fragte ich schließlich.

»Professionell«, antwortete mein Gegenüber lapidar, und es hatte den Anschein, als habe der anfängliche Charme einer distanzierten Kühle Platz gemacht. »Kann ich Ihnen sonst noch irgendwie helfen?«

»Das können Sie, durchaus.« Der Herr Kurator machte einen überraschten Eindruck, auf den ich nicht weiter achtete. »Ich würde gerne einen Blick auf den Tatort werfen.«

Bevor wir das Büro verließen, bemerkte ich, wie Monsieur Joubert plötzlich innehielt. Irgendetwas, das sich zwischen den vielen Papieren auf seinem Schreibtisch befand, hatte seine Aufmerksamkeit erregt. Er griff nach dem Gegenstand. Ich vernahm ein metallisches Geräusch, das mir verriet, dass es sich um einen Schlüsselbund handelte. Für einen kurzen Moment machte der Kurator ein verdutztes Gesicht.

In ihrem Inneren erschien die Mastaba hoch und eng. Nach oben hin war das Bauwerk geöffnet, man blickte auf die Sandsteindecke des Ausstellungsraumes. Auf dem Boden waren die Umrisse eines menschlichen Körpers mittels Klebestreifen nachgebildet. An den Wänden befanden sich Darstellungen, die sich um die Themen Feldarbeit, Fischerei und Jagd drehten.

»Habe ich das richtig verstanden?«, fragte ich und sah auf ein Fresko, auf dem Bauern oder Sklaven Geflügel und andere Tiere in ihren Händen trugen. »Wir befinden uns hier tatsächlich in einer Grabanlage?«

»Die Ägypter glaubten, dass der Verstorbene, der nach seinem Tod in die jenseitige Welt eintrat, durch die diesseitige ernährt werden müsse«, erklärte der Kurator.

»Und die Verköstigung des Toten wird durch diese in Stein gemeißelten Arbeiter vorgenommen?«

»So ist es. Hinzu kommt, dass man dem Toten auch reale Speisen darbrachte.«

»Sonderbar«, sagte ich und sah auf ein kleines Tier, dessen Umrisse nur noch teilweise erkennbar waren. Eine frische, weißliche Kratzspur befand sich auf dem Stein. Es sah so aus, als habe jemand das Tier ausmerzen wollen.

»Was ist das?« Ich deutete auf die Stelle.

»Kalkstein. Dort ist die Skulptur des Schreibers angestoßen, als sie von der Umrandung gefallen und nach unten gestürzt ist.«

Ich trat einen Schritt zurück, um die Umrisse von Ghislaines Leiche, die ausgewetzte Stelle im Stein und die Öffnung oben im Bauwerk besser sehen zu können. Der Ablauf der Dinge erschien klar: Ghislaine Fournier befindet sich kurz vor der Schließung des Museums in der Mastaba. Aufgrund einer Erschütterung – höchstwahrscheinlich von der verschwundenen Katze verursacht – fällt eine Statue, die sich oben auf dem dreieinhalb Meter erhöhten Rand der Konstruktion befindet, nach unten. Bevor sie Madame Fournier trifft, streift sie die Wand. Ein Unfall. Commissaire Leduc hatte die Angelegenheit völlig korrekt untersucht.

»Sagen Sie, Monsieur Joubert, warum stand da oben überhaupt eine Skulptur?«

»Es handelte sich um das Bildnis eines Schreibers, das aus dem dritten Jahrtausend vor Christus stammte. Die ägyptische Kultur ist ohne die Schreiber undenkbar. Ich war der Meinung ...«, der Kurator stockte. Inzwischen klang seine Rede eher rechtfertigend als informativ.

»*Sie* haben die Figur da oben hinstellen lassen.«

»Vor drei Wochen, ja. Ich wünschte, ich könnte es rückgängig machen. Dann würde Ghislaine noch leben.«

Ich überlegte. Ich ging wieder zu der Wand, an der sich das ausgemerzte Tier befand.

»Und diese Katze, diese Madame de Sévigné, ist nicht wieder aufgetaucht?«

»Nicht dass ich wüsste«, antwortete der Kurator.

Ich fuhr mit den Fingern über die beschädigte Stelle im Stein. »Welches Tier war hier eigentlich abgebildet?«

»Sie werden lachen. Eine Katze.«

***

Ich hatte mich wieder in mein Büro in der Rue du Louvre begeben. Inzwischen hatte die Dämmerung eingesetzt. Ich saß im Halbdunkel. Jeden Moment würde das elektrische Licht der Laternen die Straße erhellen, dachte ich. Dann würde auch ich mein Schreibtischlicht einschalten und mein Buch zur Hand nehmen, das diese Geschichten über die Katzen enthielt.

Schatten, dachte ich, als auf der Straße künstliches Licht aufblitzte. Das war es, was mich auf dem Nachhauseweg irritiert hatte. Da war ein Schatten gewesen, der mich verfolgte. Doch jedes Mal, wenn ich mich umgedreht hatte, war da nichts. Ob ich mir den Schatten bloß eingebildet hatte? Ich drückte den Knopf der Schreibtischlampe.

Champfleury erzählte eine weitere Geschichte: Ein Frachter ist auf dem Weg von Frankreich nach Lissabon. In der Nacht erhebt sich dichter Nebel. Es kommt zu einem Zusammenstoß mit einem anderen Schiff. Die Kollision ist so heftig, dass das Schiff sinkt. Die Mannschaft muss den Frachter verlassen. Glücklicherweise ist ein englisches Schiff in der Nähe, und alle können gerettet werden. Alle, bis auf einen: Zu spät bemerkt man, dass der Schiffsjunge Michel auf dem sinkenden Kahn vergessen wurde. Der Frachter versinkt im Nebel und in den Fluten. Glaubt man.

Ich legte die Lektüre zur Seite. Meine Gedanken kehrten zurück zu dem Gespräch mit dem Kurator Joubert.

Da stimmte was nicht. Irgendwie war das ein Zufall zu viel, dachte ich, dass die Darstellung einer Katze beschädigt worden war.

Nach der Besichtigung der Mastaba hatte ich mir von Monsieur Joubert eine Statue zeigen lassen, die der ähnelte, durch die Ghislaine zu Tode gekommen war. Kalkstein, etwa dreißig bis vierzig Zentimeter hoch. Es wäre schon möglich, eine solche Skulptur allein mit Körperkraft anzuheben, um jemanden damit zu erschlagen. Und wer wütend ist, der ist oft doppelt so stark.

Der Kurator besaß die Schlüssel zur Sammlung. Theoretisch war es ihm durchaus möglich, zu jeder Tages- und Nachtzeit die Abteilung aufzusuchen. Und Ghislaine Fournier war etwa eine halbe Stunde nach der Schließung des Louvre umgekommen. Nur der Kurator hätte unbemerkt verschwinden können, nach der Ausführung der Tat.

Aber warum hätte Monsieur Joubert Ghislaine Fournier umbringen sollen? Nozanne hatte da etwas angedeutet. Der Kurator hatte eine persönliche Beziehung zu Ghislaine bestritten, aber was bedeutete das schon? Sobald irgendwie die Liebe mit im Spiel war, kam es sehr oft auch zur Eifersucht. Und die war seit Menschengedenken eines der stärksten Motive für einen Mord.

Ich überlegte. Alles, was ich hatte, waren einige vage Zweifel. Aber immerhin Zweifel, denen es auf den Grund zu gehen galt. Mit den Mitteln, über die ich als privater Ermittler verfügte, würde ich wohl wenig ausrichten können.

Ich griff nach dem Telefon und wählte die Nummer des *Quai des Orfèvres*. Nach dem dritten Tuten wurde der Hörer am anderen Ende abgenommen.

»*Allô?*«

»Ich ...«

»Blanc? Sind Sie das?«

Ich legte auf. Wahrscheinlich würde mich Georges Leduc jetzt für einen vollkommenen Idioten halten. Vielleicht würde er auch nur denken, ich hätte mich verwählt. Egal. Es war mir plötzlich klar geworden, dass es einfach noch zu früh war, meine aufkeimenden Zweifel der *Brigade Criminelle* mitzuteilen.

Ich beschloss, den Fall nun wirklich für heute geistig zu den Akten zu legen. Morgen würde ich weiterermitteln. Heute würde ich den Abend mit anregender Lektüre verbringen.

Ich nahm das Buch und las da weiter, wo ich aufgehört hatte.

Der Schiffsjunge Michel ist nicht ertrunken. Während des Zusammenstoßes war er am anderen Ende des Schiffes zugange, in einem Abschnitt, der nicht vom Wasser erfasst wurde, und da befindet er sich noch. Als der Junge begreift, dass die Mannschaft verschwunden ist, ruft er laut, entzündet eine Lampe, läutet die Glocke, hisst die Notflagge, doch niemand antwortet ihm.

Er begibt sich zur Schiffspumpe. Er pumpt und pumpt. Und jedes Mal, wenn er aufgeben will, kommen die beiden Katzen, die man – wie ihn – auf dem Schiff vergessen hat, und sie winden sich durch seine Beine. Sie erinnern ihn daran, dass ...

Ich erschrak. Was war das da zu meinen Füßen? Ich schob mich mit dem Stuhl, auf dem ich saß, nach hinten und bückte mich. Unter meinem Schreibtisch stachen zwei smaragdgrüne Augen aus dem Dunkel. Mit einem Mal wurde mir klar, was das für ein Schatten gewesen war, der mich vom Louvre bis hierher in mein Büro begleitet hatte.

Madame de Sévigné trug noch immer ihre Perlenkette um den Hals. Die schwarze Katze ließ sich widerstandslos auf meinen Schoß heben.

»Wo hast du dich bloß versteckt?«, fragte ich das schnurrende Knäuel, das ich zu streicheln begonnen hatte. Ich bemerkte einen Anhänger an der Perlenkette. Es handelte sich um ein Anch-Kreuz, wie ich es heute auf einigen Abbildungen im Louvre gesehen hatte. »Du bist eine sehr ägyptische Katze mit einem sehr französischen Namen«, bemerkte ich und hatte plötzlich einen wahnwitzigen Gedanken. Ich fragte mich allen Ernstes, ob mir Sévi etwas mitteilen wollte. Immerhin hatte sie sich seit zwei Tagen versteckt gehalten, vermutlich außerhalb des Louvre, wahrscheinlich entlang der Rue de Rivoli, mutmaßte ich. Sie konnte mich unmöglich als einen privaten Ermittler erkannt haben, der den Tod ihrer Halterin untersuchte. Sie war immer noch ein Tier, ihre Nähe zu Ägypten und ihr extravaganter Name machten noch lange kein Wesen aus ihr, das mit übersinnlichen Kräften begabt war, nein. Allein schon dieser Gedanke war durch und durch lächerlich. Sie ist bloß eine Katze, dachte ich und kraulte ihren Nacken. Als hätte sie meinen Gedanken erraten, riss sie mit einem Mal die Augen auf und sah mich für den Bruchteil einer Sekunde vorwurfsvoll an. Dann sprang sie mit einem großen Satz von meinem Schoß und trippelte zur Tür, an der sie zu kratzen begann. Ich stand auf und seufzte. So langsam wurde mir das Tier unheimlich.

Durch die Bäume sah ich die Laternen des Pont des Arts. Sévi miaute, drehte ihren Kopf und sah mich auffordernd an. Noch ein Stück, ist ja gut. Ich komm ja schon. Als wir die Mitte der Südfassade der *Aile Sully* erreicht hatten, blieb das Tier stehen. Ich warf einen Blick über die Seine auf die beleuchtete Kuppel des Institut de France. Auf dem Pont des Arts stand ein Maler vor einer Staffelei. Und an mein Bein schmiegte sich der Kopf einer schwarzen Katze.

»Ja, was ist denn?«

Ich musste wahnsinnig sein, dachte ich, als mir klar wurde, was ich da tat. Ich war tatsächlich einer Katze gefolgt. Sévi maunzte und kratzte an einer stählernen Tür.

»Die kann ich nicht öffnen. Hier ist definitiv Schluss.«

Die Katze antwortete mit einem starrsinnigen *Miau*. Wenn Sévi nicht freiwillig kehrtmachen wollte, dann würde ich sie halt nehmen und nach Hause tragen, dachte ich und beugte mich hinunter zu dem Tier. Die Katze wich ein wenig zurück. Ich packte sie, und sie biss zu. Ich ließ Sévi los.

»Aua! Das ist jetzt aber nicht mehr lustig!«

Miau, miau! Kratz, kratz!

Ich sah auf das Ende meines Zeigefingers. Der Blutstropfen wurde immer größer, bis er schließlich auf die Erde fiel. Ich griff in die Tasche meines Jacketts. *Rémi Joubert – Conservateur au département des Antiquités égyptiennes du musée du Louvre – Téléphone: ...*

Entgegen meinen Erwartungen hielt mich der Herr Kurator mitnichten für einen Geisteskranken. Ganz im Gegenteil, man müsse auf die Stimme des Tieres hören. Und wenn es sich um eine Katze handle, allemal. Wesentlich erstaunter als über meine Absicht, Madame de Sévignés Weg weiter zu folgen, war Monsieur Joubert über das unerwartete Auftauchen der Katze. Er hielt es für ein bedeutsames Zeichen, dass mir Sévi in meine Detektei gefolgt war und sich mir offenbart hatte.

Ich hätte großes Glück, meinte er, als er den Schlüssel in das Schloss steckte. Hätte ich ihn gestern gefragt, er hätte nicht öffnen können. Erst heute habe er den Zentralschlüssel wiedergefunden, auf seinem Schreibtisch, zwischen den vielen Papieren.

»Erst heute?«, fragte ich nach.

»Ja, als Sie bei mir im Büro waren.«

Ich überlegte. »Und seit wann haben Sie den Schlüssel vermisst?«

Die Veränderungen in Monsieur Jouberts Gesicht machten mir klar, dass er begann, zu begreifen. »Vor drei Tagen. Da war Ghislaine noch nicht tot. Wollen Sie damit sagen, dass jemand vielleicht ...«

»Ich will gar nichts sagen.«

»Es ist nicht das erste Mal, dass ich den Zentralschlüssel verlegt habe. Ich verlasse dann einfach mit allen anderen Angestellten das Gebäude, bis der Schlüssel wieder auftaucht.«

Kriminalistisches Gespür gehört möglicherweise nicht zu den Stärken eines Museumskurators, dachte ich. Vielleicht will mich Joubert aber auch nur auf eine falsche Fährte locken, überlegte ich weiter und folgte meinem Hauptverdächtigen und Madame de Sévigné in den dunklen Museumsbau hinein.

Besorgt blickte ich in den Lichtkegel, der die Mastaba in ein gespenstisches Licht tauchte. »Wäre es nicht besser, einfach Licht zu machen?«, flüsterte ich dem Kurator zu. »Am Ende halten die Nachtwächter uns noch für Einbrecher.«

Der Kurator hielt mir die Taschenlampe ins Gesicht. »Glauben Sie mir, Monsieur Blanc, wenn wir die Lichtanlage jetzt einschalten, dann geht der Alarm los. Ich kenne mich schon aus hier.« Sévi, die in der Mastaba verschwunden war, miaute.

Wir fanden sie auf dem Boden sitzend, inmitten der Umrisse von Ghislaine Fournier. In dem Licht der Taschenlampe leuchteten ihre Augen wie Phosphor. Sévi stand auf und ging los.

Vorbei an Schaukästen, die das Leben der Ägypter zeigten, ihre Verbundenheit zum Nil, doch vor allem zu ihren Göttern und Königen. Vorbei an Werkzeugen von Steinmetzen, Musikinstrumenten und Alltagsgegenständen. Durch eine Passage, die von Sphinxen und Affen gesäumt war. In einen langen und hohen Saal voller Tempelsäulen, Büsten, Stelen und Fragmenten. Am Ende des Saales über eine Treppe hinab in die Krypta des Osiris, hinab zur Grabstätte Ramses' des III.

Wir ließen all diese Schaustücke aus Holz, aus Granit, Grauwacke und Diorit hinter uns, um uns wieder nach oben zu begeben. Links und rechts vom Treppenausgang waren in lang gezogenen Vitrinen mehr als ein Dutzend Sarkophage aufgereiht, stehend aufrecht, dem Besucher ins erschrockene Gesicht lächelnd.

Madame de Sévigné blieb vor dem Sarg von Mesre stehen. Aus ihren Phosphoraugen warf sie uns einen intensiven Blick zu, dann starrte sie auf den Holzsarkophag und miaute.

»Was will sie?«

»Ich … ich weiß nicht«, antwortete der Kurator unsicher.

»Sagen Sie, können Sie diese Vitrine öffnen?«

Rémi Joubert, dessen Gestalt in der Dunkelheit verharrte, schwieg.

»Natürlich können Sie! Sie sind schließlich der Kurator hier!«

»Ich weiß nicht, ob …«

»Nun machen Sie schon!«

Monsieur Joubert zog einen Schlüssel hervor und schloss die Vitrine auf. Ich griff nach dem Türflügel aus Glas und öffnete ihn.

»Jetzt nehmen Sie den Sargdeckel ab.«

Der Kurator reagierte nicht auf meine Aufforderung.

»Der Sarkophag ist doch leer, oder?«

Sévi blinzelte mir aus ihren grünen Augen zu.

»Ja schon, aber …«

»Ich habe hier einen Mord aufzuklären. Da werde ich mich nicht von einem alten Stück Holz abhalten lassen. Wenn Sie nicht wollen, dann nehme ich den Deckel selbst ab.«

»Ich mach schon.«

Rémi Joubert gab mir die Taschenlampe und griff nach dem Holz. Vorsichtig schob er den Deckel beiseite, nahm ihn schließlich aus der Vitrine und lehnte ihn gegen eine Wand.

Ich ließ den Strahl der Lampe über den unteren Bereich des Sarkophags wandern. »Was ist das?« Ich griff nach einem zusammengeknüllten Stück Papier, dem man gleich ansah, dass es nicht aus ägyptischer Zeit stammen konnte. Nachdem ich es entfaltet hatte, las ich.

Mademoiselle,

ich schreibe Ihnen im Namen meiner sehr verehrten Ghislaine, deren Katze ich sein darf.
Ich wollte Ihnen nur eines sagen: Lassen Sie gefälligst Ihre Finger von Monsieur Joubert! Dieser Mann entspricht weder Ihrem Format, noch korreliert er mit Ihrer nicht vorhandenen Intellektualität. Abgesehen davon – und da bin ich mir aufgrund meiner Beobachtungen sehr sicher – hat Monsieur Joubert keinerlei Interesse an einem Wesen, dessen einziger Vorzug darin liegt, sich wie eine billige Bordsteinschwalbe zu kleiden und auch so zu benehmen. Monsieur Joubert ist ein Herr von Rang und Namen. Außerdem ist er mit meiner Herrin liiert, und das wird auch in Zukunft so bleiben!
Keep your distance, *sagen die Engländer. Besinnen Sie sich auf diese Maxime und darauf, wer Sie sind und wo Sie stehen!*

Hochachtungsvoll

Madame de Sévigné

***

Drei Tage später …

»… Sie sind auf dem Montmartre?«

»Nein. Auf dem Sébastopol.«

»Aber sagten Sie nicht gerade, Sie wären im *Chat Noir?«*

»So ist es. Gegenüber der Tour Saint Jacques gibt es auch eine Kneipe, die diesen Namen trägt. Ist zwar nicht so schick wie die auf dem Boulevard de Clichy, dafür ist der Kaffee hier günstiger.«

»Gut. Ich bin in fünf Minuten da.«

Leduc legte auf, und ich überlegte, warum ich mich für unser Treffen hier in diesen schäbigen *Bar-Tabac* begeben hatte. Wahrscheinlich lag es an der großen schwarzen Katze, die über der Markise thronte und mich an Sévi erinnerte. Letztendlich war sie es ja gewesen, die den Fall gelöst hatte. Heute Morgen hatte ich die Katze der Mutter von Ghislaine übergeben, zusammen mit meinem Ermittlungsbericht. Marie-Yolande Fournier hatte nicht nur Zufriedenheit über den Ausgang der Angelegenheit gezeigt, sie hatte sich darüber hinaus auch finanziell überaus erkenntlich verhalten. Kurz und gut: Die Insolvenz der »Agence Blanc« würde wohl noch eine Weile auf sich warten lassen.

Diese Madame de Sévigné, sie war mir ein Rätsel, dachte ich und nippte an meinem *Café Crème*. Augenscheinlich verfügte dieses Tier tatsächlich über Fähigkeiten, die man einer Katze in der Regel nicht zutraute.

Ein brauner, abgewetzter Hut wurde neben meinen Kaffee gelegt. Ich sah auf. Der Mann, der an meinem Tisch Platz nahm, hatte das Gesicht eines Boxers. Seine Nase war wohl in jüngeren Jahren rein dienstbedingt mehrmals gebrochen worden. Leducs Backenpartie schloss mit einem ebenso breiten wie kantigen Unterkiefer ab. Als der Kellner kam, bestellte der Kommissar einen Chardonnay.

»Mein lieber Blanc, ich muss mich noch einmal bei Ihnen bedanken, dass Sie diesen Fall gelöst haben.«

»Nicht mir müssen Sie danken, Monsieur le Commissaire. Es war eine Katze.«

Leduc sah mich verdutzt an. Für einen Moment sah er richtig hilflos aus mit seinen drei Haaren auf dem Kopf, die im Wind wehten.

»Madame de Sévigné ist ihr Name, die Katze von Ghislaine Fournier«, führte ich weiter aus. »Sévi muss beobachtet haben, wie Nozanne Mallet den Drohbrief von Ghislaine Fournier entgegengenommen hat. Dies war, laut dem Geständnis von Mademoiselle Mallet, am Tag vor der Tat geschehen. In ihrer Wut hatte Nozanne den Brief zerknüllt und einfach in die Luft geworfen. Das Papier war gefallen, und zwar in die Ausstellungsbehälter mit den Sarkophagen. Seit einer Woche schon waren die Abdeckungen der Vitrinen zu Restaurierungszwecken abgenommen worden. Doch statt irgendwo zwischen den Särgen zu landen, wo man das Papier leicht hätte sehen können, war es durch eine Öffnung am oberen Ende des Sarkophags von Mesre in denselben hineingefallen.«

»Was erzählen Sie mir da?«, fragte Leduc und griff nach dem Glas Weißwein, das ihm der Kellner brachte. »Dass eine Katze etwas beobachtet und sich daran erinnern kann, das leuchtet mir ja ein. Dass diese Katze allerdings einen Zusammenhang zwischen diesem in die Luft geworfenen Papier und dem am darauffolgenden Tag verübten Mord an ihrer Halterin herstellt, das ist doch ganz und gar unmöglich, Blanc!«

»Vielleicht«, sagte ich und hob den Finger, um dem Kellner klar zu machen, dass ich noch einen zweiten *Crème* trinken wollte. »Letztendlich ist das aber auch egal. Sehen Sie, Leduc: Auch wenn Madame de Sévigné diesen Zusammenhang gar nicht gesehen hat, so hatte sie vielleicht einfach nur ein vages Gefühl, dass dieser zerknüllte Zettel, der da in diesen Sarg hineingefallen war, etwas mit ihrer Besitzerin zu tun haben musste.«

Der Kommissar nahm einen kräftigen Schluck aus dem Weinglas, dann nickte er bedächtig. »Bauchgefühl, ja, so was kommt vor. Hätte dieser Kurator, dieser Rémi Joubert, bloß früher gesagt, was er wusste, dann hätten wir ganz anders ermittelt. Aber wir ahnten ja nichts von seiner Affäre mit Ghislaine Fournier! Und das alles nur, weil er Angst hatte, seine Frau und seine beiden Kinder könnten davon erfahren.«

»Verständlich, oder?«

Leduc bedachte mich mit einem leicht ärgerlichen Seitenblick. »Im Nachhinein ist alles klar. Die Aufseherin Nozanne Mallet war von Wut und Eifersucht zerfressen. Der Mann, den sie liebte, wollte sie nicht erhören. Lieber unterhielt er ein Verhältnis mit einer Frau, die zwanzig Jahre älter ist als sie selbst. Und diese Frau, diese alte Frau, besitzt die Frechheit, sie, die jüngere und attraktivere, in ihre Schranken zu weisen. Ergebnis: Nozanne Mallet fühlt sich zutiefst gedemütigt.« Leduc nahm einen zweiten, intensiven Schluck von seinem Weinglas. Ich sah hinüber zur Place du Châtelet.

»Sie geht in das Büro des Kurators«, fuhr Leduc fort. »Sie weiß, dass Rémi Joubert die Zentralschlüssel für das Museum irgendwo zwischen seinen Papieren abgelegt hat. Sie entwendet die Schlüssel, um sicherzugehen, dass sie das Gebäude auch nach dessen Schließung verlassen kann. Während Ghislaine Fournier am Abend dafür sorgt, dass alle Besucher die Ausstellung verlassen, nimmt Nozanne die Skulptur des Schreibers von der Umrandung der Mastaba und postiert sie innerhalb des Baus. Unter dem Vorwand, sich mit Ghislaine wieder vertragen zu wollen, lockt sie diese in die Mastaba hinein, kurz vor der Schließung des Louvre. Sie erschlägt ihre Konkurrentin und zerkratzt aus Wut die einzige Darstellung einer Katze in dem Monument. Als Nozanne sicher ist, dass sich niemand mehr in dem Gebäude befindet, verlässt auch sie das Museum. Die entwendeten Schlüssel legt sie dem Kurator wieder auf den Schreibtisch, zwei Tage später. Und da kommen Sie dann ins Spiel, Blanc!« Leduc prostete mir zu und leerte sein Glas Chardonnay.

»*C'est ça*. Trotz der Tatsache, dass Nozannes Gegenspielerin inzwischen ausgeschaltet ist, will Rémi Joubert auf die Avancen der jungen Angestellten einfach nicht eingehen. Als Nozanne die Aussichtslosigkeit ihrer Bemühungen erkennt, versucht sie den Verdacht auf den Kurator zu lenken.«

Der Kommissar war aufgestanden, hatte sich einen Hut aufgesetzt und kramte ein paar Geldstücke aus seinem Portemonnaie, die er jetzt neben das leere Weinglas legte.

»Ich muss gehen, Blanc. Die Arbeit ruft.« Leduc hielt zwei Finger an seinen Hut und salutierte. Für einen Moment lächelte sein grimmiges Boxergesicht.

»*Au revoir, Monsieur le Commissaire.*«

»*Au revoir et à bientôt.*«

Der Kellner kam mit dem zweiten *Café Crème,* auf den ich jetzt gar keine Lust mehr hatte. Mir fiel die Lektüre ein, die in meiner Manteltasche steckte. Ich holte das Buch hervor, schlug auf und suchte die Stelle, an der ich stehen geblieben war.

Die Katzen erinnern den Schiffsjungen daran, dass er nicht aufgeben darf. Drei Tage lang ist Michel hin- und hergerissen zwischen Hoffnung und Aufgabe. Dann wird er von einem Zweimaster aufgenommen. Michel verlässt den Schiffsbug des sinkenden Schiffes nicht, ohne vorher noch die beiden Katzen mitzunehmen.

Drei Monate später trifft er in seinem Heimathafen in Frankreich ein. Die Menge empfängt den Schiffsjungen mit frenetischem Jubel. Das Einzige, das Michel mitbringt, sind die beiden Katzen.

Ich legte das Buch auf den Kaffeetisch. Auf der Säule der Fontaine du Palmier erstrahlte die Skulptur des Sieges in einem wolkenlosen Himmel. Weiter unten, auf der Erde, neben einer Sphinx, die das Becken der Fontaine begrenzte, sah man einen Mann vorbeigehen, der einen braunen, abgewetzten Hut auf seinen Kopf presste.

Elke Pistor
Hildegards Schatten

Anneliese war noch nie einfach in der Handhabung. Auch jetzt nicht. Oder besser gesagt, jetzt gerade nicht.

Man konnte ihr nichts recht machen. Die Musik dröhnte zu laut, das Fernsehen plätscherte zu leise, der Wind pfiff zu kalt, die Strickjacke hielt zu warm. Die Schlange an der Kasse zog sich zu lang, das Buch las sich zu kurz. Es waren zu viele Leute auf dem Fest oder zu wenige, je nachdem. Das Kleid zu eng, die Hose zu weit. *(»Ist der Pony nicht hier an der Ecke schief geschnitten, junge Frau?«, »Also ich bin es ja gewohnt, dass man mich zuerst grüßt. Schließlich bin ich die Dame.«)* Dass sie auch die Ältere war, verschwieg sie in diesem Zusammenhang gerne, denn das wäre ja grundsätzlich zu unhöflich gewesen. Wenn sie solche Sätze ausspie, trug sie einen Gesichtsausdruck, der die Grundzüge ihrer normalen Miene noch verschärfte. Das ohnehin bereits vorstehende Kinn schob sich um weitere fünf Millimeter nach vorne, aus der einen Zornesfalte wurden zwei, und der schmale Mund spitzte sich wie das Maul einer Schlange. Wobei die Schlange vermutlich einen freundlicheren Eindruck hinterlassen hätte.

Dabei fuhr sie sich durch ihre silberne und nackenkurz geschorene Prinz-Eisenherz-Frisur, immer darauf bedacht, ihre blassrosa lackierten Fingernägel aufblitzen zu lassen. *(»Rot wäre zu ordinär für unsere Generation, mein Liebes«,* kombiniert mit einer hochgezogenen Augenbraue.*)*

Mein Liebes. Mir kommt schon die Galle hoch, wenn ich nur daran denke. Dieser Ton. So von oben herab, mit einer gewissen Gnade. Seit fünf Jahren immer das gleiche Spiel, die gleichen Zicken. Dabei bin ich es, die ihr den Platz in unserer Rentnerwohngemeinschaft verschafft hat. Ich habe die anderen davon überzeugt, sie aufzunehmen. Helga war ja nicht so begeistert von der Idee, sie kannte Anneliese noch von früher. Aber Helga war zu diesem Zeitpunkt schon sehr krank. Sie hat uns bald darauf verlassen.

Margret hielt sich zurück. Sie wolle mich nicht brüskieren, wie sie es nannte, schließlich sei ich die, die schon am längsten hier wohnte. Was stimmte.

Ich habe bereits einige Bewohner kommen und von uns gehen sehen. Bisher hat niemand einen Zusammenhang zwischen dem Grad der, sagen wir mal, gegenseitigen seelischen Übereinstimmung und der Terminierung des jeweiligen Ablebens gesehen. So ungewöhnlich ist es nicht, wenn ein Bewohner einer Rentnerwohngemeinschaft stirbt. Ein rascher Herztod kann gnädig sein, ein kleiner Fehler mit dem Insulin fatale Folgen haben. Und diese vielen kleinen roten, blauen und grünen Pillen sehen sowieso alle gleich aus. Wie schnell hat man danebengegriffen. Sei es drum. Erkenntnis Nummer eins ab einer bestimmten Differenz zwischen dem aktuellen Datum im Kalender und dem im Personalausweis: Das Leben ist endlich. Ohne weiteres Begleitwort. Da ist es wichtig, sich mit Menschen zu umgeben, die man mag. Mit denen man gemeinsame Hobbys und Vorlieben teilt. Leute, die einem auf den Nerv gehen, verschlechtern die eigene Lebensqualität.

Walther zeigte sich von Anfang an von Anneliese begeistert. Das hätte mich misstrauisch machen sollen.

Schließlich war Anneliese kein Hobby, das ich teilen wollte. Und Walther war »mein« Walther. Er folgte mir, wohin ich auch ging. Walther war mein Schatten. Was daran gelegen haben mochte, dass ich ein Auto mitsamt einem gültigen Führerschein besaß und er nicht mehr. (Dieser Gedanke kam mir allerdings erst später.) Unsere Betten standen dicht nebeneinander. Nur getrennt durch die Zimmerwand. Nachts konnte ich ihn schnarchen hören und fühlte mich ihm sehr, sehr nah. Nicht, dass wir offiziell ein Paar ..., nein, das macht man in unserem Alter nicht mehr, und schließlich hatten wir unsere Jugend in den wilden Sechzigern verlebt, und schon da mochten wir uns nicht nur an einen Partner binden. Sagt Walther. Ich denke zwar ein wenig anders, aber man will sich ja auch keine Blöße geben. Obwohl das mit der Blöße so im wörtlichen Sinn durchaus eine Sache ist, die ich nicht grundsätzlich ablehnen würde. Aber gut. Unnötige Diskussionen bringen einen lahmenden Esel auch nicht zum Galoppieren.

Anneliese zog also mit Sack und Pack hier ein. Und mit Rühmann. Wo sie ging und stand, war Rühmann mit Sicherheit nicht weit. Sie genoss seine Ergebenheit und Treue mit dem Bewusstsein, nichts anderes verdient zu haben. Rühmann stellte in der Sache den größten Stein des Anstoßes dar. Vor allem für Helga und Margret. Von wegen der Hygiene. Und der zusätzlichen Arbeit. Dabei erwies sich der Kater als ungeheuer sauberer und vor allem nützlicher Mitbewohner. In der ersten Woche seiner Anwesenheit erlegte er in unserem Garten 23 Mäuse, zwei Ratten und das Zwergkaninchen des Nachbarn, was diesem, aufgrund des bereits länger zurückliegenden

Auszugs seiner Tochter, der ursprünglichen Zwergkaninchenbesitzerin, nicht ungelegen kam.

Die Beute präsentierte Rühmann voller Stolz und strich uns mit hocherhobenem Schwanz um die Beine. Ich lobte ihn überschwänglich. Helga und Margret nicht. Anneliese herzte, Walther ignorierte ihn. Er hatte keine rechte Verbindung zu Haustieren. *(»Vieh ist Vieh. Das gehört auf den Teller und nicht auf den Schoß.«)* Vielleicht war er auch nur eifersüchtig auf die Aufmerksamkeit, die Anneliese und ich Rühmann schenkten und die er stirnrunzelnd total übertrieben nannte.

An manchen Abenden hat Walther einen Ausdruck auf dem Gesicht, als ob er ebenfalls gerne vor uns auf dem Rücken liegen und sich den Bauch streicheln lassen würde. Was wir natürlich nicht tun. Ich jedenfalls nicht. Für Anneliese kann ich im Nachhinein keine Garantie abgeben. Was das betrifft, hat sie mir, so fürchte ich, einiges verschwiegen.

Nein. Anneliese war nie einfach in der Handhabung. Sie war so sperrig. Das gilt erst recht, wo sie nun tot ist.

Sie sitzt auf dem Sofa, leicht zur Seite geneigt. Ihr rechter Arm hängt über der Lehne, ihr linker ruht auf ihrem Oberschenkel. So, wie ihr Kinn auf die Brust gesunken ist, könnte man meinen, sie schläft. Wäre da nicht der Speichelfaden, der sich von ihrem Mundwinkel auf den Weg nach unten macht. Im Leben wäre ihr das nie passiert.

Anneliese sitzt dort schon eine geraume Weile. Zuerst noch in einem heiteren Zustand, der der allgemeinen Stimmung unserer kleinen Runde entsprach. Anneliese, Walther und ich. Und Rühmann. Kaffee und Kuchen.

Für Walther und für mich. Die Sahne für Rühmann. Anneliese wollte keinen Kuchen. *(»Zu viele Kalorien, zu ungesund.«)* Geplauder, Pläne für unsere nächsten Ausflüge. Ich beobachtete sie. Es dauerte eine Weile, bis sie zum ersten Mal das Gesicht verzog, und ich dachte schon, ich hätte das falsche Pulver genommen, aber dann ging es doch verhältnismäßig rasch. Das beruhigte mich. Ich hatte ja noch etwas vor heute Abend und wollte diese unangenehme Angelegenheit hinter mich bringen.

Der Kaffee in der Tasse vor ihr auf dem Wohnzimmertisch ist kalt. Ich nehme auf dem Sessel ihr gegenüber Platz. Rühmann streicht um meine Beine und maunzt. Um Anneliese macht er einen großen Bogen. Vermutlich riecht sie schon. Tiere sind sensibel in dieser Beziehung.

Ich betrachte die kleine silberne Kapsel zwischen meinen Fingerspitzen und rolle sie ein wenig hin und her. Ich habe sie im Nachlass meines Vaters gefunden, neben einigen anderen schönen Erbstücken und einer Dose mit weißlichem Pulver, das seltsam roch. Zuerst wusste ich nicht, was es sein könnte, aber nach einigen nachbarschaftlichen Experimenten unterschiedlichsten Ausganges war ich nicht nur um die Erkenntnis reicher, was es war, sondern auch um das Wissen der Dosierung. Es passt genau die Menge an Gift hinein, die notwendig ist, um bis zu 70 Kilo Mensch den Weg ins Jenseits zu erleichtern. Zum Glück war bisher noch keiner meiner Mitbewohner ein Schwergewicht. Ich kann die Kapsel blind mit einer Hand öffnen und ihren Inhalt in das jeweilige Getränk rieseln lassen. Eine wunderbar unauffällige Angelegenheit. Nicht einmal Walther ist vorhin etwas aufgefallen. Er hat die dritte Tasse bekommen.

Selbstverständlich ohne Gift, denn sonst ergäbe der ganze Aufwand ja keinen Sinn. Um ihn geht es schließlich.

Anneliese war so freundlich, mit ihrem Ableben zu warten, bis Walther aus dem Zimmer gegangen war, um das Telefon zu suchen. Er wollte den Notarzt alarmieren, als es mit Anneliese rapide bergab ging, aber der Platz auf der Ladestation war leer. Ich hatte mir gedacht, dass er etwas Zeit für sein Vorhaben benötigen würde. Auf die Idee, den Apparat unter meinem Kopfkissen zu suchen, wird er so schnell vermutlich nicht kommen.

Ich greife nach der Wasserflasche und gieße mir den letzten Rest in mein Glas. Ein bisschen ärgerlich ist es schon, dass wir es nicht geschafft haben, unsere Einkäufe zu erledigen, bevor wir uns zum Kaffee hingesetzt haben. Jetzt ist das Mineralwasser alle, und ich bin mir nicht sicher, ob Walther es heute rechtzeitig ins Geschäft schafft. Er hat Getränkedienst in dieser Woche. Eigentlich hat er immer Getränkedienst, weil weder Margret noch ich noch Anneliese die schweren Kisten schleppen möchten. Deswegen tauschen wir immer unsere Dienste gegenseitig so lange, bis jeder wieder bei dem gelandet ist, was er am besten kann. Ich betrachte Anneliese gedankenverloren. Dabei fällt mir ein, dass wir unbedingt darauf achten müssen, dass der nächste Mitbewohner bügeln kann.

Ich schüttele den Kopf. Die Bügelwäsche ist jetzt nicht mein drängendstes Problem. Mein drängendstes Problem ist Anneliese selbst, bzw. was von ihr übrig geblieben ist. Ich glaube, sie wollte mir in ihren letzten Augenblicken noch etwas sagen. Etwas Wichtiges. Möglicherweise, wo sie ihr Sparbuch versteckt hat. Vielleicht hat sie aber auch meine Hilfestellung beim Aufbruch auf ihren letzten Weg realisiert und war ein bisschen böse auf mich. Schwierig zu unterscheiden. Dem Gestammel konnte ich beim besten Willen keine sinnvollen Worte mehr entnehmen. Ich habe kurz überlegt, mich zu ihr hinüberzubeugen, um sie besser zu verstehen. So wie in den Fernsehsendungen. Mein Ohr an ihrem Mund. Trotz der, zugegebenermaßen sehr gelungenen, Dramatik konnte ich dem Ganzen aber nichts weiter abgewinnen und habe Abstand genommen. Von der Idee und von Anneliese. Am Schluss hat sie noch einmal gequietscht. Nur kurz. Nun ja. Manchmal ist es sowieso besser, wenn Dinge unausgesprochen bleiben.

Anneliese hat ja immer steif und fest behauptet, nicht mehr als 55 Kilo zu wiegen. Ich hingegen habe immer schon vermutet, dass sie log. Jetzt weiß ich es und kann von Glück sagen, dass das Gift aus der Kapsel ausgereicht hat.

Dabei muss ich auf meine Bandscheiben achten. *(»Heben Sie nicht zu schwer, Fräulein Reumes, das bekommt Ihnen nicht.«)*

Ich lasse Anneliese sanft wieder auf das Sofa gleiten und stütze sie mit Kissen ab, damit sie nicht auf den Boden plumpst. Meinen ursprünglichen Plan, sie in ihr Bett zurückzuverfrachten *(»Sie meinte, es sei ihr nicht gut und sie wolle sich einen kurzen Moment ...«)* und dann überrascht zu tun *(»Nein, wie schrecklich, wenn ich geahnt hätte, dass aus dem Moment die Ewigkeit ...«)*, kann ich damit vergessen.

Gut. Planänderung. Wenn ich sie nicht umbetten kann, muss ich es so aussehen lassen, als ob sie der

Tod hier ereilt hat. Was natürlich vom Prinzip her auch stimmt.

Nachdenklich kraule ich Rühmann den Rücken, während er um meine Beine streicht, und ziehe seinen Schwanz nach oben. Er mag das, drückt seine Flanken fester an mich und schnurrt laut. Er zeigte sich in den letzten Tagen sowieso eher mir zugetan. Das gefiel Anneliese nicht. Zuerst schaute sie mit so einem »Ach schau, der Kater mag dich ja auch«-Blick. Diese Variante erhielt sehr schnell eine eifersüchtige Komponente *(»Was macht sie bloß, dass er ihr nicht mehr von der Seite weicht?«)*. Natürlich hätte sie nie etwas gesagt. Aber ich habe auch sehr darauf geachtet, unsere heimlichen Kühlschrankorgien in der Nacht zu verheimlichen. Nur Rühmann und ich und eine Packung feinster Hähnchenbrust. Einfach auf die Hand, respektive auf die Pfote. Rühmann gewöhnte sich sehr schnell daran. Vor allem das Geräusch der sich öffnenden Kühlschranktür wirkte auf ihn wie ein Magnet. Egal wo er sich befand, er schoss innerhalb von Sekunden aus irgendeiner Ecke hervor und hockte sich mit erwartungsvoll forderndem Blick in die Küche. Anneliese war sehr verärgert. *(»Irgendwer muss ihn doch füttern. Er hat nie gebettelt. Nie. Dazu ist er zu gut erzogen.«)*

Des Abends scharwenzelte er um meine Beine, maunzte und sprang auf meinen, nicht mehr auf ihren Schoß.

Walther scharwenzelte vom ersten Augenblick um Anneliese *(»Möchtest du noch einen Kaffee? Lass mich das tragen/machen/holen. Das ist doch viel zu schwer für dich.«)* und wäre am liebsten anstelle des Katers auf ihren Schoß gesprungen. Nicht, dass er es aussprach, aber eine Frau sieht so etwas. An den Blicken, den Gesten und dem leisen »Hach«. Mich hat er nie angehacht, für mich sich nie so angestrengt. *(»Du bist so eine ungeheuer selbstständige Frau, Hildegard. Ich bewundere, wie du alles schaffst. Bringst du mir noch einen Tee/ein Bier/einen Teller mit Bratkartoffeln mit aus der Küche, wo du schon mal gerade stehst?«)* Blablabla. Auf unseren gemeinsamen Ausflügen trotteten Margret und ich hinter den beiden her, während Walther Anneliese mit großer Geste die Schönheiten der Natur erläuterte und nicht müde wurde, den direkten Vergleich mit Annelieses Gesichtszügen zu ziehen, bei dem die Landschaft deutlich schlechter abschnitt. Ich fand den Vergleich grundsätzlich gar nicht so weit hergeholt. Bei mir fiel die Wertung aber eher zugunsten der Landschaft aus. Vor allem, wenn wir in felsigen Kraterumgebungen unterwegs waren.

Besuch in meinem Bett bekam ich nun nicht mehr von Walther, sondern von Rühmann. Der hatte, neuerdings aus Annelieses Zimmer ausgesperrt (*»Nein. Da bin ich konsequent. Ein Tier im Bett. Das ist zu unhygienisch.«* – als abgeschwächtere Form von Walthers »Vieh ist Vieh«-Aussage), so lange an meiner Tür gekratzt, bis ich nachgegeben und ihn eingelassen hatte. Ich muss sagen, es gefiel mir. Rühmann kroch unter meine Decke, rollte sich zusammen und blieb dort bis zum nächsten Morgen, ohne sich zu rühren. Wärmte meinen Rücken. Meine Rückenschmerzen schwanden zusehends. Sobald mein Wecker ging, streckte und reckte er sich, gähnte mir seinen Kateratem ins Gesicht und wartete dann, ohne zu mosern, auf sein Frühstück. Im Grunde betrachtet ist Rühmann der ideale Lebenspartner.

Die Kaffeetasse. Sie muss weg. Für den unwahrscheinlichen Fall, dass der Arzt, der gleich kommt, wenn Walther bei seiner Telefonsuche erfolgreich war, misstrauisch wird und den Inhalt überprüfen will. Besser ist besser. Auch wenn ich eher davon ausgehe, dass alles glatt läuft. Ich stehe auf, greife nach der ersten Tasse und lege die Giftkapsel auf den Unterteller, damit ich sie nicht verliere. Die Tür öffnet sich, und Walther steht schwer atmend vor mir. Ich zucke zusammen. Die Tasse klappert. Walther hält das Telefon wie eine Trophäe über seinen Kopf.

»Der Notarzt ist unterwegs«, hechelt er und wendet sich Anneliese zu, ohne ein Wort über den Fundort des Apparates zu verlieren. Vor Schreck zucke ich zusammen. Die silberne Giftkapsel rollt über den Rand der Untertasse, fällt zu Boden und kullert übers Parkett. Unmittelbar vor Rühmanns Vorderpfoten bleibt sie liegen. Der Kater maunzt entzückt. Seine Schnurrbarthaare tanzen.

»Anneliese?«, fragt Walther, beugt sich über die Angesprochene und fasst sie behutsam an der Schulter. Rühmann streckt die Pfote aus.

»Nicht«, sage ich in harschem Ton und bücke mich, aber der Kater ist schneller. Er schiebt die Kapsel ein Stück in Richtung Walther.

»Was?« Walther fährt herum und schaut mich erstaunt an.

»Nichts«, tue ich kund, räuspere mich und schüttele den Kopf. »Nichts, was wir tun könnten, meine ich. Es bleibt uns nichts, als auf den Arzt zu warten.« Zum Glück konzentriert Walther sich bereits wieder auf Anneliese. Er legt seine Hand auf ihre Stirn. Ich trete einen Schritt auf ihn zu und stelle meinen Fuß auf die Kapsel, damit

Rühmann sie nicht wieder vor mir erwischt. Nicht auszudenken, was geschehen würde, wenn er sie bekäme. Was, wenn Walther sie entdecken würde? Was, wenn der Notarzt sie fände? Ich bin mir nicht sicher, ob meine Erklärungskünste für diese Schlinge reichen würden, aus der ich mich dann ziehen müsste. Was aber noch viel schlimmer ist und was mir seit wenigen Sekunden grausame Bilder durch den Kopf jagt, ist die Vorstellung, dass Rühmann die Kapsel fressen könnte. Was, wenn sie sich in seinem Magen öffnet und ihren tödlichen Inhalt freigibt? Es sind zwar nur Reste, die von Annelieses Portion übrig geblieben sind, aber ich bin mir sicher, dass sie Rühmann umbringen würden. Meinen Rühmann. Meinen Seelenwärmer, Herzensschnurrer, Bettgefährten. Es war nicht schön, Anneliese dabei zuzusehen, wie das Gift in ihr seine letale Wirkung entfaltete. Es kostete ein wenig Überwindung, nicht aufzuspringen und hinauszulaufen, um dem Anblick zu entgehen. Aber ich bin diszipliniert, und schließlich ging es, weil es eben nur Anneliese war. Aber der Kater? Nein. Auf keinen Fall. Das darf nicht passieren.

»... bisschen zur Seite?« Walther. Der Kater kratzt an meiner gummierten Schuhsohle und löst kleine Streifen aus dem Material. Die Kapsel folgt seinen zerrenden Krallen. Mir bricht der Schweiß aus.

»Bitte?« Ich bin irritiert.

»Könntest du ein wenig zur Seite gehen?«, fragt Walther mich, und an seinem genervten Ton erkenne ich, dass das für ihn eine Wiederholung seines Anliegens sein muss, denn ansonsten ist er immer um größtmögliche Höflichkeit bemüht. Ich nicke, bleibe aber stehen. Der Kater hat sich auf die Seite geworfen, dreht und wendet sich und pult mit beiden Vorderpfoten intensiv an der Basis meines Schuhwerks.

»Herrgott, Hildegard. Jetzt bleib doch nicht so stocksteif stehen.« Walther schiebt mich zur Seite. Ich stolpere, verliere den Kontakt zum Boden, und Rühmann nutzt seine Chance. Kickt die Kapsel wie ein Fußballprofi zwischen meinen Beinen hindurch, treibt sie vor sich her durch den Raum. Ich eile hinter ihm her.

»Rühmann! Nein!« Die Strenge in meiner Stimme nutzt nichts. Mit begeisterten Bocksprüngen überschlägt sich der Kater. Die Kapsel rappelt übers Parkett. Rühmann kauert sich zusammen, lauert. Springt, bevor ich meine Hand weit genug ausgestreckt habe, und zischt, die Beute vor sich her treibend, um die Ecke. Ich folge ihm.

»Hildegard!«, ruft Walther, der inzwischen abwechselnd an Annelieses Handgelenk, Halsschlagader und ihrer Stirn herumfummelt. »Ich glaube, Anneliese ist tot. Ich kann keinen Puls mehr fühlen. Komm her.« Ich muss das nicht glauben. Ich weiß das. Und überhaupt finde ich, dass sein Umgangston gerade merklich an Contenance verliert. Man sagt ja immer, dass das wahre Wesen eines Menschen erst in Stresssituationen zum Vorschein kommt, aber darauf möchte ich jetzt keine Rücksicht nehmen müssen. Jede Minute, ach was jede Sekunde zählt jetzt. Es gilt, ein Leben zu retten. Was soll ich da mit Anneliese? Der Kater dreht um, wischt zwischen meinen Beinen hindurch. Die Kapsel touchiert meinen Schuhabsatz und folgt den physikalischen Winkelein- und -ausfallgesetzen. Das ist kein Spaß. Das ist eine gefährliche Giftkapsel. Keine Katzenunterhaltung. Schwankend drehe ich mich um, versuche ihn zu greifen. Vergeblich. Ich bin zu alt. Meine Reaktionen zu langsam. Also gut. Dann eben anders. Die Kühlschranktür als Lockmittel ohne Einlösung des Hühnerbrustversprechens. Mit diesem Verrat muss der Kater im wahrsten Sinne des Wortes leben.

»Wie kannst du jetzt nur ans Essen denken, Hildegard!« Walther füllt den Rahmen der Küchentür aus. Bisher ist mir das nie aufgefallen, was er für eine imposante Statur hat. Wobei ich sie bei näherer Betrachtung eher massig finde. Jetzt läuft auch seine Gesichtshaut so unschön rot an.

Rühmann schießt an ihm vorbei, kommt schliddernd vor mir zum Stehen und lässt sich auf sein Hinterteil plumpsen. Erwartungsvolle grüne Augen starren hypnotisch zu mir hoch. Ein heiseres *Mrriaw* folgt, als ich für seinen Geschmack nicht schnell genug reagiere. Wo ist die Kapsel? Hat er sie gefressen?

»Und dieses Viech. Schmeiß dieses Viech raus. Sicher hat Anneliese einen Allergieschock bekommen. Bei den vielen Katzenhaaren, die hier herumfliegen, ist das ja auch kein Wunder.« Ich höre den Vorwurf in seiner Stimme sehr genau heraus. Ich habe Staubsaugerdienst in dieser Woche, bin aber nicht dazu gekommen, weil ich ja die Sache mit Anneliese sorgfältig vorbereiten musste. Allerdings vermute ich bei ihm nur wenig Verständnis für diese Argumentation.

»Ich …«, setze ich zu einer Erwiderung an, aber die Klingel unterbricht mich. Walther eilt und öffnet die Haustür. Sofort stapeln sich orangeweiße Männergestalten in unserem Flur und quillen, von Walther geleitet, als homogene Masse ins Wohnzimmer.

»Neuenruhrer, Notarzt«, wirft mir einer aus der Menge zu, bevor er hinter Apparaturen verschwindet, die vor drei Sekunden noch nicht in unserem Wohnzimmer standen. Erst eine halbe Stunde später taucht er wieder auf.

»Wie lange sie schon so war?« Ich zucke mit den Schultern. »Ich weiß nicht. Ihr wurde plötzlich übel.« Sorgenvolles Altfrauengesicht. »Ich? Nein, nein. Mir geht es gut.« Seufzen. »Ja, ja. Wir hatten alle dasselbe: Kaffee und ein Stück Kuchen mit Sahne. Sogar der Kater ...« Rühmann schlendert um die Ecke. Er straft mich mit Nichtachtung. Vor Doktor Neuenruhrers Füßen bleibt er stehen. Sein Blick wird glasig. Ich erstarre. Der Arzt geht vor Rühmann in die Knie.

»Was ist mit dem Kater?«, fragt er und zaubert professionelle Besorgnisrunzeln auf seine Stirn. Die Flanken des Katers ziehen sich ein-, zweimal heftig nach innen. Ein Geräusch, als ob ihn jemand rhythmisch zusammenpressen würde, bahnt sich den Weg durch seine Kehle.

Nein. Bitte nicht. Hat er die Giftkapsel verschluckt? Stirbt er jetzt? Hier und jetzt? Mir wird heiß. Ich spüre die Röte meinen Hals hinaufkriechen. Wie die Hitze sich hinter meinem Brustbein ausbreitet. Wie der Schweiß an allen Stellen des Körpers gleichzeitig ausbricht. Wie meine Seele sich vor Angst verknotet. Konvulsivische Zuckungen erschüttern Rühmanns Leib. Immer und immer wieder. Er streckt das Kinn vor, reißt die Augen auf, krampft. Das Würgen in seiner Kehle explodiert, und dann hustet er. Ein Schwall Flüssigkeit schießt aus seinem Maul und bildet einen kleinen See zu seinen Pfoten. Grashalme schwimmen auf einem Sahnesee. Keine Kapsel. Mein Blutdruck sinkt zischend ab. Das Rauschen und Branden in meinen Ohren verebbt. Rühmann weicht zurück, leckt sich einmal über das Maul und setzt sich. Gemächlich beginnt er, sich zu putzen. Alles ist gut. Ich lächle erleichtert.

Der Arzt bückt sich und krault Rühmann kurz.

»Na, Kleiner. Überlebt?« Er richtet sich wieder auf und schaut mich an. »Meine Katze macht das auch immer. Ich denke jedes Mal, sie stirbt, wenn sie anfängt, zu kotzen.« Er grinst für eine Sekunde, bevor ihm einfällt, warum er hier ist. Er klappt seine Mappe zu. Vermutlich um von seinem Fauxpas abzulenken oder als eine Art Übersprunghandlung. »Tragisch, tragisch, Fräulein Reumes«, fährt er dann fort und schaut mich an. Ich entdecke in seinem Blick etwas Fragendes aufglimmen. Etwas Unausgesprochenes, ein Misstrauen, das bei seinem letzten Besuch aus ähnlichem Anlass noch nicht in seinem Blick gelegen hat. Sollte er etwa einen Verdacht ...? Nein. Sicher nicht. Ich habe ihm über die Schulter geschaut, als er den Totenschein ausgefüllt hat. Seine Hand zögerte nicht den Bruchteil einer Sekunde, bevor er das Kreuz an der für mich richtigen Stelle gesetzt hat. Anneliese wird mit einer als natürlich attestierten Todesursache ins Grab steigen. Aber warum schaut er so?

»Sie sollten mehr auf sich achten, Fräulein Reumes«, empfiehlt er mir mit sanfter Stimme. »Sie wirken so ...«, er sucht nach Worten, » ... so gehetzt.« Ich seufze und nicke stumm. Rühmann trollt sich. Wenn er die Kapsel nicht verschluckt hat, muss sie ja noch da sein. Wieder wird mir heiß, und ich greife mir an die Kehle. Der Doktor zieht die Augenbrauen hoch. Ich murmele etwas von allumfassender Ordnung vor mich hin und strecke abwehrend die Hand aus. Das fehlt mir noch, dass er meinetwegen einen Aufstand macht. Mir wird es sehr schnell wieder gut gehen, wenn ich die Kapsel gefunden habe. Aber ich kann sie erst suchen, wenn die Medizinmenagerie endlich abgerückt ist.

Zwei Männer in schwarzen Anzügen drücken sich an mir vorbei. Sie tragen zwischen sich eine Bahre mit einem Deckel, der mich an Autodachgepäckträger erinnert, und einen Ausdruck in den Augen, der zu sagen scheint, »warte, warte nur ein Weilchen«. Ich ziehe es vor, sie nicht zu grüßen. Vielleicht ist es bei Beerdigungsunternehmern wie mit Schornsteinfegern. Nur umgekehrt. Ich wende mich ab und mache mich auf die Suche nach Rühmann und/oder der Kapsel. Zur Tarnung ringe ich dabei meine Hände, und es gelingt mir auf diese Weise, mich nahezu unsichtbar zu machen. Nach einer weiteren halben Stunde ist alles vorbei. Die Medizinmänner sind ab- und unser Sofa wieder geradegerückt. Man könnte meinen, nichts wäre geschehen.

»Rühmann?«, locke ich mit gurrender Stimme. Zur Antwort höre ich ein Plumpsen, so als ob sechs Kilo von einem hohen Schrank springen, und im Anschluss tapsende Pfoten.

»Was geschieht jetzt mit dem Vieh?« Walther kommt ins Wohnzimmer, sinkt auf den Sessel nieder und streicht sich mit einem großen weißen Taschentuch den Schweiß von der Stirn. »Wir können ihn ja ins Heim geben.« Ich schaue Walther entsetzt an. Rühmann maunzt und quetscht sich unter das Sofa. Etwas scheppert leise. Metall auf Holzparkett. Rühmanns sichtbarer Teil, seine Schwanzspitze, peitscht hin und her. Rappeln. In Bruchteilen von Sekunden verschwindet der komplette Kater unter dem Sofa, ich höre hektisches Kratzen, und dann rollt zuerst die Kapsel und im direkten Anschluss der Kater vor Walthers Füße. Walter bückt sich und nimmt die Kapsel zwischen seine Fingerspitzen. Er sieht mich an, zieht eine Augenbraue hoch.

»Was ist das?«, fragt er mich, obwohl der kleine schwarze Totenkopf auf dem Silber ja nicht zu übersehen ist.

»Nichts«, entgegne ich. Er glaubt mir nicht. Das sehe ich ihm an. Rühmann streicht um meine Beine. Maunzt. Unbewusst bücke ich mich und streichele kurz über seinen Rücken. In Walthers Augen glimmt Erkenntnis auf. Er weicht vor mir zurück. Entsetzen im Blick. Sein Atem beschleunigt sich. Rühmann stellt sich auf die Hinterpfoten und gibt Köpfchen an meiner Hand, die schlapp an meiner Seite hängt. Ich sehe ihn an, lächele. Dann hebe ich meinen Kopf und blicke Walther in die Augen. Die Sache ist klar.

»Ich koche uns jetzt erst mal einen schönen Kaffee, Walther. Zur Beruhigung.« Auch wenn es mir ein bisschen leidtut, dass er in ein paar Minuten vor lauter Aufregung einen Herzinfarkt erleiden wird, denn eigentlich hatte ich ja gehofft, ihn für mich ... Aber lassen wir das. Nicht sentimental werden, Hildegard.

Ich werde nur darauf achten müssen, dass der nächste Mitbewohner kräftig genug ist, um den Getränkedienst zu übernehmen.

Barbara Saladin
Um ein Haar

Menschen sind grundsätzlich bemitleidenswerte Geschöpfe. Zwar besitzen sie gewisse Fähigkeiten, die uns Katzen nicht vergönnt sind, oder wenigstens nicht so ausgeprägt, aber wenn man sich ihre Sinne mal etwas genauer anschaut – puh! Also ich meine: Sie haben ja schon mal nur fünf, nicht deren sechs wie wir, und selbst diese sind verkümmert: Sie sehen schlecht, sie hören kaum, und den Rest kannst du eh gleich vergessen.

Das alles würde noch gehen. Aber so richtig leid tun sie mir, weil sie nur ein einziges, mickriges Leben haben. Daran klammern sie sich fest und machen dabei oft keine gute Figur. Und wenn dann dieses einzige, mickrige, das ihnen vergönnt ist, abläuft, dann ist Ende der Fahnenstange. Aus und weg. Was dann?

An all das denke ich, während ich auf einer meiner Expeditionen über den Heuboden zufällig Alfred entdecke. Er liegt unten auf dem Zementboden neben dem hohen, lockeren Berg aus Heu, den er eben noch Gabel für Gabel durch die Luke vom Heuboden hinunter in die Tenne bugsiert hat.

Dass Alfred sich da unten aufhält, ist an sich natürlich nichts Ungewöhnliches, als Bauer hat er ständig in der Scheune zu tun. Aber dass er nicht arbeitet, sondern nur so daliegt und nicht mehr atmet – das ist höchst abnormal!

Langsam erhole ich mich von meinem Schrecken, und meine Haare legen sich wieder an den Körper.

Also ich persönlich finde es nachvollziehbar, dass ich erschrocken bin: Schließlich habe ich zuvor in meinem Leben – und dieses dauert immerhin schon fünfeinhalb Monate – noch nie einen nicht atmenden Menschen gesehen. Um aus der Nähe kontrollieren zu können, was los ist, springe ich durch die Luke auf den Heuberg eine Etage tiefer und kämpfe mich bis zu Alfred vor. Währenddessen rufe ich laut miauend meinen Bruder herbei, der zwar nur wenige Minuten älter ist als ich, aber ziemlich schlau. Doch als Jakob angesprungen kommt, weiß er auch nicht so recht, was zu tun ist.

»Er sieht ganz tot aus«, konstatiert er. Ich nicke. Natürlich sieht er tot aus, er riecht auch tot; das habe ich bereits selber herausgefunden. Ich hätte mir eigentlich einen weiseren Ratschlag von Jakob erhofft.

Wir schleichen uns gemeinsam näher zu Alfred und schnuppern ausgiebig an ihm, und das so nahe, dass seine grauen Bartstoppeln mich an der Nase kitzeln. In seinem Haar haben sich Spinnweben verfangen, die er wahrscheinlich mitgerissen hat, als er durch die Luke in die Scheune hinunterfiel. Das nehme ich mal an, denn gesehen haben wir den Sturz beide nicht.

»Er ist wirklich tot«, stellt Jakob fest, dann hebt er den Kopf, stellt den Schwanz und sagt wichtig: »Diana, das müssen wir melden!«

Er hat recht: Wir müssen sofort Frieda von Alfreds Tod unterrichten. Frieda und Alfred bewirtschaften gemeinsam unseren Hof. Sie sind schon seit über einem halben Jahrhundert verheiratet, und sie halten einander aus, auch wenn sie eigentlich ununterbrochen streiten. Wie Hund und Katz, sagen die Menschen zu diesem Verhalten – ein unpassender Vergleich, denn nicht alle Katzen streiten sich mit Hunden, sondern vertragen sich sogar ausgezeichnet.

Frieda versteht uns Katzen ziemlich gut. Also ich meine: Sie gibt uns nicht nur das uns zustehende Futter, sondern krault uns auch mit ihren runzligen Fingern ausgiebig das Fell, lässt uns abends mit fernsehen, auf der Ofenbank und sogar manchmal im Bett schlafen. Zudem hat sie immer ein nettes Wort für uns übrig und weiß unsere Arbeit als Mäusejäger zu schätzen.

So verwundert es nicht, dass Frieda relativ rasch begreift, dass wir ihr in der Scheune etwas zeigen müssen, als Jakob und ich sie in der Küche abholen. Und als sie Alfred im Heu liegen sieht, erschrickt sie noch viel mehr als ich.

Sie weint bitterlich. Das hätte ich ihr irgendwie gar nicht zugetraut, dass sie so an dem alten, drahtigen Mann gehangen ist, denn mit Alfred hat sie viel seltener lieb geredet als mit uns. Eigentlich nie. Aber so kann man sich täuschen.

Frieda schluchzt auch noch, als die herbeigerufenen Rettungssanitäter unverrichteter Dinge wieder in ihrem Krankenwagen wegfahren, als der Dorfpolizist ihr Fragen stellt und als endlich zwei ernst dreinblickende, dunkel gekleidete Herren in einer langen, schwarzen Limousine aufkreuzen und Alfred in eine Kiste betten.

Jakob und ich beobachten alles aus sicherer Entfernung von einem Dachbalken der Scheune aus. Wir verstehen nicht alles, was die Menschen sagen. Irgendwas von »den Sturz provozierender Herzinfarkt«, aber auch Jakob weiß nicht genau, was ein provozierender Herzinfarkt ist. Mit solchen Dingen beschäftigt sich unsereiner eher weniger.

Wie wir so vom Heuboden durch die Luke hinunter in die Tenne linsen und den Abmarsch des ganzen Trosses von Fremden beobachten, schleicht sich nach einer Weile Mathilda an, eine Cousine zweiten Grades, ganz jung und reichlich naiv. Sie hat noch ein spitzes Schwänzchen, völlig überdimensionierte Ohren, ein hohes, aber durchdringendes Stimmchen und keine Ahnung vom Leben.

Mit offenem Mund setzt sie sich neben uns und staunt über die ungewohnte Betriebsamkeit und die vielen fremden Menschen, die eben noch auf unserem Hof herumgewuselt waren. Jetzt, da es wieder ruhig geworden ist, hängen nur noch die unbekannten Gerüche in der Luft und erinnern an Alfreds trauriges Ende. Da stupst mein Bruder mich an: »Wollen wir nicht rein, Diana? Ist wärmer da als hier.«

»Ich weiß nicht«, entgegne ich. Irgendwie ist mir nicht nach Ofenbank. Mein Hirn rotiert.

»Ist dir eigentlich nichts aufgefallen?«, frage ich zurück.

»Alfred hat nicht mehr geatmet, als sie ihn eingepackt haben«, triumphiert Mathilda, die bisher still neben uns gekauert hat. Vor lauter Anspannung beben ihre Schnurrhaare.

»Na, das ist kein Wunder, wenn man tot ist«, belehre ich die Kleine und kräusle abschätzig die Nase, »aber sonst?«

Jakob wiegt den Kopf hin und her. »Weiß nicht«, gesteht er dann ein.

»Alfred roch nach Alex!«

»Bist du sicher?«, fragt er, und vor Aufregung fährt ein Zittern über seinen Rücken bis in die Schwanzspitze. Ich nicke.

»Na, das will aber nichts Gutes heißen«, fügt er nachdenklich hinzu.

Das Ungute fährt schon einen Tag später mit seinem Auto auf den Hofplatz und bremst wie immer so scharf, dass die Reifen quietschen und eine Staubwolke aufsteigt.

Eben haben Jakob und ich uns eine wilde Verfolgungsjagd mit ein paar Heuschrecken im Gras geliefert, nun horchen wir auf und beäugen die Ankunft argwöhnisch.

»Angeber«, zischt Jakob, als Alex aus dem Wagen steigt. Martina, seine Frau, folgt ihm. Unter ihren Augen hängen dunkle Schatten.

Wir Katzen mögen Alex nicht. Und er mag uns auch nicht. Er sei allergisch auf uns, sagt er immer mit einem wichtigtuerischen Unterton. Also ich meine: So richtig körperlich allergisch. Er hat uns sofort in der Nase, behauptet er. Seit er einmal einen Niesanfall bekam, als unsere Mama sich in einem ihrer unverständlichen Anflüge von Nächstenliebe an seine Beine schmiegte, hasst er uns und bleibt gewöhnlich draußen im Auto, wenn er denn überhaupt einen Fuß auf den Hof seiner Schwiegereltern setzt. Die Autofenster hält er geschlossen, selbst wenn es draußen warm ist. Aber, so sagt er, dann riecht er den Stallgeruch auch nicht so, den er nämlich ebenfalls nicht erträgt. Und uns ist das ganz recht, weil dann das Wumm-wumm aus seinen Boxen nicht so laut klingt.

Warum Alex Martina, Friedas und Alfreds Tochter, geheiratet hat, ist uns ein Rätsel. Oder besser gesagt ist es unerklärlich, weshalb sie ihn geheiratet hat. Denn die beiden streiten ständig, und das nicht so harmlos wie Frieda und Alfred es taten, sondern richtig heftig. Vor drei Wochen zum Beispiel kam Martina mit einem blauen Auge auf Besuch. Sie sei hingefallen, erklärte sie ihrer Mutter, und Frieda hat nur traurig dreingeblickt und »ach, Kind …« gesagt.

Später am Abend, als Alex und Martina wieder weg sind, erfahren wir, was sie hier wollten: Sie wollten Frieda dazu überreden, ins Altersheim zu ziehen und den Hof und das dazugehörende Land zu verkaufen. Alex hat sogar extra eine seiner Tabletten geschluckt, die ihn vor Niesattacken schützen, wenn er dennoch das Haus seiner Schwiegereltern betritt. Antihys…, ach, ich kann mir das Wort nie merken. Jedenfalls war ihm dieses niederträchtige Ansinnen, Frieda abzuschieben, offenbar äußerst wichtig. Alle anwesenden Katzen – und das sind neben meiner Mama und meinen Geschwistern Jakob, Leo und Hermine auch Mathilda mit deren Mutter Claudia und ihren Geschwistern Beni, Jonas und Titus – blicken Frieda entsetzt an.

»Ohne Alfred schaffe ich es wohl wirklich nicht mehr, hier weiterzumachen. Vielleicht haben die Jungen ja recht«, sagt sie und wischt sich mit dem Schürzenzipfel die Tränen aus den Augen. Alex habe die ganzen Erbangelegenheiten in die Hand genommen, schluchzt sie. Als Jurist blicke er da besser durch, was man in einem solchen Fall alles erledigen müsse. Wir aber wissen sofort, dass er dies natürlich nicht aus Freundlichkeit macht oder weil er Frieda einen Gefallen tun will, sondern nur, weil er das Geld riecht.

»Ach, was soll ich nur machen?«, fragt Frieda uns. Jakob und ich, die wir beide auf ihrem Schoß Platz gefunden haben und versuchen, ihr ein wenig Trost zu spenden, rufen wie aus einem Mund: »Hier bleiben natürlich!«

Leider verstehen die Menschen uns nicht, sie hören immer bloß »miau«. Selbst Frieda, die immerhin zwischen groben Unterschieden in unserer Kommunikation zu differenzieren weiß, versteht weder Nuancen noch einzelne Wörter.

Mich erfassen große Sorgen: Wenn Frieda von hier wegzieht, heißt das ja nicht nur, dass sie das Haus verkauft. Auch ihre fünfzehn Schafe und acht Schweine sowie die paar Hühner und Gänse werden wegkommen. Und Fritzchen, der Sennenhund, wird ebenfalls nicht hier wohnen bleiben. Und wir? Was wird aus uns Katzen?

Ich schmiege mich an Friedas Bauch und schnurre laut und demonstrativ. Wir alle, also Mama und meine Geschwister, inklusive die kleine Mathilda, ihre Mutter und ihre naiven Brüder, sind so überbordend lieb mit Frieda, dass sie doch merken muss, was sie an uns hat. In den folgenden Tagen begleiten wir sie bei jedem Schritt, streichen um ihre Beine und überhäufen sie mit unserer Sympathie, bis der Plan aufgeht.

»Ich kann euch doch nicht alle alleine lassen«, sagt sie am fünften Tag nach Alfreds Ableben, als sie ihr Abendbrot isst und wir alle brav im Halbkreis um sie herum sitzen, aufgereiht wie auf einer Perlenkette, und sie anschnurren: Mama, Claudia, Jakob, Leo, Hermine, Mathilda, Beni, Jonas, Titus und ich.

»Ihr habt gewonnen«, schmunzelt sie, »ich bleibe hier.«

Das ist ein Jubel!

»Ich bleibe hier«, sagt Frieda auch tags darauf am Telefon. Doch am anderen Ende bricht niemand in Begeisterungsstürme aus. Denn am anderen Ende ist Alex.

»Waaas?« Seine Reaktion scheppert aus dem Hörer und ist selbst in mehreren Metern Entfernung noch zu hören.

»Ich bleibe hier«, wiederholt Frieda bestimmt. »Ich verkaufe nichts und niemanden. Und das ist mein letztes Wort.«

Als Alex sie als senile und sture alte Schachtel bezeichnet und zu noch viel ärgeren Beschimpfungen ansetzt, hängt sie einfach das Telefon auf. Wir beobachten dies mit Genugtuung: Frieda hat zu ihrem alten Kampfgeist zurückgefunden.

Doch es geht nicht lange gut. Kaum eine halbe Stunde später – ich befinde mich gemeinsam mit Jakob gerade am Rand des Gemüsegartens, um die Mäuse ein bisschen einzuschüchtern – quietschen Reifen vor dem Haus. Alarmiert schauen wir auf: Alex kommt. Aus seinen Ohren scheint förmlich Rauch zu steigen.

»Was willst du hier?«, blafft Frieda ihn an, deren Gesicht am Küchenfenster erscheint.

»Mit dir reden. Komm bitte raus.«

»Nein, ich komme nicht raus. Komm du rein, wenn du was Wichtiges zu besprechen hast«, sagt sie und schließt das Fenster.

»Alte Hexe«, murmelt Alex in seinen nicht vorhandenen Bart. Wahrscheinlich glaubt er, dass niemand seine bösen Worte hört, aber mir ist kein einziges entgangen. Ich finde, das ist ziemlich frech. Und wer meine liebe Frieda eine alte Hexe nennt, der ist definitiv mein Feind!

Jakob und ich verständigen uns mit einem fast unmerklichen Kopfnicken und heften uns Alex lautlos und auf Samtpfoten an die Fersen. Bevor er die Stube betritt, wirft er einen prüfenden Blick auf die Ofenbank und unter den Tisch, doch da liegen nirgendwo Katzen, und nicht einmal Fritzchen, der Sennenhund, döst unter dem Tisch. Der fläzt wohl irgendwo in der Sonne, dabei wäre seine Anwesenheit hier wichtiger.

Alex redet unaufhörlich auf Frieda ein und scheint dabei stetig größer und mächtiger zu werden, während Frieda zusehends in sich zusammenfällt und immer weniger sagt. Der Jurist ist viel wortgewandter als sie. Leider. Jakob und ich verbergen uns im Hausflur und beobachten die Geschehnisse mit zunehmender Besorgnis. Es sieht nicht gut aus.

Nur wenn Alex niest, wirkt er in seiner erstarkenden Macht für einen Moment etwas gebremst. Dann blickt er argwöhnisch um sich, und wir ducken uns hinter einen Korb mit alten Zeitungen, damit er uns nicht sehen kann.

Irgendwann zückt Alex ein Papier und hält es Frieda zusammen mit einem Kugelschreiber unter die Nase.

»Da, unterschreib«, befiehlt er. Seine Hände zittern leicht. »Ich habe keine Zeit. Zwing mich nicht dazu, extra eine Tablette gegen deine haarigen Biester aus dem Auto holen zu müssen, weil du mich hier noch länger festsetzt.«

»Nimm den Wisch wieder mit«, entgegnet sie trotzig und schiebt das Papier von sich weg.

»Du weißt selber, dass deine mentale Kraft nachlässt, Frieda.«

»Ich bin noch besser im Kopf, als du glaubst, nur manchmal etwas vergesslich!«, begehrt sie auf. Beunruhigt registriere ich, dass sie nicht etwa aufspringt und ihrem Widersacher das Nudelholz über die Rübe zieht, wie ich es mir erhofft hätte und wie es längst überfällig gewesen wäre, sondern sich auf ihrem Stuhl nur noch kleiner macht. Sie sitzt buchstäblich mit dem Rücken zur Wand und scheint selber nicht mehr an eine erfolgreiche Verteidigung zu glauben.

»Du wirst sehr bald sehr viel vergessen, wenn du nicht spurst«, droht Alex. »Du willst doch nicht etwa auch vom Heuboden fallen?«

Als er diese Worte sagt, meine ich, dass mir das Blut in den Adern gefriert. Plötzlich erscheint Alfreds Sturz in einem anderen Licht. Und die Tatsache, dass er nach Alex roch.

Auch Frieda scheint seine Frage richtig verstanden zu haben.

»Du hast ...?« Der Rest ihrer Entgegnung bleibt ihr im Hals stecken.

»Ja, habe ich«, erwidert Alex seelenruhig, und seine Stimme hat einen eisigen Tonfall bekommen. »Und wenn du das, was wir hier reden, jemandem erzählst, bist du erstens bald bei deinem Alfred im Himmel, und zweitens sorge ich dafür, dass dir vor deinem Tod keiner mehr glauben wird.«

Das Adrenalin schießt mir in sämtliche Blutbahnen, während Alex erneut nachdrücklich auf das Papier und den Kugelschreiber deutet.

»Denk daran: Du bist senil. Und Zeugen gibt es keine«, sagt er und verzieht sein Gesicht zu einem so gemeinen Grinsen, wie es sonst höchstens ein Ganove in einem billigen Fernsehfilm fertigbringt.

»Ich zähle jetzt bis zehn und ...« Alaaaarm! Bevor ich mir mein Tun überhaupt überlegen kann, bin ich fauchend aus unserem Versteck hervorgehechtet und habe mich an Alex' Unterschenkel festgekrallt.

»Weg da, mach das Ding weg!«, schreit er Frieda und mich gleichzeitig an und versucht, mich abzuschütteln, aber ich habe mich nach allen Regeln der Kunst in seinem Wadenbein festgehakt. Mit Genugtuung höre ich die Panik, die in seiner Stimme mitschwingt.

»Hol die anderen«, rufe ich Jakob zu, und mein Bruder lässt sich nicht zweimal bitten. Er spurtet los, und schon Sekunden später kommen die Ersten aus der Sippe am Ort des Geschehens an. Bevor Alex mich am Nacken packen und mir etwas antun kann, lasse ich von ihm ab und fliehe auf den Schrank.

Nach drei Minuten haben alle die Stube geentert. Mama, Claudia, Jakob, Leo, Hermine, Mathilda, Beni, Jonas, Titus und ich. Alle sind da. Sogar Fritzchen ist, durch den Lärm aufgeschreckt, herbeigeeilt und bellt wie wild. Was die Sache irgendwie nicht einfacher macht.

»Wirf die Biester raus!«, kreischt Alex. Er ist in heller Aufregung. Frieda hingegen sitzt auf ihrem Stuhl und bewegt sich nicht, sie ist wie gelähmt vor Schreck. Aber auch sonst hätte sie sicher nicht im Traum daran gedacht, ihm zu gehorchen und uns nach draußen zu befördern. Und sowieso sind wir keine Biester, sondern ehrbare Katzen. Jakob schleicht sich von hinten an und maunzt Alex bösartig und provozierend entgegen. Dieser versucht ihn zu ergreifen, aber mit einem beherzten Sprung auf die Ofenbank, von wo er höhnisch weitermiaut, entzieht sich Jakob der Festnahme. Es ist ein Gewusel in der Stube, dass einem fast schwindlig werden könnte, und wir wirbeln mächtig Staub auf.

Als Frieda endlich begreift, dass sie fliehen kann, huscht ein Lächeln über ihr Gesicht. Sie nutzt die Gunst der Sekunde, flüchtet sich so schnell ihre alten Beine sie tragen aus der Stube und schließt die Tür von außen ab. Dann wählt sie den Notruf. Zum Glück hat sie auf diesem alten Wandapparat im Flur bestanden und sich nicht von Martina überreden lassen, ein moderneres Tastentelefon in der Stube zu installieren.

Wir müssen nicht lange kämpfen. Allein durch unsere Anwesenheit ist Alex ziemlich schnell außer Gefecht gesetzt. Wahrscheinlich ist eben doch etwas dran an seiner Katzenallergie. So wie er reagiert, ist das nicht nur dummes Gerede, sondern er erträgt uns wirklich nicht. Der Arme. Fast könnte er einem leidtun. Als endlich ein Polizeiauto auf den Hofplatz fährt, hockt er jedenfalls röchelnd auf dem Boden und ringt nach Atem.

Die Polizisten schenken Frieda Glauben, als sie erklärt, dass ihr Schwiegersohn sie bedroht und dass er ihren Mann auf dem Gewissen habe. Nichts da mit senil. Und Alex, nach Luft ringend und mit Todesangst in den verquollenen Augen, gesteht alles.

Noch nie habe ich gesehen, dass ein Verbrecher so erleichtert war, als er verhaftet wurde. Na ja, wenn ich ehrlich bin, habe ich sowieso noch nie einen Verbrecher gesehen, der verhaftet wurde. Ich bin ja erst fünfeinhalb Monate alt. Und immerhin leben wir auf dem Land, wo es friedlich ist, auch wenn es um ein Haar anders gekommen wäre. Also ich meine: um ein Katzenhaar, um genau zu sein.

Andrea Schacht
Die Katze, die im Christbaum saß

Sie hatte eigentlich keinen Namen, außer dem geheimen, den jede Katze nur selbst kennt. Für die Menschen, die ihr hin und wieder über den Weg liefen, war sie allenfalls »Miez-Miez«. Darum wollen wir sie Mieze nennen.

Mieze hatte ihr Revier in einer Tannenschonung. Sie lebte nicht schlecht dort. Selbst im Winter bot der mit Nadeln bedeckte Boden noch Trockenheit und Mauselöcher, die Äste der Bäume hielten den Schnee ab, und das dicke Unterfell, das sie sich zugelegt hatte, wärmte sie sogar in den kalten Nächten noch ausreichend. Nur die ungewöhnliche Menge Menschen, die in den letzten Tagen durch die Schonung streifte, störte sie empfindlich. Am meisten aber empörte sie sich, als ihre Lieblingstanne unter einigen heftigen Axtschlägen gefällt und – die Spitze nach unten – zu einem Auto gezerrt wurde. Sie schlich hinterher, versuchte, die Äste zu erhaschen und sprang schließlich, als sich der Wagen langsam in Bewegung setzte, zu ihrem Freund, dem Baum, in den offenen Kofferraum.

Es war keine gute Entscheidung. Die Fahrt behagte ihr überhaupt nicht, und sie kreischte, was das Zeug hielt.

Es hörte jedoch niemand darauf.

Endlich hielt das Teufelsgefährt an, und Mieze klammerte sich in Panik an den Stamm. So gelangte sie unbemerkt in das Wohnzimmer der Menschen. Hier hüpfte sie, noch immer von niemandem entdeckt, aus den Zweigen und versteckte sich vorsichtshalber hinter einem gelben Vorhang, der gnädigerweise bis zum Boden reichte. Von dieser warmen, geschützten Stelle aus beobachtete Mieze, wie ein groß gewachsener, grauhaariger Mann den Baum in einem wassergefüllten Behälter festspannte und dann mit dröhnender Stimme rief: »Sigrid, die Tanne steht jetzt!«

Damit verzog sich der Mann aus dem Zimmer, und Mieze beobachtete aus ihrem Versteck heraus, wie jene Sigrid begann, allerlei buntes Zeug in ihren Tannenbaum zu hängen. Hübsch fand sie die glänzenden Kugeln und die silbrigen Fäden, die jetzt von den Ästen baumelten.

Als Sigrid endlich das Zimmer verließ, schlich Mieze zu dem Baum hin und begann mit großer Freude, die schwingenden Kugeln mit der Pfote anzustupsen und das Lametta aus allen erreichbaren Zweigen zu zupfen. Mieze war eine sehr kreative Katze. Fast so gut wie der kleine Junge, der ihr bei diesem Spiel Gesellschaft leistete.

»Mutti? Hast du Ottomax gesehen?«, rief eine junge Frauenstimme irgendwo im Haus.

»Wollte Ferdi nicht mit ihm zum Weihnachtsmarkt gehen?«

»Ferdi ist vorhin alleine weggefahren. Seine Kumpels aus dem Studentenwohnheim haben ihn angerufen. Es war ihm wichtiger, als sich um seinen Sohn zu kümmern.«

Die Stimme klang ein wenig giftig, und Mieze suchte schleunigst ihr Versteck hinter dem Vorhang auf. Die ältere Frau und die giftige mit einem noch kleineren Kind auf dem Arm betraten nun das Wohnzimmer und sahen die Bescherung unter dem Christbaum.

»Hier bist du, Ottomax! Oh, Mutti, er hat das Lametta abgerissen. Böser Junge!«

»War ich nicht, war Mieze«, plärrte der Kurze.

»Laurelita, Liebes, du musst das wirklich unterbinden. Der Kleine bildet sich wer weiß was ein. Das kann doch nicht gesund sein. Immer hat er eine Ausrede, wenn er etwas angerichtet hat. Und immer sind es seine erfundenen Freunde, die das getan haben.«

Milder Vorwurf klang in den Worten mit.

»Mutti, ich erziehe meine Kinder, nicht du.«

Mieze verfolgte mit Interesse, wie sich Mutter und Tochter in einen mit sanfter Stimme geführten Streit über Kindererziehung im Allgemeinen und Ottomaxens im Besonderen verwickelten. Die Katze verspürte die verborgene Wut, die sich zwischen den beiden Frauen aufbaute und überlegte, dass sie, wären sie zwei Katzen, in einem solchen Fall wahrscheinlich fauchend und zischend aufeinander losgegangen wären. Aber Menschen waren eben anders.

Die Frauen verließen mit Ottomax den Raum, und etwas später kam der Mann, Armin, wieder in das Zimmer, ihn begleitete ein sehr hässlicher Alter an einer Krücke.

»Willst du etwas trinken, Henry?«

»Wenn du ein Glas Roten für mich hast, gerne.«

Der Alte hievte sich in einen Sessel und schloss halb die schweren Lider. Sein Kopf war kahl, seine Nase riesig, seine Lippen schmal und verkniffen. Gleichmütig beobachtete er, wie sein Schwiegersohn sich einen kräftigen Schluck Whisky einschenkte und ihm dann seinen Rotwein reichte. Er nippte daran und schien in einen halb dösenden Zustand zu versinken. Armin versuchte, ein Gespräch mit ihm anzufangen, aber er bekam nur äußerst einsilbige Antworten.

»Na, ich hab noch anderes zu tun, Henry. Hier ist die Flasche, die Zeitung liegt auf dem Tisch.«

Erstmals hoben sich die Lider des Alten, und er fragte: »Das Schundblatt, dessen Chefredakteur du bist?«

»Mhm.«

»Stimmt was nicht, Armin?«

Der stürzte seinen Whisky hinunter, zuckte mit den Schultern und verließ den Raum.

Eine Weile war es sehr ruhig, und Mieze traute sich ganz vorsichtig wieder hinter der Gardine hervor. Sie wollte das Revier erkunden, in das sie so unerwartet geraten war, und setzte leise ihre weiß bestrumpften Pfoten auf den fein gemusterten Perserteppich. Das Gefühl empfand sie als angenehm, und sie kratzte ein wenig daran. Dann widmete sie sich den Wollmäusen unter dem Schrank, und allmählich näherte sie sich auch dem Sessel, in dem der schlafende Mann saß. Sie schnüffelte an seinem Hosenbein und fand es ein wenig muffig. Also ging sie weiter, doch ihre Instinkte ließen sie sich plötzlich umdrehen.

Unter den schweren Lidern verfolgte sie aufmerksam der Blick des Alten. Hurtig huschte sie wieder hinter den Vorhang. Dieser Mensch war ihr nicht geheuer. Sie wartete, ob er eine weitere Reaktion zeigte, doch er griff nur noch einmal nach dem Glas und widmete sich dann der Zeitung. Einigermaßen erleichtert rollte sich die Katze zusammen und schloss schläfrig die Augen.

Die Türglocke schreckte Mieze kurz darauf aus ihrem leichten Dösen auf. Menschenstimmen erklangen. Höchstes Entzücken schienen die Ankommenden auszulösen. Sigrids Stimme hatte sich um eine Oktave erhöht, als sie überschwänglich flötete: »Ach, Irene, meine liebste Schwester! Wir haben uns ja schon sooo lange nicht mehr gesehen. Eigentlich seit deiner letzten Scheidung nicht mehr.«

Irene schien etwas Passendes zu erwidern. Ihre Stimme klang tiefer, ein wenig rauchig und lange nicht so durchdringend enthusiastisch. Als die Tür sich öffnete, erspähte Mieze eine schlanke, sehr elegante Frau, die, wie sie fand, wie gemalt aussah. Ihr folgten ein distinguierter Herr in grauem Anzug und ein zierliches Mädchen.

»Ach Henry, sieh mal, wer sich auch zu unserem kleinen Familienfest eingefunden hat«, tönte Sigrid laut, und Henry legte langsam die Zeitung nieder.

»Meine Tochter Irene, wenn ich sie unter dem jugendlichen Anstrich richtig erkenne. Du trägst die Produkte, die deine Kosmetikfirma produziert, sehr kunstvoll zur Schau. Kriegst du Mitarbeiterrabatt?«

»Aber Henry, wie kannst du so etwas sagen. Ich bin doch kaum geschminkt.«

»Kaum, meine Tochter. Nur solltest du dir heftige Gemütsregungen verkneifen, sonst bröckelt die Fassade.«

»Charmant wie immer, Henry«, antwortete sie und tätschelte ihm lächelnd die Schulter.

Wieder fiel Mieze auf, wie seltsam sich die Menschen verhielten. Offensichtlich hatte der alte Kater die jüngere Katze beleidigt, aber sie schnurrte ihn nur an. Sie schnurrte weiter, als sie den Anwesenden »Fridjof, meinen Lebenspartner« vorstellte, und »sein hübsches Töchterchen Tonia, sie arbeitet am Theater.«

Hinter ihnen gesellte sich ein hageres Ehepaar hinzu, das eine magere Tochter namens Lyane mit sich führte.

Die wiederum präsentierte stolz eine Vierjährige. Das Kind stürzte sich mit Elan auf den Christbaum, rupfte an einem Rauschgoldengel und brachte das ganze Arrangement zum Schwanken. Das Wasser in der Baumhalterung schwappte vor Miezes Pfoten, und beinahe wäre sie bei der hektischen Aufwischaktion entdeckt worden.

Zuletzt trafen noch zwei Menschen ein, der eine wurde Dietrich, der jüngere Rico genannt. Dietrich wirkte nicht besonders verbindlich, wechselte aber mit Henry in seinem Sessel ein paar Worte. Der junge Mann hingegen hatte ähnlich schläfrige Augen wie der Alte. Und ebenso ähnlich schien er unter den halbgeschlossenen Lidern die Versammelten zu mustern.

Mieze stellte mit Interesse fest, dass zumindest bei einer der Anwesenden Tonfall und Gesichtsausdruck übereinstimmten. Das zierliche Mädchen, Tonia genannt, das ganz dicht an ihrem Versteck stand, stieß hervor: »Mein Gott, ist der hässlich!«

Tonia nippte nur sehr vorsichtig an dem Sherry, den ihr Gastgeber ihr in die Hand gedrückt hatte. Ihr Vater Fridjof, der ihren leisen, aber entsetzten Ausruf gehört hatte, erwiderte: »Meinst du diesen Rico? Der muss mit dem Alten verwandt sein. Die gleiche große Nase.«

»Da kannst du aber froh sein, dass die an deiner ›Lebenspartnerin‹ Irene vorbeigegangen ist, Paps«, flüsterte Tonia. »Oder hat sie ihre operieren lassen?«

»Hat sie. Sie ist nicht umsonst in der Kosmetikbranche tätig.«

»Was für eine Familie! Ist diese überforderte Junghenne mit den plärrenden Kleinkindern alleinerziehend?«

»Nein, die ist mit einem Menschen namens Ferdi verheiratet, soviel ich hörte. Da kommt er.«

Besagter Ferdi sah im Gegensatz zu dem nur wenig jüngeren Rico umwerfend gut aus und war sich dessen auch bewusst. Sigrid umarmte ihn, zog ihre Tochter mitsamt den Kleinkindern an sich und stellte sie als ihre ganz neue, junge und sooo glückliche Familie den Anwesenden vor. Armin verteilte Getränke und verhalf sich selbst zu ein, zwei weiteren großen Schlucken Hochprozentigem.

Man trank auf die junge Familie, und Tonia, die keine Chance sah, dem Familienfest zu entkommen, nippte resigniert am Sherry. Eigentlich hätte sie an Heiligabend lieber eine andere Party mit Freunden besucht, aber ihr Vater hatte sie gebeten – und das tat er selten –, ihn mit seiner Freundin Irene zu deren Familie zu begleiten. Da sie keinen der Anwesenden kannte, beschränkte sie sich, genau wie die Katze hinter dem Vorhang, auf das Beobachten. Und kam zu erstaunlich ähnlichen Ergebnissen.

Mieze wäre ebenso gerne geflohen wie Tonia, doch als sie erkannte, dass es kein Entkommen gab, legte sie ergeben den Kopf auf die Pfoten. Es war ihr zu laut, die Luft zu stickig, und das Parfüm, das Irene umgab, die jetzt in ihre Nähe getreten war, erinnerte sie an die abgestandenen Duftmarkierungen eines Katers in der Hitze. Wehmütig dachte sie daran, wie gesittet Katzengruppen sich verhielten, wenn sie sich versammelten. Da hielt man Abstand, da tauschte man schweigend die wirklich wichtigen Neuigkeiten aus, da zeigte man durch Mimik, Körper- und Schnurrhaarhaltung, was man voneinander hielt, ohne sich zu verstellen. Wen man nicht riechen konnte, dem ging man einfach aus dem Weg. Und Welpen, die zu aufdringlich wurden und ein derartiges Geplärre anstellten,wie diese Menschenkinder, die wären recht schnell mit einem Pfotenhieb zwischen die Ohren zum Schweigen gebracht worden.

Tonia schwankte zwischen Erheiterung und Frustration. Sie hatte eine Neigung dazu, Menschen nach ihrer Körpersprache einzuschätzen, so, wie es Katzen untereinander auch taten. Gestik, Haltung und Bewegung verrieten ihr vieles, was mit Worten nicht gesagt wurde. Die einen waren zu sehr darauf bedacht, sich bescheiden in den Mittelpunkt zu rücken, andere entfernten sich beständig bescheiden vom Mittelpunkt, so, als ob sie möglichst nicht beachtet werden wollten.

Ferdi hingegen hatte wohl nichts dagegen, beachtet zu werden, und als er sie mit einem schiefen Lächeln ansah und murmelte: »Schrecklich, diese Kinder, nicht wahr?«, empfand Tonia ein gewisses Mitleid mit ihm. Das erlosch aber recht bald, als er ihr noch ein wenig näher trat und ihr dezent seine Hand auf ihren, zugegebenermaßen hübsch gerundeten, Po legte. Sie entfernte sich vorsichtig und fand sich plötzlich in der Nähe des alten Mannes wieder. Ganz sicher war sie nicht, aber sie meinte bemerkt zu haben, dass er ihr beifällig zuzwinkerte. Ansonsten schien er eine ausgesprochene Gabe zu besitzen, mit den Möbeln zu verschmelzen. Er schaffte es, sich jeglicher Beachtung zu entziehen. Dennoch hatte Tonia das Gefühl, er nehme durchaus alles wahr, was um ihn herum geschah, und amüsiere sich dabei auf verschrobene Art und Weise göttlich.

Mieze wurde dann von einem anderen Phänomen abgelenkt. Dietrich, der Mann, der mit seinem hässlichen Sohn Rico gekommen war, stellte sich jetzt in die Ecke, in der sie saß, und zückte ein kleines Gerät, das er sich ans Ohr hielt. Höchst konzentriert lauschte er dem, was daraus erklang und vage Ähnlichkeit mit einer menschlichen Stimme hatte. Anschließend drückte er einige Tasten und sprach dann mit gedämpfter Stimme mit jemandem, der sich nicht im Raum befand. Mieze sagten Worte wie »Razzia« und »Drogen« wenig, aber sie stellte fest, dass Rico aufmerksam lauschte.

Tonia half inzwischen mit, den Tisch zu decken, und wartete mit der ihr eigenen Zurückhaltung, bis sich die Familienangehörigen niedergelassen hatten.

»Dietrich, kannst du nicht mal am Heiligabend das Handy ausschalten?«, fragte Sigrid den telefonierenden Mann, der leise redend aus dem Fenster in den Garten schaute.

»Tut mir leid, Sigrid, das kann ich nicht.«

»Das Verbrechen ruht wohl nie«, dröhnte Armin und schlug Dietrich mit massiger Hand auf die Schulter.

»Nein, die Drogenszene kennt keinen Heiligabend – außer als besonderen Anlass, den Absatz zu erhöhen.«

»Lasst uns von anderen Dingen reden, es ist schließlich das Fest der Liebe und des Friedens«, mischte sich die Gastgeberin wieder ein und geleitete Dietrich mit nachdrücklicher Hand zu seinem Sitzplatz. Der hässliche Rico hingegen blieb, genau wie Tonia, abwartend am Fenster stehen und setzte sich schließlich an das unterste Ende des Tisches. Neben ihm ließ sich Tonia nieder. Die Wissbegierde musste ihr wohl im Gesicht gestanden haben, denn Rico wisperte ihr zu: »Daddy ist Staatsanwalt. Es gibt da einen aktuellen Fall.«

»Darum. Sieht man mir meine Neugier so an?«

»Du solltest nie lügen, dein Gesicht verrät dich. Sorry, ich habe deinen Namen wieder vergessen. Du bist mit Tante Irenes neuestem Lover gekommen, nicht wahr?«

»Ich bin Tonia, und ja, deine Tante hat uns eingeladen. Um Pa und mich dem zu präsentieren, was sie die ›Heilige Familie‹ nennt.«

»Ich wusste gar nicht, dass sie einen Hang zum Sarkasmus hat. Und, gefällt dir die Family?«

»Sie sind nett.«

»Ich habe dir doch gesagt, du sollst nicht lügen, Tonia!«

Tonia kicherte, antwortete aber nicht und widmete sich erst einmal dem Essen.

Mieze fand, Tonia, die auf dem Platz neben dem Vorhang saß, duftete recht angenehm, nicht so schwülstig wie Irene, sondern ein bisschen wie Katzenminze in der Sonne. Sie kroch vorsichtig unter Tonias Stuhl, um ihr näher zu sein und hörte dem Tischgespräch zu.

»Was treibst du denn so, Rico?«, wollte Lyane wissen, die zu seiner Linken saß.

»Ich mache einen Job in einem Anwaltsbüro. Ziemlich monoton«, meinte er wegwerfend.

Dazu fiel Lyane außer einem verhaltenen Niesen nichts weiter ein, doch Irene wandte sich an das Familienoberhaupt der jungen, kleinen Familie mit der Frage: »Und was macht denn dein Studium, Ferdi?«

»Es geht voran«, war die recht kurz gehaltene Antwort.

»Du müsstest doch schon – lass mich überlegen – im zehnten Semester sein, nicht wahr?«

»Ferdi ist so fleißig«, flötete Sigrid zur Antwort. »Er hilft doch schon ständig bei seinem Vater in der Spedition mit aus.«

»Praxiserfahrung, was?«

»Er wird das Unternehmen später einmal führen, nicht wahr, Ferdi?«

Ferdi musste wohl zustimmend genickt haben, denn Irene bemerkte süffisant: »Na, dann ist es ja wirklich erstaunlich, dass du schon das Vordiplom geschafft hast.«

»Und zwei Kinder gezeugt!«, dröhnte Armin dazwischen. »Reife Leistung, was?«

»Wie schafft ihr das nur?«, fragte Lyane zwischen zwei Niesern. »Ich meine, finanziell. Ich muss mich ja schon mit einem Kind nach der Decke strecken.«

»Wir unterstützen die kleine, junge Familie natürlich, Lyane.« Sigrids Stimme wurde guttural angesichts dieser menschenfreundlichen Haltung. »Und er verdient doch auch richtig gut in der Spedition, nicht wahr, Ferdi? Er hat unserer Laurelita einen so hübschen Brillanten zur Hochzeit geschenkt. Zeig ihn doch mal, Laurelita, Liebes.«

Weder Mieze noch Ottomax interessierten funkelnde Juwelen. Der Junge hatte sich, von allen unbeachtet, mit einem Teller voll klein geschnittenem Würstchen unter dem Tisch breit gemacht und schmierte sich Ketchup auf die Backen. Einige Würstchenscheiben rollten vom Teller und landeten zwischen den Stuhl- und Menschenbeinen. Mieze fand das Spiel aufregend.

»Huch!«, flüsterte Tonia. »Lass das, Rico!«

»Was soll ich lassen?«, fragte Rico zurück.

»Mit mir zu füßeln. So vertraut sind wir noch nicht miteinander.«

»Ich füßele doch gar nicht mit dir. Obwohl das keine schlechte Idee ist. Mir ist aufgefallen, dass du sehr schöne Füße hast.«

»Möglicherweise. Aber ich mag weder den Po getätschelt bekommen, noch mag ich es, wenn man mir an den Füßen krabbelt.«

»Hat sich dir etwa jemand aus der Heiligen Familie auf unsittliche Weise genähert?«

»Aus der jungen, glücklichen Familie.«

»Ferdi hat sich rangeschleimt. Ich verstehe. Mach dir nichts draus, das ist seine Art.«

»Arme Laurelita! Aber trotzdem – irgendwas ist unter meinem Stuhl. Es ... es kitzelt mich.«

Vorsichtig schaute Rico nach unten, und sein hässliches Gesicht wurde von einem spitzbübischen Lächeln ganz kurz erhellt. Tonia fand diese Verwandlung urplötzlich atemberaubend.

»Schau mal ganz langsam nach unten, aber verrate dich nicht.«

Mieze war gerade dabei, ein Stück von dem Würstchen zu erhaschen, und Tonia sah ihre weiß bestrumpfte Pfote lang und immer länger werden.

»Oh, oh, die Katze des Hauses ist ein kleiner Dieb!«

»Diese Katze gehört mit Gewissheit nicht zu diesem Haushalt. Meine verehrten Anverwandten haben eine grundsätzliche Abneigung gegen Haustiere. Haare, Flöhe, Bazillen ... du weißt schon.«

»So ein Blödsinn.«

»Magst du Tiere?«

»Ja, und zwar Katzen ganz besonders.«

Wieder war der Anflug eines Lächelns da und veränderte das hässliche Gesicht.

»Ich auch, Tonia. Darum verraten wir die Kleine nicht. Aber nachher versuchen wir, ihr zu helfen.«

»Das ist wenigstens ein lohnender Programmpunkt auf diesem öden Weihnachtsfest.«

Doch Tonia sollte noch mehr bekommen. Es gab bald darauf weitere, durchaus unterhaltsame Programmpunkte. Allerdings war Mieze nicht ganz unbeteiligt daran.

Das Essen war endlich vorüber, und Sigrid klatschte in die Hände.

»Bescherung, meine Lieben!«

Mieze hatte sich wieder in ihre Ecke zurückgezogen. Einmal hatte sie versucht, zum offenen Fenster zu gelangen, aber just, als sie zum Spurt ansetzen wollte, war Ferdi aufgestanden und hatte es wieder geschlossen. Nun hatte man das Licht ausgeschaltet, und die Kerzen des Christbaumes machten das Zimmer zu einer heimeligen Höhle. Von irgendwoher sang es, nicht unähnlich dem melodischen Rufen eines liebestollen Katers, nur lange nicht so schön, fand Mieze. Die Menschen machten andächtige Gesichter, denn es kamen vom Himmel hoch die Engelein, und gerade als die schöne, neue Mär verkündet werden sollte, tirilierte süß Dietrichs Handy. Er hörte angespannt zu, blieb selbst recht einsilbig und zog sich wieder in die Ecke zurück. Mieze konnte kaum verstehen, was er sagte. Irgendwie wollte er Beweise für irgendetwas haben und sprach von einer Durchsuchung.

Ganz plötzlich aber witterte sie den strengen Geruch der Angst. Sie konnte jedoch nicht herausfinden, von wem er ausging, denn sie war von Dietrichs Füßen hinter dem Vorhang beinahe eingeklemmt.

»Wenn Dietrich mit seinen wichtigen Gesprächen fertig ist, können wir mit der Bescherung anfangen!«, ertönte Sigrids Stimme, der man inzwischen eine gewisse Nervosität anmerkte. Denn der Säugling greinte wieder, Armin goss sich das nächste Glas Whisky ein, Henry schien eingeschlafen zu sein und Lyane nieste unablässig. Ferdi, der sich beiläufig an das Telefon herangearbeitet hatte, das auf dem Sideboard stand, wurde von Sigrid energisch in den Kreis der Familie zurückgezogen, und dann raschelte Papier, wurden Ahs und Ohs ausgestoßen, fiel man sich gegenseitig mit luftgehauchten Küsschen um den Hals und beteuerte, noch nie etwas so Schönes erhalten und sich gerade dies oder das wirklich gewünscht zu haben. Mieze nutzte das Gewimmel, um sich aus ihrer Ecke zu bewegen und hinter einer mit geschmücktem Tannengrün gefüllten Vase auf einem Wandbord Platz zu nehmen. Hier hatte sie eine gute Übersicht über das Geschehen, und es zuckte ihr in den Pfoten, sich mit Geschenkpapier und Schleifenband zu vergnügen. Ein bisschen verwundert bemerkte sie, wie die schön angemalte Irene unter der Farbschicht auf ihrem Gesicht errötete, verstohlen die Schachtel verschloss, die sie erhalten hatte, und sie mit dem Fuß hinter den Vorhang schob, gerade dort, wo sie, Mieze, noch vor wenigen Minuten gesessen hatte.

Immerhin hatte das Bescherungsspektakel alle Aufmerksamkeit auf sich gezogen, und Mieze hatte kurz darauf die Möglichkeit gefunden, sich mit Papierballen und Schleifen zu vergnügen. Noch lustiger aber fand sie es, die Handtasche auszuräumen, die unter einem Stuhl stand. Sie roch zwar stark nach Irene, aber der goldfarbene Lippenstift hatte es ihr einfach angetan. Mit Pfoten und Zähnen schaffte sie es, ihn hinauszubugsieren und ihn dann über den Boden kollern zu lassen. Er rollte vor die Füße von Tonia, die sich bückte und ihn aufhob. Mieze wich erschrocken zurück und überließ ihr klaglos ihre Beute.

»Diese kleine Katze ist ein Spitzbub«, bemerkte Tonia im Flüsterton zu Rico, den sie trotz seiner überwältigenden Hässlichkeit immer gewinnender fand. »Sie hat Irene einen Lippenstift aus der Tasche geklaut.«

»Den sie sogleich vermissen wird. Sie hat die Tasche schon in der Hand, um im Badezimmer die Restaurierungsarbeiten vorzunehmen.«

Tonia wendete die goldene Hülle ein paar Mal in der Hand hin und her.

»Ich weiß nicht viel von ihr. Ist sie bei diesem Kosmetikhersteller beschäftigt?«

»Ja, diese Marke stellen sie her. Sie ist die Leiterin der Produktentwicklung.«

»Oha!«

Rico sah Tonia verstehend an. »Eine kleine Rebellin?«

»Rico, möchtest du, dass man dir Salben in die Augen reibt, um zu sehen, ob sie die Bindehaut verätzen? Oder giftige Substanzen auf die Haut ...«

»Psst, Tonia. Ich stehe doch auf deiner Seite.«

Doch Tonia, die so zierlich und harmlos wirkte, hatte eine kämpferische Seele, und der folgende Auftritt, in dem sie Irene wegen der in ihrem Unternehmen praktizierten Tierversuche angriff, sollte sich als der nächste programmatische Höhepunkt des friedlichen Christfestes herausstellen. Selbst Sigrids harmonische Schwingungen, unterstützt von Engelschören aus der Hi-Fi-Anlage, konnten ihr keinen Einhalt gebieten. Erst ihrem Vater Fridjof gelang es, die Furien in ihr zu bändigen.

»Ich verstehe nicht, wie du dich mit einer solchen Frau abgeben kannst«, zischte Tonia nur noch einmal, dann gab sie endlich Ruhe.

Irenes schöne Maske aber hatte bei der lautstarken Auseinandersetzung einige Risse bekommen, und Mieze, die sie von ihrem Versteck aus beobachtet hatte, fand, sie sähe einer alten, gehässigen Rättin ähnlicher als einer Menschenfrau. Tonia hingegen hatte ganz normal wie eine wütende Wildkatze reagiert, und sie gewann damit Miezes Anerkennung, obwohl sie nicht wusste, worum es bei dem Gezanke ging. In die auf den Streit folgende Stille trillerte wieder einmal das Handy, und Dietrich zog sich in eine Ecke zurück. Mieze sah, wie seine Augenbrauen hochzuckten, während er lauschte und dann murmelte: »So, so, im Studentenwohnheim.«

Wieder witterte sie ganz in der Nähe den Geruch der Angst, und diesmal konnte sie die Quelle erkennen. Ferdi drückte sich an der Wand entlang und zog etwas aus der Hosentasche. Es in der hohlen Hand haltend näherte er sich einem Zierväschen und ließ den Gegenstand hineingleiten. Dann entfernte er sich verstohlen von dieser Stelle und beschäftigte sich angelegentlich mit seinem Junior Ottomax, der verhältnismäßig friedlich ein buntes Plastikspielzeug zerlegte.

»Mich wundert es, dass noch keiner außer uns die Katze bemerkt hat«, flüsterte Tonia Rico zu.

»Ihr Fell ist sehr unauffällig, und sie selbst verhält sich sehr, sehr vorsichtig, die Kleine. Aber Großvater beobachtet sie schon die ganze Zeit.«

»Was? Ich hatte den Eindruck, er ist ständig in einen leichten Dämmerschlaf versunken.«

»Täusch dich nicht, Henry ist mit einem erschreckend scharfen Verstand gesegnet. Die Pose, die er bei derartigen Familienfeiern einnimmt, dient nur dazu, sich ein paar weitere hintersinnige Klauseln für sein Testament auszudenken.«

Tonia konnte nicht umhin, einen Blick zu dem alten Mann zu werfen, und tatsächlich, unter den schweren Lidern glitzerten seine Augen. Als er ihre Aufmerksamkeit auf sich ruhen fühlte, zogen sich ein paar Fältchen darum zusammen, als ob er ihr ein verstecktes Grinsen übermitteln wollte.

»Verflixt, da hast du recht. Er scheint der Einzige zu sein, den diese Fete hier wirklich unbändig amüsiert.«

»Nicht der Einzige, Tonia.«

»Nein, du amüsierst dich auch.« Tonia sah den hässlichen jungen Mann neben sich mit noch stärkerem Interesse an und meinte dann: »Du bist ihm wohl nicht nur äußerlich sehr ähnlich, was?«

»Stimmt! Ich bin innerlich und äußerlich sehr hässlich.«

Noch prüfender betrachtete Tonia ihn und fand ihn immer weniger abstoßend. Im Gegenteil, sie fand ihn sogar überaus anziehend.

»Und du machst nur einen langweiligen Job in einer Anwaltskanzlei, was?«

»Würde ich dich anlügen, Tonia?«

»Du liebst es, den Anwesenden, ebenso wie dein Großvater, zu suggerieren, nicht weiter als bis drei zählen zu können.«

»Du unterschätzt mich maßlos. Ich schaffe es sogar bis vier.«

»Mhm. Du studierst Jura, was?«

»Um Gottes willen, verrat mich nicht!«

Tonia musste ihr Taschentuch zu Hilfe nehmen, um ihr Kichern zu verstecken.

Mieze fühlte auf ihre eigene kätzische Weise, dass in der Ecke, in der Tonia und Rico standen, eine höchst angenehme Stimmung aufgekommen war, und sie schlich sich unter Stühlen und zwischen Spielzeugverpackungen zu ihnen hin. Kurz rieb sie ihren Kopf an Tonias seidenbestrumpfter Fessel und schlüpfte dann wieder hinter den Vorhang, der ihr schon seit ihrem Eintritt in das Haus als Versteck gedient hatte. Doch irgendetwas belegte den Platz. Eine Schachtel, wie es schien. Eine Schachtel war schön, man konnte sich darin zusammenrollen und fühlte sich dann herrlich geschützt. Aber das, was da drin war, musste raus. Auch wenn es angenehm nach Leder roch. Es hatte so hässliche Metallnieten und Ketten, die sie störten. Gewandt wie sie war, hatte Mieze das Ding bald aus der Verpackung gezerrt und schob es mit ihren weiß bestrumpften Pfoten Tonia vor die Füße.

»Ei, was hat unsere kleine Freundin denn jetzt ausgegraben?«, fragte Tonia und bückte sich. »Hui, fesch!«

»Na, wenn du damit über die Straße gehst, wirst du Auffahrunfälle verursachen. Dafür braucht man ja einen Waffenschein!«

Rico bestaunte ebenfalls das schwarze Ledermieder. Dann aber bückte er sich, langte hinter den Vorhang und entwand Mieze ein Stück Papier. Ein kurzer Blick darauf, und sein Gesicht wurde ernst.

»Du solltest deinem Herrn Vater mal einen kleinen Tipp geben. Es scheint hier eine seltsame Leidenschaft in der Familie zu liegen.«

»Wem gehört das?«

»Irene. Die der dröhnende Armin höflich mit ›Domina‹ anredet.«

»Unser Gastgeber?«

»Scheint eine Vorliebe für Rohrstöckchen zu haben.«

Tonia schluckte und sah sich zu ihrem Vater um, der in ein Gespräch mit Armin verwickelt war, in dem Anspielungen wie »Mein Freund, der Minister ... Meine Beziehungen zu Regierungskreisen ...« immer wieder prominente Rollen spielten.

»Platzhirsche!«, murmelte Rico, als sich Tonia außer Hörweite befand.

So ähnlich beurteilte Mieze die beiden Männer auch – zwei Kater, die sich mit Imponiergehabe umstrichen, konnten das nicht besser machen. Sie wunderte sich, dass Tonia die Beute, die sie ihr vor die Füße gelegt hatte, in der Hand haltend zu ihnen ging, ihren Vater geschickt aus dem Revier lotste und dann mit leeren Händen zurückkam. Noch mehr allerdings wunderte die Katze sich, dass diese kurze Abwesenheit anschließend zu einem gesteigerten Höhepunkt des Abends wurde. Denn die Szene, die Fridjof seiner Freundin Irene machte, erschütterte die friedliche Familienfeier bis in die Grundfesten. Die Anklage der Untreue traf hingegen auch Armin, dem sein fassungslos kreischendes Weib ein Ziervächen an den Kopf zu werfen versuchte, das ihn verfehlte und an der Glastür zersplitterte, während der Luftzug, der durch den Wurf entstand, die Kerzenflamme mit einem trockenen Weihnachtsgesteck in Verbindung brachte und es entflammte. Es half auch das Glas Whisky nicht, das Lyane zum Löschen darübergoss. Erst Rico schaffte es, die Flammen mit einem Sofakissen zu ersticken.

Fridjof hingegen verließ die Feierlichkeit mit der vernichtenden Bemerkung: »Und, Armin, wie ich gehört habe, wurde Ihr Vertrag mit der Zeitung ja auch nicht verlängert. Ein schönes Fest noch allerseits.«

In dem allgemeinen Tumult klingelte abermals Dietrichs Handy, und diesmal traf sein Blick, als er zuhörte, Ferdi. Der wurde, wie Mieze, die in Panik auf einen Schrank gesprungen war, erstaunt feststellen konnte, grün im Gesicht.

»Es sieht aus, als ob dein Vater diese Veranstaltung verlassen hat, Tonia.«

Rico warf das angesengte Sofakissen achtlos auf den Boden.

»Mich scheint er in der Aufregung vergessen zu haben.«

»Ich bringe dich nach Hause. Oder wo immer du hinwillst.«

»Danke, Rico. Aber nicht ohne diese Katze.«

Das hässliche Gesicht verzog sich zu einem diesmal sehr herzlichen Grinsen. Er bückte sich, um einen großen Karton aufzuheben.

»Dann wollen wir mal sehen, ob wir sie überreden können, hier einzuziehen.«

»Nicht solange das Gekreisch anhält. Sie muss ja völlig verstört sein.«

Das war Mieze aber nicht. Im Gegenteil, sie nutzte die Gelegenheit, um endlich nach Herzenslust unbeachtet in den Papierbergen zu wühlen und Glitzerbändchen zu jagen. Dazwischen lagen unter anderem nun auch die Scherben des Zierväschens, und genau dort fand sie dann etwas, mit dem man noch viel schöner spielen konnte. Das Tütchen mit dem weißen Pulver erregte ihre Neugierde, und sie warf es wie eine frisch gefangene Maus mit den Pfoten hoch, schubste es vor sich her und maunzte dabei voller Triumph.

»Was hat sie da nur?«, fragte Tonia, und Rico, der ebenfalls auf Mieze aufmerksam geworden war, hielt kurz den Atem an.

»Ich denke, das ist etwas, was meinen Vater außerordentlich interessieren wird.« Er bückte sich und rief freundlich: »Miez, miez!«

»Moment mal!«, unterbrach ihn Tonia. »Bieten wir ihr etwas Besseres.«

Sie schlüpfte in die Küche und klaubte eine der übrig gebliebenen Lachsscheiben vom Teller. Die Verlockung erwies sich als bestechend, und Mieze ließ von dem Beutel ab, um das gebotene Leckerchen zu verputzen.

»Ihhh! Eine Katze!«, quietschte Lyane auf, die das beobachtete, weil sie sich wegen ihres Niesens nicht an dem Tumult der anderen beteiligen konnte. »Warum habt ihr mir nicht gesagt, dass ihr eine Katze habt? Ich bin doch allergisch gegen Tierhaare!«

»Katze? Hier gibt es keine Katze!«

Sigrid wandte sich von Irene ab, die hysterisch schluchzend auf dem Sofa zusammengebrochen war.

»Und was ist das?«, schniefte Lyane und wies niesend auf das grau-braun getigerte Tier mit den weiß bestrumpften Pfoten hin, das sich nach dem Genuss der gereichten Köstlichkeit die Schnurrhaare putzte.

»Wer hat das Viech mitgebracht? Rico?«, brüllte Armin und machte einen drohenden Satz auf die Katze zu, die spornstreichs auf den höchsten Schrank flüchtete.

Rico grinste und sagte: »Nein, das war Ferdi.«

Armin wandte sich zu dem jungen Familienvater um, der eben versuchte, den Raum unauffällig zu verlassen.

»Wie kannst du ...«, begann er zu toben, doch Henry, der sich aus den Tiefen seines Sessels aufrichtete, unterbrach ihn mit erstaunlicher Autorität in der Stimme: »Bevor du dich weiter aufregst, schließ bitte die Tür.«

Verdutzt gehorchte Armin, und Rico übergab seinem Vater das Päckchen, das er Mieze abgeluchst hatte.

»So etwas in der Art suchtest du doch, nicht wahr?«

Dietrich betrachtete die kleine Tüte mit dem weißen Pulver nachdenklich, griff zum Handy und sagte nur kurz zu jenen, die offensichtlich auf seine Anweisungen warteten: »Ihr solltet reinkommen.«

Es klingelte kurz darauf an der Tür, und zwei Männer in unauffälligem Zivil wiesen sich dem verblüfften Armin gegenüber mit ihren Dienstmarken aus.

»Ist es das, was ich vermute?«, fragte Tonia zu Rico gewandt.

»Genau das. Der saubere Ferdi steht schon seit einiger Zeit unter Verdacht, mit Heroin zu dealen. Das Speditionsgeschäft seines Vaters scheint sich dafür gut zu eignen. Es hat heute Abend eine Razzia gegeben. In einem Studentenheim. Sie waren ihm dicht auf den Fersen, hatten aber noch keinen Beweis. Dad dachte, es sei eine gute Idee, diese Einladung anzunehmen, um dem Bürschchen unauffällig auf den Zahn zu fühlen.«

»Nicht wegen des Familiensinns? Wie prosaisch.«

Dann war alles ziemlich schnell zu Ende. Ferdi wurde verhaftet, Irene äußerte einige sehr giftige Bemerkungen über die junge, glückliche Familie, die Sigrid dazu brachten, schlichtweg in Ohnmacht zu sinken. Die Gäste verabschiedeten sich in geradezu unziemlicher Hast.

Es war still und bis auf den Schein zweier Kerzen auch sehr dunkel in dem verlassenen Wohnzimmer. Nur Tonia und Rico waren noch dort, saßen eng nebeneinander auf dem Sofa und warteten einträchtig darauf, dass Mieze sich endlich aus ihrem Versteck traute. Dabei schlich sich ganz natürlich Ricos Arm um Tonias Schulter, und wie selbstverständlich ruhte ihr Kopf an der seinen.

»Hast du eine Wohnung, in der du eine Katze halten kannst?«, fragte Rico nach einer Weile traulichen Schweigens.

»Es wird schwierig, aber es wird irgendwie gehen.«

»Meine ist recht groß, und ich habe Zugang zu einem verwilderten Garten ...«

»Dann wirst wohl besser du sie zu dir nehmen.«

»Ich würde dir gerne Besuchsrecht einräumen, Tonia. Jederzeit, sozusagen.«

»Mh.«

»Mh?«

»Mmmmmh!«

»Mau!«, sagte Mieze und hüpfte auf Tonias Schoß, die sich gerade langsam aus Ricos Umarmung löste. Noch einmal zuckte Mieze vorsichtig zurück, doch dann ließ sie sich von den vielen zärtlichen Menschenfingern genüsslich streicheln. Sie hatte auch nichts dagegen, in der mit einer weichen Decke ausgepolsterten Kiste Platz zu nehmen, und blieb sogar sitzen, als der alte Mann in den Raum trat.

»Hab ich es mir doch gedacht, dass ihr noch hier seid. Ihr nehmt diese Katze mit?«

»Ja, natürlich, Großvater.«

»Das ist gut. Sie kam mit dem Christbaum her, irgendwie muss sie mit ins Auto gesprungen sein, als Armin den Baum geholt hat.« Er beugte sich zu der Katze nieder und kraulte ihr das Fell zwischen den Ohren. Mieze schnurrte begeistert. »Bist ein seltsam kluges Geschöpf, Kätzchen.«

»Mirr!«

»Hier, mein Junge, dein Weihnachtsgeschenk. Sollte für Katzenfutter und so in der nächsten Zeit reichen.« Er drückte Rico einen Umschlag in die Hand und nickte Tonia zu. »Auf diese Weise kommen Sie ja doch in die Familie. Freut mich. Sie sind ein aufmerksames Mädchen.«

»Und Sie sind ein überaus aufmerksamer alter Herr.«

»Bin ich, meine Liebe, bin ich. Besuchen Sie mich mit dem Jungen mal.«

Er humpelte ohne weiteren Gruß aus dem Raum, und Tonia fand Rico mit einem Blick starr vor Staunen. Er hielt einen Scheck in der Hand und murmelte leise: »Das reicht aber für verdammt viel Katzenfutter – und so.«

Alexa Stein
Django unchained

Jetzt ist es tatsächlich passiert. Wir sind auf den Hund gekommen. Habe ich es nicht seit einiger Zeit befürchtet? Aber wir Katzen haben nicht nur einen untrüglichen Instinkt, wir sind zugegebenermaßen auch Meister im Verdrängen unangenehmer Tatsachen. Nun kann ich es leider nicht mehr länger leugnen, denn sie stehen leibhaftig vor mir. Sechs Beine. Zwei menschliche, vier von der Gattung Cane, allesamt männlich und behaart. Romantisches Abendessen ist angesagt. Simone hat den ganzen Tag in der Küche gestanden und mich damit um mein Nachmittagsschmusestündchen gebracht.

Die Töle steht noch immer mit eingezogenem Schwanz vor der offenen Wohnungstür. Ich würde mir ja gerne einbilden, dass er vor mir Angst hat. Aber ich bin Realistin. Er wiegt mindestens viermal so viel wie ich, und sein Gebiss bietet bei Weitem mehr Platz für Zahnstein als meines. Trotzdem plustere ich mich auf und fauche ihn an – Simone steht ja zwischen uns –, denn schaden kann es nicht, schon mal zu zeigen, wer hier die älteren Rechte hat.

»Django, nu komm!«

Django? Ich mach mir gleich ins Fell.

Das Rudeltier wirft mir einen mürrischen Blick zu, als hätte es meine Gedanken erraten, und trottet mit eingekniffenem Schwanz über die Schwelle.

»Na endlich, du wirst doch nicht vor so einer süßen, kleinen Mieze Angst haben?«

Süße, kleine Mieze? Jetzt fehlt nur noch, dass er …

Bussi-Bernie geht in die Hocke und grinst mich an.

»Miez, Miez, Miez …«

War ja irgendwie zu erwarten. Warum sprechen die meisten Menschen eigentlich mit Katzen wie mit Hunden, sprich mit geistig Minderbemittelten? Ich werfe Simone einen vorwurfsvollen Blick zu, aber die kriegt im Augenblick überhaupt nichts mit. Sie steht nur blöd herum und strahlt, als hätte sie sich für die nächsten zwanzig Jahre im Voraus liften lassen.

»Macht es euch doch schon mal im Wohnzimmer bequem, das Essen ist gleich so weit. Was kann ich Django denn Gutes tun?«

Einen Tritt in den Hintern, schlage ich vor, aber Simone ignoriert mich immer noch. Es wird mal wieder Zeit, eine ihrer Orchideen zu düngen. Oder das Gestrüpp, das Bussi-Bernie ihr gerade in die Hand drückt.

Ich kann die Vorliebe der Menschen für Pflanzen eh nicht nachvollziehen. Simone schleppt Tonnen davon an, und vieles isst sie noch nicht einmal, sondern verteilt es »dekorativ« in der Wohnung. Aber wenn ich mal ne tote Maus auf dem Teppich drapiere, regt sie sich auf. Also, was die Gestaltung des gemeinsamen Wohnraums angeht, sind Katzen eindeutig toleranter.

Ich beziehe meinen Beobachtungsposten auf dem Wohnzimmerschrank. Die beiden Herren stehen etwas unschlüssig im Raum herum. Bussi-Bernie scheint einer von der schüchternen Sorte zu sein. Eigentlich heißt er ja Bernd Schlüter. Ich nenne ihn nur so, weil er Simone Liebes-SMS schickt, die er allesamt mit »Bussi dein Bernie« unterschreibt. Süß, nicht? Das war jedenfalls

Simones Kommentar, als sie sie mir gezeigt hat. Ich bin im Übrigen bestens über den Stand der Beziehung informiert. Simone erzählt mir alles. Das ist eine der Eigenschaften, für die ich sie liebe. Sie spricht mit mir von Angesicht zu Angesicht und behandelt mich auch sonst wie ein gleichwertiges Wesen. Etwas, das ich wirklich zu schätzen weiß. Auch wenn ich zur Hälfte eine Rassekatze bin, Perser, war mein Leben, bis Simone mich aus dem Tierheim geholt hat, nicht gerade Sahneschlecken. Sie tut viel für mich, und ich bin bereit, auch so einiges für sie zu tun. Naja, für sie und für unser gemeinsames und bis dato so harmonisches Leben. Dass wir nicht ewig zu zweit bleiben würden, darauf hatte ich mich ja eingestellt. Immerhin ist Simone im wurffreudigen Alter und sieht für einen Menschen nicht übel aus. Aber ein weiterer Vierbeiner, und noch dazu ein Hund! Nein, damit habe ich wahrhaftig nicht gerechnet. Und ehrlich gesagt, bin ich ziemlich enttäuscht von Simone, zumal sie mir seit Wochen von Bussi-Bernie vorschwärmt und mir diesen Django dabei unterschlagen hat. Vermutlich aus Angst um ihre Orchideen.

»Bernd? Bist du mal so lieb und hilfst mir kurz …«

Bussi-Bernie nickt – als wenn Simone das sehen könnte – und verlässt das Wohnzimmer. Der Köter bleibt und sieht zu mir hoch. Ich mache schnell einen auf cool, was bei meiner erhöhten Pulsfrequenz nicht gerade leicht ist.

»Hallo.«

Hallo? Soll das ne Anmache sein? Der erwartet doch nicht, dass ich mit ihm spreche. Ich Katze, du Hund, Austausch von Höflichkeiten ist da nicht. Was also führt er im Schilde? Was auch immer, ich fauche und ziehe mich ein Stück weit zurück.

»T'schuldige. Wollte dich nicht erschrecken.«

»Na, ihr beiden? Habt ihr euch schon angefreundet?« So ein Spruch von Simone, das ist zu viel. Ich ramme meine Krallen in den Schrank, stoße mich ab, lande mit einem Satz auf dem Sofa, spurte von dort in den Flur, weiter zum Bad und durch die Klappe im Dachfenster nach draußen.

Es regnet. Na super. Drinnen Hund, draußen Sintflut. Genau so stellt sich Katze einen gemütlichen Samstagabend vor.

Dreimal habe ich mein Revier abgegrast, ehe es in Simones Wohnung endlich dunkel wurde. Vorsichtig schleiche ich mich durch die Klappe in das Bad, schließlich soll sie nicht mitbekommen, dass ich zurück bin, sie kann sich ruhig ein bisschen Sorgen um mich machen.

»Da bist du ja wieder!«

Ich kreische so laut auf, dass ich mich selbst erschrecke. Er liegt im Flur direkt vor der Badezimmertür, seine Augen blitzen im Mondlicht. Im Dunkeln sieht er noch riesiger aus. Grauenerregend.

»Was ist denn hier los?« Simone und Bernd stehen im Flur, das Licht geht an.

Bernd zuckt mit den Schultern. »Django ist ehrlich völlig harmlos. Der tut keiner Fliege was zuleide.«

Ich habe mich etwas gefangen und ducke mich in eine Ecke. Na klar, den Spruch kennt ja wohl jeder: »Der tut nichts, der will nur spielen.« Das erzähle ich jeder Maus, bevor ich sie fresse.

»Leonie wird sich schon an ihn gewöhnen. Besser wir lassen Django heute Nacht in der Küche.« Bussi-Bernie folgt aufs Wort, ebenso Django, der brav in der Küche verschwindet und sich einsperren lässt. Eins zu null für mich.

Trotzdem! Was ist nur mit Simone los? So gefühllos kenne ich sie gar nicht. Sonst schleppt sie mich schon zum Tierarzt, wenn ich nur mal niese. Und jetzt bleibt sie völlig ungerührt, obwohl ich in Lebensgefahr schwebe? Dieser Typ und sein aufgeblasener Bettvorleger haben sie völlig verhext. Was ich beim besten Willen nicht verstehen kann, schon gar nicht, so wie er jetzt aussieht. Er trägt Boxershorts mit Blumen drauf. Zudem sind die so weit, dass man von unten bis in den Glockenturm kucken kann.

Zwei der Orchideen sind inzwischen eingegangen, ich habe die letzten drei Nächte nicht in ihrem Bett geschlafen, aber Simone checkt überhaupt nichts. Wenigstens haben sich Bussi-Bernie und sein Köter seit Sonntagmorgen nicht mehr blicken lassen. Ob vielleicht doch noch Hoffnung besteht, dass Simone wieder zu Verstand kommt? Irren ist menschlich, heißt es ja.

Katzen können sich aber ebenso irren. Leider. Schon eine Stunde nach meinem hoffnungsvollen Gedankenspiel klingelt das Telefon.

Bussi-Bernie muss unerwartet für ein paar Tage nach Hamburg, so weit, so gut, doch dann kommt es. Er weiß nicht, wohin mit seiner Töle, und Simone, die Weichbirne, fängt an zu grinsen – als wenn er das sehen könnte – und säuselt, das sei überhaupt gar kein Problem ... aber gerne ... nein, er müsse sich keine Sorgen machen ... Leonie würde schon damit klarkommen.

Na, sie muss es ja wissen! Ich hoffe nur, dass sie ihr schlechtes Gewissen bis an ihr Lebensende verfolgen wird, wenn mich dieser Möchtegern-Wolf zu Hundefutter verarbeitet hat.

Der Herr reist mit großem Gepäck an. Körbchen, Trockenfutterbeutel, Nassfutterdosen, Schale für Futter, Wasserschale, Plastikknochen, alles in XXXXL. Und das alles wird in meinem Wohnzimmer so verteilt, dass nicht einmal eine Maus hier noch Platz hätte.

Ich sitze auf der Garderobe im Flur, meine Augen beobachten, mein Gehirn schmiedet Pläne. Gute Pläne, grandiose Pläne. Wenn ich könnte, würde ich breit grinsen. Stattdessen tue ich ganz unbeteiligt, um die beiden in Sicherheit zu wiegen.

Als Simone sich schlafen legt, springe ich zu ihr ins Bett, schmiege mich an ihre Seite und lasse mich kraulen, bis sie sanft einschlummert. Ich lausche, auch von Django ist nur ein leises Schnarchen zu hören. Gut so! Vorsichtig schleiche ich mich aus dem Bett und in den Flur. Dann setze ich mich vor die Haustür auf Simones neuen Teppich und lasse alles laufen, was ich den ganzen Tag über gesammelt habe. Jetzt schnell noch hinüber zur Garderobe, wo ich einen der neuen teuren Pumps mit den Zähnen bearbeite. Nur nicht die Krallen einsetzen, es soll ja schließlich nach Hund aussehen.

Nach getaner Arbeit werfe ich einen Blick in Djangos Monsterkörbchen und verschwinde zufrieden wieder in Simones Bett.

Natürlich bekomme ich mit, wie Simone aufsteht, tue aber so, als ob ich tief und friedlich schlafe.

»Oh nein!«

Wohlig rekle ich mich in den Laken, höre, wie Simone mit Eimer und Lappen hantiert und leise vor sich hin jammert. Endlich stehe ich auf, um ihr seelischen Beistand zu leisten, natürlich will ich mir nicht entgehen lassen, wie sie Django niedermacht.

Der vermeintliche Übeltäter sitzt denn auch mit eingezogenem Schwanz vor dem Bad und jault leise. Erst als er mich sieht, verwandelt sich das Gejaule in leises, aber bedrohliches Knurren. Simone stellt den Eimer zur Seite und geht auf Django zu.

»Ach, du Armer, ist doch nicht so schlimm.«

Ich schüttle den Kopf, irgendwas scheint mit meinen Ohren nicht in Ordnung zu sein. Hat sie »nicht so schlimm« gesagt?

»Meine Schuld, ich war gestern Abend zu faul, noch mal mit dir rauszugehen.«

Verräterin! Wütend springe ich auf den Waschtisch, ohne Rücksicht auf Simones Fläschchensammelsurium, und durch meine Klappe nach draußen.

Wenigstens das Wetter meint es diesmal gut mit mir. Ich stelle mich auf einen langen Rundgang ein, keinesfalls werde ich die Wohnung betreten, solange Simone bei der Arbeit und Django unbeaufsichtigt ist, ich bin schließlich nicht lebensmüde. Mein Magen knurrt, auch darum werde ich mich wohl selbst kümmern müssen, während dieser Knochenkauer faul und vollgefressen auf meinem Sofa liegt. Es ist zum Heulen.

Ich laufe die Dachrinne entlang, von hier aus kann man von Dach zu Dach fast durch unser ganzes Viertel stromern. Am Anfang fand ich es beängstigend so mitten in der Stadt, aber inzwischen kenne ich alle Tücken und komme gut zurecht. Und es hat auch seine Vorteile. Der kleine Imbiss zum Beispiel vorne am Eck, die lassen ab und an das Fenster zur Küche offen und Fleisch auf dem Tisch liegen. Oder beim Spanier weiter unten, da kann man schon mal bei gutem Wetter was von den Gästen auf der Terrasse schnorren. Leider ist es dafür jetzt noch zu früh am Morgen. Trotzdem gucke ich beim Imbiss vorbei. Ich drücke mich gerade um die Ecke, als mich fast der Schlag trifft. Aus dem gegenüberliegenden Coffee Corner kommt gerade ein Mann heraus, der eigentlich nur eine Fata Morgana sein kann, es sei denn, er ist ein skrupelloser Lügner. Bussi-Bernie in voller Lebensgröße. Er lehnt sich vor dem Café gegen die Hauswand und zieht ein Handy aus der Tasche. Ich nutze eine Lücke im Verkehr, husche auf seine Straßenseite und verstecke mich hinter ein paar abgestellten Fahrrädern.

»Ich bin's ... Nein, noch nicht ... aber ich krieg das hin ... vertrau mir. Ich brauche nur noch etwas Zeit ... Ich melde mich, bis dann.«

Mir wird ganz flau im Magen, was diesmal aber nichts mit dem entfallenen Frühstück zu tun hat. Was zum Henker führt der Kerl im Schilde? Erst die Lüge, er müsse nach Hamburg, und jetzt das.

Wir Katzen können – wenn auch ungern, äußerst ungern – lange ohne Nahrungsaufnahme auskommen, und so stelle ich meine persönlichen Bedürfnisse zurück, um herauszubekommen, was Lügner-Bernie im Schilde führt. Er steckt das Handy ein und geht die Straße *Vor dem Steintor* hoch. Ausgerechnet. Der Bürgersteig ist schmal und vollgeparkt, dennoch drängeln sich hier Dutzende von Fußgängern, Fahrradfahrern und Hunden. Immer wieder muss ich in einen Hausgang ausweichen oder schaffe es gerade noch, zur Seite zu springen, ehe man mir den Schwanz platt tritt oder ich einfach übergemangelt werde. Endlich biegt Lügner-Bernie in eine der ruhigeren Seitenstraßen ein, dort gibt es kleine Vorgärten, sodass ich mich gut verstecken kann. Wir kommen immer tiefer in den alten Kern des Viertels, dort, wo sich noch keine Yuppies und sonstige Möchtegernkulties hingewagt haben. Hier ist man unter sich. Wand an Wand mit allen Nationen, die dieser Planet so hergibt. Hier kann man sich noch auf seine Nachbarn verlassen. Hier schwärzt man sich nicht an, weder beim Parken im Halteverbot noch bei Lärmbelästigung oder kleinen Drogendeals. Szene eben. Doch was will Lügner-Bernie hier? Wohnen tut er hier nicht, das weiß ich von Simone. Er wohnt über dem kleinen Zoogeschäft, wo sie immer meine Leckerlis kauft, dort sind sie sich auch zum ersten Mal über den Weg gelaufen.

Vor einem der bunt besprühten Häuser bleibt er schließlich stehen, sieht sich die Namensschilder an, klingelt. Die Tür bleibt geschlossen. Dennoch rüttelt er daran, sieht sich um, sieht durch die unteren Fenster, kratzt sich am Kinn und geht weiter. Wir sind inzwischen in die nächste Straße eingebogen, als er die Straßenseite wechselt, nicht ohne vorher zurückzublicken. Schnell husche ich über einen Zaun und hinter eine Mülltonne, Schwein gehabt, denke ich und liege so was von daneben.

Vor mir baut sich ein schwarzer Kater auf, der von der Statur und dem Gebiss her wohl mal als sibirischer Tiger veranlagt war. Ich bemühe mich um ein bezirzendes Gehabe – Schwänzchen hoch, Näschen tief und schön mit den Wimpern klimpern. Klappt aber nicht, wie auch, wo man mir schon im Tierheim die Gebärmutter und alle süßen Hormondüfte herausgeholt hat. Seine Pranke schnellt hoch, und nur dank eines wagemutigen Satzes auf die Straße erwischt er mich lediglich am Hinterlauf. Weh tut es trotzdem, aber für Schadensbesichtigung ist keine Zeit. Ich renne, was das Zeug hält, und trotzdem rieche ich seinen fauligen Atem. Während ich mich schon mit aufgeschlitzter Kehle im Straßengraben liegen sehe, höre ich das leise Quietschen einer sich schließenden Tür. Ich husche gerade noch hindurch, lasse mich platt auf die Fliesen fallen und lecke mir mein lädiertes Hinterteil. Zumindest werde ich es überleben. Aber wie komme ich hier wieder raus?

Ich schnüffle mich durchs Treppenhaus, alle Türen und Fenster sind geschlossen. Super. In einer der Wohnungen scheint jemand zu sein, ich überlege kurz und wage einen alten Trick, in der Hoffnung, nicht auf einen Katzenhasser zu treffen. Wird schon schiefgehen, sage ich mir und maunze mir die Seele aus dem Leib. Endlich öffnet sich die Tür, und ich gehe vorsichtshalber einen Schritt zurück.

»Ja, wer bist du denn?« Eine ältere Dame – aber, oh Wunder, offenbar nicht schwerhörig – beugt sich zu mir herab. »Was machst du denn hier?«

Na was wohl, ich komme von den Zeugen Jehovas! Wirklich dämliche Frage.

Ich will ihr gerade den Weg zur Haustür zeigen, als sie weiterfragt, diesmal nicht mehr ganz so dumm: »Hast du Hunger?«

Es gibt Leberpastete. Meinen Tierarzt würde der Schlag treffen, aber ab und an muss man sich mal was gönnen, oder nicht? Und Bewegung hatte ich heute mehr als genug.

Als ich endlich wieder draußen bin, ist das schwarze Untier verschwunden, Lügner-Bernie aber auch. Trotzdem schweife ich noch ein wenig umher, schließlich wartet zu Hause schon die nächste Bestie auf mich. Dabei ist mein Mittagsschläfchen inzwischen so was von überfällig. Ein Katzenleben ist schon manchmal das reinste Jammertal. Ich schwelge noch mitten im schönsten Selbstmitleid, als mir ein bekannter Geruch in die Nase steigt. *Cool Water,* der angesagte Duft für den Herrn von Welt, meint zumindest Simone. Auch so eine Sache, die ich selbst mit neun Leben – wobei ich auch daran nicht wirklich glaube – nicht verstehen werde. Warum sich Menschen mit Pflanzensäften und Tierausscheidungen besprühen. Na, jedenfalls kannte ich diesen Duft schon, bevor er an den Mann gebracht wurde, denn Simone hat ihn (damals noch Bussie-)Bernie zu Weihnachten geschenkt, und er sprüht sich tapfer ein, damit sein Weibchen ihn auch immer gleich erkennt.

Ich schnüffle mich also weiter vorwärts, und plötzlich steigt mir ein weiterer Geruch in die Nase. Blut. Dann sehe ich ihn.

Lügner-Bernie quält sich aus einem Kellerschacht. Er holt ein Taschentuch aus seiner Hosentasche, wischt sich die Finger ab und hat es plötzlich ziemlich eilig, die Kurve zu kratzen.

Mit meinen Samtpfötchen schleiche ich mich an den Kellerschacht heran. Der Geruch nach Blut ist hier eindeutig intensiver. Auch Lügner-Bernies Duftmarke hängt noch in der Luft, daneben riecht es nach Schimmel, Kot, Urin und was man sich sonst noch so an Ausscheidungen vorstellen kann.

Ich glaube nicht, dass es irgendein Lebewesen auf dieser Welt gibt, das neugieriger ist als eine Katze. Was leider nicht immer von Vorteil ist, ich spreche da aus Erfahrung. Und auch diesmal habe ich ein ungutes Gefühl, aber ich muss wissen, was da unten passiert ist.

Der Keller ist bis unter die Decke voll mit Gerümpel und Rattenkot. Wie von alleine stellen sich mir die Rückenhaare auf. Nichts gegen Ratten, solange sie klein und unerfahren sind und vor allem alleine. Aber eine Schar ausgewachsener Kanalratten, nee danke. Da würde ich sogar das Weite suchen, wenn ich tatsächlich an die Sache mit den neun Leben glauben würde. Meine Ohren rotieren nach allen Seiten, während ich mich durch den Müll schnüffle, bis es keinen Zweifel mehr gibt, woher der Geruch nach Blut kommt, denn plötzlich stehe ich mitten darin. Es sickert unter einer verdreckten Decke hervor. Angeekelt nehme ich einen Zipfel ins Maul und ziehe sie zur Seite. Vor mir liegt ein Hund, der Django zum Verwechseln ähnlich sieht. Er liegt auf der Seite, dennoch kann man deutlich erkennen, dass ihm der Bauch von oben bis unten aufgeschlitzt wurde. Obwohl sich meine Liebe zu Hunden, höflich ausgedrückt, in Grenzen hält, wird mir kotzübel. Mir schwirrt der Kopf, ich brauche Luft, Sonne, Regen, egal was, Hauptsache raus hier. Endlich draußen wälze ich mich im Sand, als wenn ich rollig wäre, um wenigstens einen Teil des Drecks und des bestialischen Gestanks loszuwerden. Dann bleibe ich erschöpft liegen und versuche, einen sinnvollen Gedanken zustande zu kriegen. Aber um ehrlich zu sein, ich habe keinen blassen Schimmer, was hier vorgeht, nur eines ist mir klar: Ich muss Simone vor ihm warnen, wie auch immer.

Simone ist noch nicht zu Hause. Typisch! Aber mich Streunerin nennen. Und die Bestie?

Ich finde sie im Wohnzimmer. Django liegt auf der Seite, das Hinterteil halb unter die Couch gezwängt. Er schläft tief, aber alles andere als friedlich. Vielmehr scheint er einen wahren Albtraum zu durchleben. Pfoten und Nase zucken, während er immer wieder aufjault.

»Nein, nicht ... bitte ... bitte tu das nicht ...«

Ich wage mich einen Schritt nach vorne. Django strampelt erneut mit den Hinterläufen, gewährt mir kurz freien Blick auf seinen Bauch und auf eine Narbe, die so lang ist wie mein Schwanz.

Sollte ich mich bei der Verteilung der Rollen geirrt haben, nicht Django die Bestie sein, sondern sein Herrchen? Bloß was für einen Sinn macht es, durch die Gegend zu schleichen und Hunde aufzuschlitzen? Wenn es denn mal nur Hunde sind?

Ich höre Schritte auf der Treppe und renne zur Tür. Simone hat noch keinen Fuß über die Schwelle gesetzt, als ich ihr mit einem Satz in die Arme springe.

»Hey, meine Süße. Was ist denn los?«

In der Tat würde ich mich jetzt gerne bei ihr ausquatschen, aber die sprachlichen Fähigkeiten von Menschen sind leider ziemlich begrenzt. Wie in aller Welt soll ich ihr also klarmachen, dass wir beide in Lebensgefahr schweben?

Ich kralle mich an ihr fest, aber Simone schafft es dennoch, mich abzusetzen.

»Du hast ja gar nichts gefressen? Du bist doch nicht krank?« Sie sieht mich mit ihrem Wollen-wir-nicht-lieber-zum-Tierarzt-Blick an und kapiert gar nichts.

Demonstrativ springe ich auf die Kommode im Flur und werfe das Bild von Killer-Bernie um, das dort seit ein paar Wochen steht. Aber nichts. Es sollte wirklich »blöder Mensch« und nicht »blöde Kuh« heißen, denn mit einer Kuh könnte ich jetzt wenigstens reden!

In meiner Erregung ist mir entgangen, dass Django inzwischen erwacht ist und mich ebenso verständnislos mustert wie Simone.

»Was führst du denn jetzt schon wieder im Schilde?«, fragt er mich mit etwas beleidigtem Unterton.

»Ich?« Das fragt der Richtige, denke ich. Soll ich ihn einweihen? Vielleicht könnte er ... nein, lieber nicht. Hunde sind nicht nur doof, sie sind treudoof. Halten sogar dann noch zu ihrem »Herrchen«, wenn dieser sie misshandelt. Also wer weiß, ob die beiden nicht unter einer Decke stecken, denke ich, und bei dem Wort »Decke« schüttelt es mich.

»Nichts«, maunze ich in Richtung Django. »Ich freue mich nur, wenn Simone nach Hause kommt. Ist das verboten?«

»Natürlich nicht«, sagt Django und sieht noch ratloser aus.

»Wann kommt dein ›Herrchen‹ eigentlich aus Hamburg zurück?«

»Morgen, denke ich. Wieso?«

»Nur so. Reine Neugier, du weißt ja, Katzen ... Was macht er da eigentlich, in Hamburg?«

»Ist beruflich.«

»Das heißt was genau?«

»Beruflich eben. Ich hau mich wieder hin.« Er gähnt mir einen widerlichen Hundebilligfutterhauch entgegen und trollt sich zurück zur Couch.

Um Simone von dem Tierarztgedanken abzubringen, nage ich ein wenig an meinem Futter, lege mich auf meinen Kratzbaum und putze mich ausgiebig. Außerdem kann ich bei der Fellpflege am besten nachdenken. Aber eine richtig gute Idee kommt dabei leider nicht heraus.

Als ich aufwache, ist es mitten in der Nacht, ich muss wohl über all der Grübelei eingeschlafen sein. Ich lausche in die Wohnung: Django schnarcht im Wohnzimmer, Simone schnorchelt im Schlafzimmer leise vor sich hin. Alles in Ordnung so weit. Ich mache mich über die Reste meines Abendbrotes her und schließlich auf den Weg über die Dächer zu Killer-Bernies Wohnung.

Ganz einfach ist es nicht, doch mithilfe eines Rankgitters und einer Markise schaffe ich es auf seinen Balkon. Ich drücke mir die Nase an der Scheibe platt. Das Wohnzimmer ist leer und dunkel. Am Ende des Flurs scheint das Schlafzimmer zu liegen, ich kann durch die offene Tür einen Teil des Bettes sehen und einen nackten Fuß. Killer-Bernie schläft tief und friedlich wie ein unschuldiges Kätzchen.

Ich schlage die Vorderpfoten unter und mache es mir hinter einem Blumenkasten mit vertrockneten Geranien gemütlich, fest entschlossen, diesen Verbrecher nicht mehr unbeaufsichtigt zu lassen. Auch wenn es so aussieht, als ob ich vor mich hin döse, meine Ohren registrieren das kleinste Geräusch.

Die ersten Vögel zwitschern bereits, als sich in der Wohnung etwas regt. Killer-Bernie schleicht aus dem Schlafzimmer – er sieht wirklich scheiße aus – und verschwindet im Bad. Ich höre die Dusche. Mit einem Handtuch um die Hüfte wechselt er in die Küche,

Kaffeeautomat. Von dort wieder ins Schlafzimmer und endlich angezogen ins Wohnzimmer. Er schnappt sich das Telefon und fängt an, auf und ab zu laufen. Ich wage mich ein wenig weiter nach vorne und lausche.

»Hey Lisa, ich bin's ... Ich brauche deine Hilfe ... Diesmal ist es die Richtige ... Doch, diesmal lass ich mich nicht linken ... Ich hol dich ab und bring den Hund mit ...«

Killer-Bernie legt das Telefon zurück, und während ich noch versuche, mir einen Reim auf das Gespräch zu machen, öffnet er die Schublade, zieht eine Pistole hervor und steckt sie ein.

Ich taumle gegen den Blumenkasten, seine Worte ... die Richtige ... nicht linken ... schwirren durch meinen Kopf, vermischen sich mit den Bildern der Pistole und des aufgeschlitzten Hundes.

Vor lauter Schreck wäre mir fast entgangen, dass Killer-Bernie die Wohnung verlässt. Mit drei geübten Sprüngen bin ich im Hinterhof und vor ihm auf der Straße. Du entkommst mir nicht, denke ich noch, als er in ein Auto einsteigt und wegfährt.

Scheiße.

Ich weiß zwar nicht, was er vorhat, aber es hat mit Simone – die Richtige – zu tun, und er hat eine Komplizin – Lisa – und eine Pistole. Und, schießt es mir siedend heiß durch meine Gehirnwindungen, er hat Django unter einem Vorwand bei uns gelassen, damit er uns im Auge behält. Er will Simone und womöglich auch mir etwas antun, aber warum in aller Welt? Es gibt nur eine Möglichkeit es herauszufinden: Ich muss Django zum Reden bringen.

So lautlos wie irgend möglich schleiche ich mich durch die Katzenklappe in unsere Wohnung, ich muss die Wahrheit aus diesem Köter herausbekommen. Ich bin wild entschlossen und völlig planlos.

Django sitzt in der Küche neben seinem leeren Futternapf und schleckt sich die Lefzen. Gut, mit vollem Magen ist er hoffentlich kooperativer.

»Ich hoffe, es gefällt dir bei uns?«

Django zögert, nach seinem Gesichtsausdruck zu urteilen, wird es nicht leicht werden, sein Vertrauen zu gewinnen.

»Ist schon okay.«

»Schön. Ich meine, kann ja gut sein, dass du jetzt öfter hier bist.«

»Möglich.«

»Simone ist wirklich richtig verknallt in dein Herrchen, weißt du?«

»Hmm.«

»Bernd doch sicherlich auch in sie, oder?«

»Möglich.«

»Weißt du, Simone würde es das Herz brechen, wenn Bernd es nicht wirklich ehrlich mit ihr meint. Du magst Simone doch auch?«

»Sie ist nett.«

»Siehst du. Und sie mag dich auch. Ganz bestimmt. Ich merke so was, weißt du.«

Django kommt auf mich zu, und ich schwinge mich vorsichtshalber auf den Kratzbaum, der im Flur gleich neben der Wohnzimmertür steht.

»Wieso hast du eigentlich solche Angst?«

»Ich? Ich habe doch keine Angst.«

Django reckt die Nase nach vorne. »Du riechst nicht nur nach Angst, du stinkst geradezu danach.«

Leugnen wäre wohl zwecklos, also versuche ich die Flucht nach vorn. »Bilde dir nur nichts ein. Außerdem, wenn du mir nur ein einziges Härchen krümmst, schmeißt Simone dich hochkant raus, und diesen miesen Typen gleich dazu.«

Django knurrt, leise aber nicht zu überhören. »Wirf mir meinetwegen an den Kopf, was du willst, aber lass Bernd außen vor.«

Lässig strecke ich meinen Schwanz nach oben und die Nasenspitze gleich dazu. »Typisch Rudeltier. Ohne euer ›Herrchen‹ seid ihr doch zu blöd zum Kacken.«

Django macht einen Schritt auf mich zu. »Glaub ja nicht, dass du da oben sicher bist.«

»Na los doch, lass deinen Frust an unschuldigen Kätzchen aus statt an dem, der es wirklich verdient hat.«

»Was laberst du nur für eine Scheiße.«

»Wie kann man einen Kerl verteidigen, der einem so etwas angetan hat?« Ich stiere auf Djangos Bauch, und er scheint zu kapieren, was ich meine.

»Das war er nicht. Ich habe ihm mein Leben zu verdanken.«

»Nein? Wer denn?«

»Das darf ich nicht sagen. Zumindest im Augenblick nicht.«

»Das hat er dir befohlen.«

»Er hat mich darum gebeten.«

Ich klimpere mit den Wimpern. »Er hat dich gebeten! Na klar. Ach bitte, mein liebes, treues Hündchen, würdest du bitte niemandem verraten, dass ich dir ab und an mal den Bauch aufschlitze, ist ja auch alles gar nicht böse gemeint.«

»Miese kleine Mäusequälerin.«

»Dämlicher Fußabtreter!«

»Okay, du bettelst ja geradezu um Schläge.« Django duckt sich, um zum Sprung anzusetzen. Nur gut, dass ich mich darauf vorbereitet habe. Ich springe über seinen Kopf hinweg auf die Garderobe, von dort auf den Schuhschrank, und ehe Django reagiert, bin ich draußen und in Sicherheit.

»Verdammt.« Das war jetzt alles andere als ein Paradebeispiel an kätzischer Diplomatie. Dabei kann ich das eigentlich ganz gut, zumindest bei Menschen. Aber alles, was ich bei dieser Töle erreicht habe, ist, dass ich bis zu Simones Rückkehr nicht zurück in die Wohnung kann. »Verdammt, verdammt, verdammt.«

Ich streune durchs Revier und sehe noch mal bei Killer-Bernies Bude vorbei, aber von ihm ist weit und breit keine Spur in Sicht. Das einzig Positive des Tages ist ein beim Imbiss geklautes Hähnchenbein, mit dem ich mir die letzte Stunde bis zu Simones Feierabend vertreibe.

Ich lungere vor unserer Haustür herum, aber Simone lässt mal wieder auf sich warten. Und wenn Killer-Bernie sie schon vor mir abgefangen hat?

Das Hühnchen in meinem Magen sucht gerade nach einem Fluchtweg, als ich endlich Simone um die Ecke kommen sehe. Gesund und munter. Erleichtert laufe ich ihr entgegen.

Simone ist wie immer nicht wirklich begeistert, mich hier auf der Straße zu sehen, zudem macht sie einen gestressten Eindruck. Kaum in der Wohnung, lässt sie sich auf die Couch fallen.

»Ich musste einen riesigen Umweg fahren, die Polizei hat das halbe Viertel abgesperrt. Wo ist Django denn?«

Wie auf Kommando kommt er hinter der Couch vor, lässt sich von Simone die Ohren kraulen, während er mich misstrauisch mustert.

»Gib mir ne halbe Stunde, mein Großer, dann gehen wir Gassi, ja?« Simone streift sich die Schuhe ab, schaltet den Fernseher ein, Django lässt sich auf den Teppich sinken, und ich zermartere mir mal wieder den Kopf, wie ich uns vor Killer-Bernie retten kann. Es ist aber auch zum Verrücktwerden. Ich springe von hinten auf Simones Schulter und klettere in ihren Schoß.

»Hier, die bringen sogar schon was in den Regionalnachrichten.«

Eigentlich ist mir nicht nach weiteren Sensationsmeldungen, dennoch spitze ich die Ohren.

»... wurde die junge Polizistin Lisa M. niedergeschlagen in einem Hinterhof gefunden, von ihrer Hündin Hannie, mit der sie auf Streife war, fehlt jede Spur ...« Es wird das Foto einer Schäferhündin eingeblendet. Plötzlich springt Django auf und steht mit zitternden Beinen vorm Fernseher.

Lisa ... Hund ... Sollte dies jene Lisa sein, mit der Killer-Bernie heute morgen telefoniert hat? Wenn ich mir Django so ansehe, dann kann es nur so sein, und er weiß auf alle Fälle mehr als ich.

Todesmutig hopse ich von Simones Schoß und baue mich vor ihm auf.

»Okay, jetzt endlich raus mit der Sprache: Was ist hier los?«

Django scheint mich überhaupt nicht wahrzunehmen, wie durch einen Geist stiert er durch mich hindurch. »Hannie! Oh, nein. Nicht Hannie. Nicht Hannie!«

»Du kennst diesen Hund?« Jetzt endlich scheine ich zu ihm durchzudringen.

»Hündin, sie ist eine Hündin. Ja, ich kenn sie. Ich ... also ...«

»Du bist in sie verknallt.«

Django fängt an, sich im Kreise zu drehen, als wolle er sich in seinen eigenen Schwanz beißen. »Ich muss sie finden, ich muss hier raus.«

Er rennt in den Flur und kratzt wie ein Wilder an der Wohnungstür.

Simone, die vermutlich Angst um ihren Teppich hat, springt nun ebenfalls auf, und wir rennen uns auf dem Weg zum Flur fast gegenseitig über den Haufen.

»Was zum Teufel hat dein Herrchen mit dieser Lisa zu tun? Hat er sie niedergeschlagen?«

Django rödelt an der Wohnungstür rum, als hätte er Tollwut im Endstadium.

»Mach endlich das Maul auf!«, schreie ich so laut ich kann, und Django hält tatsächlich inne.

»Bernd«, sagt er und wirkt mit einem Mal erleichtert, dann klingelt es.

Es ist wirklich Killer-Bernie, auch er ist sichtlich nervös. Simone, die einzig Arglose hier, lächelt ihm entgegen. Er haucht ihr einen Kuss auf die Wange und nimmt ihr die Leine aus der Hand, während Django völlig durchgedreht an ihm hochspringt und versucht, ihm das Gesicht zu lecken.

»Tut mir leid, Simone. Aber ich muss gleich wieder, ich wollte nur Django holen. Ich melde mich, sobald ich das erledigt habe, und dann erkläre ich dir alles«, verspricht er und ist auch schon mit Django die Treppe runter.

»Wenn du was erledigt hast?«, ruft Simone ihm noch hinterher, erhält aber keine Antwort. Sie wendet sich kopfschüttelnd an mich, aber auch ich drehe mich um und haste durch meine Klappe nach draußen.

Ich versuche, so lange wie möglich auf den Dächern zu bleiben, von hier aus kann ich sie am besten verfolgen, ohne dass sie mich sehen können. Erst, als sie in Richtung Weser abbiegen, muss ich diesen sicheren Pfad verlassen. Sie überqueren den Osterdeich und laufen in Richtung Erdbeerbrücke. Django voran, die Nase nur wenige Millimeter über dem Boden. Ich sehe mich kurz um und rase in einer Verkehrslücke über die viel befahrene Straße. Simone würde der Schlag treffen, wenn sie das gesehen hätte.

Als wir bei dem Kleingartengebiet auf der anderen Weserseite angelangt sind, verlangsamt Django sein Tempo. Ich husche von Busch zu Busch ihnen hinterher. Plötzlich bleibt Django vor einem der Gartentore stehen und winselt leise. Killer-Bernie tätschelt ihm den Hals und zieht die Pistole unter seiner Jacke hervor. Während sie vorsichtig das Grundstück betreten, bleibe ich unter der Hecke sitzen.

Killer-Bernie hat Mühe, Django im Griff zu behalten. Er beugt sich zu ihm hinab und flüstert ihm etwas ins Ohr, das ich leider nicht hören kann, dann lässt er ihn von der Leine. Django bleibt brav vor der Tür des Schuppens sitzen, während Killer-Bernie von Fenster zu Fenster schleicht und hineinsieht. Schließlich nickt er Django zu, der sofort aufspringt und zu ihm hinübereilt.

Django richtet sich auf, um ebenfalls durch das Fenster zu spähen, als er etwas zu hören scheint. Sein Blick wendet sich nach rechts, im selben Augenblick höre auch ich menschliche Schritte auf dem Gras.

»Bernd Schlüter, sieh einer an.«

Killer-Bernie dreht sich erschrocken um und steht nun mit dem Rücken zum Fenster.

»Hallo, Reinhard. Mit dir habe ich nun gar nicht gerechnet. Was machst du hier?«

»Vermutlich das Gleiche wie du.«

»Woher weißt du von der Sache?«

»Dein Chef persönlich hat mich um Unterstützung gebeten. Schließlich war ich schon damals eure Hauptinformationsquelle.«

»Er hat mich nicht darüber informiert.«

»Weiß er denn, dass du hier bist? Wie hast du überhaupt hierher gefunden?«

»Das Gleiche wollte ich dich gerade fragen.«

»Unser spezieller Freund ist schon seit einigen Tagen wieder in Bremen. Ich genieße noch immer sein Vertrauen. Ich selbst hab ihm die Hütte hier besorgt.«

»Warum hast du uns nicht sofort informiert?«

»Das habe ich, gerade vor einer Stunde. Direkt deinen Chef.«

Wovon auch immer die beiden hier schwafeln, Killer-Bernie scheint wenig überzeugt, und auch Django knurrt diesen Reinhard unablässig an.

Bernd, der die ganze Zeit über die Hand mit der Waffe hinter den Rücken gehalten hatte, zieht diese nun langsam hervor, doch der andere ist schneller. Er richtet eine Pistole, die er blitzschnell aus einem Halfter gezogen hatte, auf Bernd. Django duckt sich und knurrt nun unüberhörbar.

»Lass die Waffe fallen und ruf den Köter zurück.«

Killer-Bernie folgt der Aufforderung tatsächlich. »Irgendwie hatte ich es die ganze Zeit im Urin, aber der Chef hat dir immer die Stange gehalten.«

»Ihr hättet mir eh nichts nachweisen können.«

»Django jedenfalls hat dich sofort wiedererkannt. Er hat nicht vergessen, was du ihm angetan hast.«

»Dachte, der Köter wäre verreckt. Aber, so what. Vor Gericht wird er wohl kaum aussagen, und so kann ich ihn noch einmal einsetzen, zusammen mit der jungen Dame da drinnen. Ist doch witzig. Ein Drogenhund als Drogenkurier.«

»Diesmal kriegen wir dich dran, du Mistkerl.«

»Ach Bernie, du bist immer noch der unverbesserliche Optimist. Wie ich dich kenne, hast du mal wieder alles im Alleingang gemacht. Der Einzige, der weiß, dass es Mr. X gar nicht gibt, und der von meiner wahren Rolle in der Geschichte weiß, bist du. Und du wirst leider gleich einen bedauerlichen Unfall haben. Ich find's echt schade um dich, warst n ganz guter Kerl, obwohl du n Cop bist.«

Cop? Killer-Bernie ist Polizist? Sollte Django recht haben und Bernie einer von den Guten sein?

Djangos ganzer Körper ist bis auf das Äußerste angespannt. Es würde nur eine Sekunde dauern, und er hinge diesem Kerl an der Gurgel, aber unter Umständen könnte das genügen, damit dieser den Abzug der Waffe durchdrückt, die er unbeirrt auf Bernie gerichtet hält. Wenn er aber vielleicht für ein Sekündchen abgelenkt wäre?

Flach wie eine Flunder robbe ich unter der Hecke hervor und über den Rasen. Als ich etwa zwei Meter hinter diesem Kerl bin, reißt Bernie die Augen auf. Er hat mich gesehen. Hoffentlich ist er jetzt nicht so dumm und verrät mich, sonst tauge ich nur noch als Nierenwärmer.

Aber er scheint wirklich gar nicht so blöd zu sein, er verwickelt diesen Reinhard in ein Gespräch, und selbst Django scheint begriffen zu haben, was ich vorhabe.

Ich atme noch einmal tief durch, setzte zum Sprung an und lande zielsicher im Nacken dieses Mistkerls. Auch Django springt sofort los und verbeißt sich in Reinhards Hand. Dieser lässt die Waffe fallen, und Bernie befördert ihn mit einem gezielten rechten Haken zu Boden.

Simone kann man die Erleichterung geradezu ansehen, als wir zu viert bei ihr auftauchen. Und um ehrlich zu sein, auch ich freue mich riesig, als sie mich auf den Arm nimmt und mir einen dicken Schmatz auf die Nase drückt. Erst danach küsst sie Bernie, knuddelt Django und tätschelt Hannie. Ganz so, wie es sich gehört.

Bernie hatte sie bereits vor zwei Stunden kurz angerufen und ihr das Wichtigste erklärt, allem voran, dass ich bei ihm bin und es uns gut geht. Nachdem wir mit vereinten Kräften diesen Reinhard ausgeknockt hatten, brach Bernd den Schuppen auf und Django stürzte sich sofort auf die Schäferhündin, die dort am Boden lag. Er schlabberte ihr so lange das Gesicht ab, bis sie zu sich gekommen war, und beruhigte sich erst wieder, nachdem er sicher war, dass ihr weiter nichts fehlte.

»Das ist Hannie«, stellte er sie mir schließlich vor. Bin ja nicht blöde, dachte ich, habe aber nur ganz gerührt genickt.

Bernie hatte inzwischen seine Kollegen informiert, und als die da waren und Bernie ihnen Reinhard übergeben hatte, konnten wir endlich nach Hause.

Jetzt sitzen wir glücklich und erschöpft im Wohnzimmer, und Simone lauscht gespannt Bernies Erklärung, während Django nur noch Augen für seine Hannie hat.

»Ich habe dich wirklich nicht gerne angelogen, Simone. Aber wir steckten gerade mitten in der Ermittlung gegen diese Drogenbande, und meine Tarnung durfte auf keinen Fall auffliegen. Zudem ist ›verdeckter Ermittler‹ nicht gerade das, was die Mädels als Beruf hören wollen, wenn sie einen Typen kennenlernen. Aber damit ist bald Schluss, ich lasse mich in den Innendienst versetzen oder gebe den Job ganz auf. Ich kann es noch nicht sagen, aber solche Erlebnisse wie heute bringen einen doch ins Grübeln. Wer weiß, was passiert wäre, wenn Leonie uns nicht gerettet hätte. Wenn ich mich auch immer noch frage, was sie dort zu suchen hatte.«

Ja, das, mein Lieber, wird mein Geheimnis bleiben. Hauptsache, alle sind jetzt wieder glücklich. Ich bin es tatsächlich auch. So im Nachhinein betrachtet fand ich das Ganze irgendwie richtig spannend. Ich meine, ist doch noch mal was anderes, als sich mit Mäusen und unverschämten Katern herumzuärgern. Vielleicht wäre so ein Leben zu viert gar nicht so schlecht.

Uwe Voehl und Malte S. Sembten
Pluto

Das winzige, grau-rot getigerte Tier räkelte sich auf dem Plumeau vor dem altmodischen Ölofen, wo es bis eben geträumt hatte. Es spreizte behaglich die Krallen, entblößte gähnend die nadelfeinen Zähne und rollte die kleine, rosa Zunge ein. Dann schlug es die goldgelben Augen auf.

Es erhob sich und stieg majestätisch von seinem Lager herab. Noch einmal streckte es die geschmeidigen Glieder. Sodann stolzierte es gemächlich zu dem Tisch hin, an dem die beiden alten Damen beim Kaffee saßen.

Es setzte sich auf den Teppich und blickte die Hausherrin erwartungsvoll an. Die Frau nahm ihre Untertasse, goss aus dem Kännchen ein wenig Sahne hinein und stellte sie vor das Tier hin, das genüsslich zu schlecken begann.

»Was für eine schöne Katze«, sagte die Besucherin. »Aber Sie verwöhnen das Tier.«

»Dieses Tier verdient es, verwöhnt zu werden«, entgegnete die Gastgeberin.

»Wie heißt sie denn?«

»Pluto.«

Die Besucherin ließ sich Kaffee einschenken. »Ein seltsamer Name für eine Katze«, stellte sie fest.

»Ja, zumal es wirklich eine ›Sie‹ ist. Aber ich habe mir etwas dabei gedacht, sie so zu nennen«, sagte die alte Dame.

»Und was könnte das sein, wenn ich fragen darf?«

»Wenn Sie es gerne hören wollen ... Nehmen Sie Milch und Zucker in den Kaffee?«

Kurz darauf begann die alte Dame zu erzählen.

»Ich wohne schon lange in diesem Haus. Ich sah Wohnungsmieter kommen und gehen und manchmal auch sterben. Im selben Zeitraum erlebte ich, wie das Haus langsam immer mehr herunterkam.

Mein Etagennachbar zur Rechten verschied vor sieben Jahren, nachdem er über fünfzig Jahre lang in der Wohnung gelebt hatte. Nach ihm zog eine junge Frau ein. Alwina, so will ich sie nennen, übernahm die vier Wände unrenoviert. Daher, und weil sie den Mietzins quartalsweise im Voraus entrichtete, musste sie nicht viel bezahlen. Der schlechte Zustand ihrer Bleibe störte sie nicht, denn sie war häufig außer Haus. Beruflich, wie sie erklärte. Weil ich das Mädchen mochte, kümmerte ich mich während ihrer Abwesenheiten um die beiden Haustiere, die sie besaß.

Nummer eins war ein stattlicher Kater mit orangerotem Fell, der ihr zugelaufen war. Das zweite Tier war eine kleine, struppige graue Katze, der ein halbes Ohr fehlte. Alwina hatte sie als Jungtier übel zugerichtet und fast verhungert aus einer Mülltonne geborgen, in der irgendein Scheusal sie entsorgt hatte, und das Kätzchen hingebungsvoll aufgepäppelt. Es war beinahe artwidrig, wie sehr die kleine graue Katze an ihrer Retterin hing, sind doch Katzen im Allgemeinen selbstgenügsame und unabhängige Geschöpfe. Immer wenn Alwina länger fortblieb, verkroch die kleine graue Katze sich im Kleiderschrank, wo der Geruch ihrer Herrin am stärksten war, und kam erst wieder hervor, wenn diese zurückkehrte.

Die Katze war etwa ein Jahr alt, da lernte Alwina diesen Mann kennen. Ein nichtsnutziger Bursche, fünfzehn Jahre älter als sie, der mir von Beginn an zuwider war. Anfangs besuchte er sie nur. Doch nach einigen Wochen zog er bei ihr ein. Der Kerl trank. Und das war noch nicht alles.

Nicht lange, nachdem der Rohling sich bei Alwina eingenistet hatte, verschwand der Kater. Alwina hatte sich immer dagegen gesträubt, ihn kastrieren zu lassen. Daher hieß es, er sei entlaufen.

Aber ich wusste es besser. Denn ich hatte den Unmenschen dabei gesehen, wie er spätabends ein blutiges, hellrotes Fellbündel in den Gullyschacht des Hinterhofs hatte hinabgleiten lassen. Zur selben Zeit begann ich immer öfter Striemen und blaue Flecken an Alwina zu bemerken.

Dann klingelte Alwina an meiner Tür und fragte mich unter Tränen, ob ich ihre kleine graue Katze irgendwo gesehen hätte. Es war das letzte Mal, dass ich mit Alwina sprach. Zwei Tage später war sie fort, und ebenso ihr schrecklicher Gefährte. Beim Vermieter ging ein Brief ein. Darin ließ das Paar ihn wissen, dass es eine längere Reise angetreten habe. Die Wohnungsmiete war wie gewohnt auf Monate im Voraus beglichen.

Eines Nachts, nicht lange nach der Abreise meiner Nachbarn, vernahm ich auf dem Weg zum Badezimmer ein erbärmliches Miauen, das vom Hausflur her durch meine Wohnungstür drang. Ich sah nach – und entdeckte die kleine graue Katze, die wie besessen an der Nachbarstür scharrte. Aller Gegenwehr zum Trotz hob ich das Tierchen auf und nahm es mit zu mir. Offenbar war die Katze in einem geeigneten Moment vor einem

Gewaltausbruch des Unholds aus Alwinas Wohnung geflüchtet und hatte sich im Keller oder im Treppenhaus versteckt gehalten, bis die Sehnsucht nach ihrer Herrin zu stark geworden war. Zum Glück schien sie keinen Hunger gelitten zu haben, denn sie war kein bisschen abgemagert.

Das Ausmaß der Trauer des Geschöpfs, das seine Herrin vermisste, brach mir schier das Herz. Den ganzen Tag lang hockte die kleine graue Katze vor meiner Wohnungstür. Ich musste ständig auf der Hut sein, damit sie nicht entwischte.

Erst viel zu spät begriff ich, dass die kleine graue Katze trächtig war.

Ein Wurf Katzenbabys – das hatte mir gerade noch gefehlt! Aber was sollte ich tun – außer ihr noch mehr Aufmerksamkeit zu schenken?

Nach kurzer Zeit gewann ich den Eindruck, die Schwangerschaft lenke die Katze von ihrem Trennungskummer ab. Sie fraß regelmäßig und verharrte nicht mehr stundenlang sehnsüchtig an der Wohnungstür.

Und kurz darauf, etwa eine Woche, nachdem ich die Schwangerschaft festgestellt hatte, kam der Tag, an dem die kleine graue Katze plötzlich spurlos verschwunden war.

Ich stand vor einem Rätsel. In den Hausflur konnte sie nicht entwischt sein, da war ich ganz sicher. Die Fenster hatte ich stets dicht gehalten und nur gelüftet, wenn die Katze so lange in einem anderen Zimmer eingesperrt gewesen war. Zudem war die Katze mit voranschreitender Schwangerschaft nur noch zu eher plumpen Sprüngen in der Lage gewesen. Natürlich wusste ich, dass Katzen sich zum Werfen gerne an einen ungestörten

Ort zurückziehen. Doch eine Inaugenscheinnahme aller denkbaren Verstecke ergab: nichts! Nicht die geringste Spur von der kleinen grauen Katze!«

Mittlerweile war die Tigerkatze auf den Schoß der Erzählerin gesprungen. Die alte Dame hatte den Kaffee ausgetrunken und strich jetzt dem schnurrenden Tier über das glänzende Fell.

»Es dauerte drei Tage, dann war die kleine graue Katze ebenso plötzlich wieder da, wie sie sich zuvor scheinbar in Luft aufgelöst hatte. Ich entdeckte sie maunzend in der Küchenecke, wo ich ihren Fressnapf immer hingestellt hatte. Sogleich setzte ich ihr ein Schälchen mit Milch vor. Das Tier offenbarte einen Appetit, der völlig neu an ihm war, und leerte das Schälchen binnen weniger Augenblicke.

Zuvor hatte ich zwei Dinge an der Katze bemerkt:

Erstens war sie wieder dünn. Das bedeutete, sie hatte geworfen.

Zweitens haftete ihrem Fell ein furchtbarer Geruch an.

Sobald sie sich gesättigt hatte, verschwand die Katze wieder auf geheimnisvolle Weise. Aber von nun an tauchte sie regelmäßig zum Fressen auf. Ich wusste, sie hatte irgendwo in der Nähe ein Versteck gefunden, wo sie ihre Jungen säugte. Aber wo?«

Die Erzählerin begann die grau-rot gestreifte Katze zärtlich hinter den Ohren zu kraulen, und das Tier fuhr ihr mit der Zunge über die Hand.

»Diesmal nahm ich eine noch genauere Durchsuchung meiner Wohnung vor. Und wurde fündig. Hinter der großen Anrichte, die schon seit ewigen Zeiten gleichsam unverrückbar in meinem Wohnungsflur steht, befindet sich ein Loch in der Fußbodenleiste. Die

Ratten, die wir älteren Hausbewohner früher in den Zwischenräumen hinter den Wandpaneelen krabbeln hörten, bis ein Kammerjäger dem Spuk ein Ende machte, müssen es irgendwann hineingenagt haben, und es ist groß genug, um einer trächtigen, jedoch kleinwüchsigen Felidin Durchschlupf zu bieten.

Somit hatte die kleine graue Katze doch Zugang zur Nachbarwohnung gefunden!

Ich besaß noch immer Alwinas Wohnungsschlüssel, den sie mir gegeben hatte, damit ich in ihrer Abwesenheit die Katzen versorgen konnte. Natürlich war mir klar, dass ich kein Recht mehr besaß, ihn zu gebrauchen. Doch mein Gewissenskampf währte nur kurz.

Sobald ich die verlassene Wohnung betrat, wusste ich, dass mein Verdacht bezüglich des Aufenthalts der kleinen grauen Katze zutraf. Denn die Wohnung war vom gleichen üblen Geruch erfüllt, der dem Katzenfell anhing, wenn auch viel weniger intensiv. Am deutlichsten wahrnehmbar war der Gestank im Wohnzimmer, wo mir außerdem auffiel, dass frisch tapeziert worden war. Statt der alten, verblichenen Ornamenttapete bedeckten jetzt nüchterne weiße Raufaserbahnen die Wände. Bei einer kurzen Umschau in der guten Stube konnte ich aber weder Katze noch Kätzchen entdecken.

Mir war klar, dass das Tier den Wurf sehr gut versteckt haben musste.

Mein nächster Schritt bestand im Erwerb eines billigen Scheckkarten-Handys. Es war klein und federleicht und hatte zudem den wichtigen Vorteil eines lauten Ruftons.

Ich wartete, bis die kleine graue Katze wieder zum Fressen in meine Wohnung kam. Sie sträubte sich ein wenig, aber es gelang mir, ihr das Gerät umzubinden.

Kaum verschwand die Katze das nächste Mal durch das Wandloch, schnappte ich mir mein eigenes Mobiltelefon und eilte in die nachbarliche Wohnung. Ich betrat das Wohnzimmer. In der kurzen Zeit, die seit meinem letzten Eindringen verstrichen war, war der Übelkeit erregende Geruch noch stärker geworden.

Ich tippte die Nummer des Billig-Handys und drückte die Wahltaste.

Im ersten Moment befürchtete ich, das primitive Gerät hätte dort, wo die Katze es hingebracht hatte, keinen Empfang.

Doch gleich darauf zuckte ich heftig zusammen, und das Blut stockte mir in den Adern. Denn in diesem Augenblick erscholl ein grauenvoller Laut – es war der markzermürbende Klingelton, den ich ausgewählt hatte! ... Und er schwoll immer mehr an – wurde mit jedem Mal bohrender und schriller – bis sich meiner eigenen Kehle ein grässlicher, gellender Schrei entrang und ich kopfüber aus der Wohnung stürzte ...!

Das furchtbare Geräusch war aus dem Wandvorsprung neben mir hervorgedrungen.«

Die alte Dame lächelte schmerzlich, während sie die Katze koste. »Ich rief die Polizei. Man brach die Zimmerwand auf. Der Vorsprung erwies sich als ehemaliger Kamin, der vorzeiten hinter einer hölzernen Täfelung verborgen worden war, die irgendein späterer Bewohner mit einer Tapete überklebt hatte. Auf dem Boden der Kaminöffnung lag zusammengekrümmt ein halb verwester Leichnam.«

Die Besucherin beugte sich gespannt vor. »Um wessen Leichnam handelte es sich? Um Alwinas?«

Die alte Dame spannte ihre Besucherin mehrere Augenblicke auf die Folter, bevor sie antwortete: »Es war der Leichnam ihres Peinigers. Und in der Bauchhöhle des Toten, in den Maschen seines weichen Strickpullovers, fand sich ein Nest mit vier winzigen Katzenwelpen.«

Die alte Dame seufzte schwer.

»Alwina muss es aus Notwehr getan haben. Noch am Abend vor ihrem Verschwinden hörte ich einen furchtbaren Streit, der aus ihrer Wohnung drang. Er war betrunken und muss auf sie eingeschlagen haben. Nun ja, sie hatte keine andere Wahl ...«

»Und die Katzen?«

»Die Welpen – alle vier waren weiblich – gab ich in gute Hände bis auf eines, das ich Pluto nannte. Auch die kleine graue Katze blieb bei mir. Leider wurde sie vor wenigen Wochen überfahren.«

Das Katzenkind auf dem Schoß der Erzählerin gähnte und begann sich zu lecken.

»Nun wissen Sie«, brachte die alte Dame ihre Geschichte zum Abschluss, »warum meine Katze Pluto heißt.«

Die Besucherin, die das Gehörte noch nicht ganz verdaut hatte, blinzelte verständnislos. »Ich habe noch immer nicht die geringste Ahnung«, brachte sie heraus. »Warum denn?«

Eine Sekunde lang sah die alte Dame ihren Gast an, als hätte sie eine Analphabetin vor sich.

Dann jedoch fragte die Gastgeberin höflich: »Nehmen Sie noch etwas Milch und Zucker in den Kaffee?«

»Nein, danke.« Höflich lehnte die Besucherin ab. Ihre Neugier war nicht zu übersehen. »Pluto also haben Sie Ihren kleinen Liebling genannt.« Sie trank einen Schluck, wobei es sichtbar hinter ihrer hohen Stirn arbeitete. Plötzlich hellte sich ihre Miene auf. »Natürlich! Sie ist wirklich sehr winzig. Wahrscheinlich war sie das kleinste Kätzchen im Wurf. Sie haben sie nach dem Zwergplaneten Pluto genannt, weil der der winzigste der Planeten ist, nicht wahr? Wie einfallsreich, meine Teuerste.«

»Ein kluger Gedanke«, lobte die Gastgeberin. Erneut strich sie dem schnurrenden Tier über das seidige Fell. »Irgendwo habe ich gelesen, dass Pluto schon seit einigen Jahren nicht mehr als neunter Planet unseres Sonnensystems gilt. Insofern hätte ich meinen Liebling Merkur nennen müssen. Aber davon abgesehen: Pluto war nicht die kleinste Katze. Es gab noch zwei kleinere. Wie Sie wissen, war ich in meinem ersten Leben Biologielehrerin. Haben Sie jemals von Grabwespen gehört? Pluto nennt man eine bestimmte Gattung von Grabwespen.«

»Grabwespen? Wespen, die in Gräbern hausen? Wie gruselig!«

»Nein. Ihren Namen haben sie daher, dass die Weibchen ihre Eier in zuvor erlegte Beutetiere ablegen. Wenn die Jungen ausschlüpfen, brauchen sie sich keine Sorgen mehr um ihr Futter zu machen. Wie praktisch, nicht wahr? Möchten Sie noch ein Stück Pflaumenkuchen? Ich habe ihn erst heute gebacken.«

Günther Zäuner

IT-CAT

Unruhe in der Cyberwelt

Mein Magen knurrt erbärmlich, wird Zeit, dass ich mich um etwas Ordentliches kümmere. Andere waren heute anscheinend schneller, in den Mülltonnen beim Supermarkt war überhaupt nichts Brauchbares zu finden oder nur das, was mir überhaupt nicht behagt.
Jetzt liege ich auf der Lauer und warte, bis diese arrogante Tussi mit ihrem verzogenen, dämlichen Köter ab in die Mittagspause verschwindet. Katzen und Hunde passen nun einmal nicht zusammen. Jede Katze, die sich mit einem dieser bellenden, Pfötchen gebenden Sitz- und Platz-Deppen verträgt, verstößt gegen den Ehrenkodex und ist bei mir sofort untendurch. Mit diesen verweichlichten, sich von Zweibeinern domestizieren lassenden, blöd herumbellenden Fiffis will ich nichts zu tun haben. Ich bin ein Streuner, hasse Hunde, und Zweibeiner brauche ich nur bedingt. Basta.
Endlich trippelt sie mit ihrem Kläffer aus dem Haus, der natürlich wie verrückt an seiner Leine zerrt. Blödmann, warum lässt du dir auch ein Halsband anlegen?

»Na Stanislaus«, grinst der Securitymann, »hast wohl abgewartet, bis dein Feind außer Haus ist. Komm schon rein. Hat dich der Hunger wieder einmal zu uns getrieben? Lange nicht mehr gesehen, du Herumtreiber.«

Er bückt sich und streicht dem getigerten struppigen Kater sanft mit seiner Pranke über den Kopf, was Stanislaus mit einem zufriedenen und wohligen Schnurren quittiert. Die zahlreichen Narben, die Stanislaus in Revierkämpfen davongetragen hat, werden durch das dichte Fell verdeckt. Nur das zerknautschte linke Ohr lässt erahnen, dass der Kater sich jeder Auseinandersetzung stellt. Entsprechend selbstbewusst ist sein Auftreten auf leisen Pfoten.

»Du kennst ja den Hausbrauch«, lächelt der Sicherheitsbeauftragte, »dann sieh zu, dass du dir den Bauch vollschlagen kannst. Und immer schön den Kopf unten halten.«

Das braucht er mir nicht zweimal zu sagen. Übrigens einer der wenigen Zweibeiner, die ich mag. Obwohl ich dieses Haus seit einiger Zeit in unregelmäßigen Abständen besuche, werde ich daraus nicht schlau. Ein Wohnhaus ist es nicht, das kenne ich.

Schließlich bin ich schon zweimal aus Wohnungen hinausgeflogen und ausgesetzt worden. Das reicht. Da bleibe ich lieber ein herumstreunender, verwahrloster Straßenkater, kann tun und lassen, zerkratzen, wann und was ich will. Ich liebe meine Freiheit über alles, und dafür verzichte ich gerne auf manche Annehmlichkeiten.

Zwar ein hartes Leben, aber ich schlage mich schon durch. Unter der Brücke beim großen Fluss sind ein paar Penner meine Freunde, wo ich jederzeit unterkomme und schlafen darf. Ist es besonders kalt, wärmen wir uns gegenseitig, und beide Seiten profitieren voneinander.

Jedenfalls sind in diesem Haus eine Menge Zweibeiner, die überaus geschäftig wirken. Mir gefällt es hier. Alles sauber und blitzblank, manche von den Zweibeinern sind vollständig vermummt, tragen weiße Anzüge und Hauben, selbst die Füße sind verkleidet. Keine Ahnung, warum. Wenn ich aber in deren Nähe komme, werde ich sofort verscheucht. Stört mich nicht, schließlich haben die noch nie ein Leckerli für mich übrig gehabt.

Ich weiß genau, wo ich willkommen bin. Die paar Stufen noch, und ich bin am Ziel. Ein bisschen Miauen und Maunzen, mein Hungerproblem wird bald gelöst sein.

Hochkonzentriert sitzt Jasper Hedegaard vor einer Reihe Monitore. Auf den Bildschirmen laufen unablässig endlose Zahlenkolonnen und Buchstabenkombinationen, die der Däne aus Fredensborg nicht aus den Augen lässt. Unbeweglich, mit stoischer Miene. Nur seine Augen wandern ständig hin und her.

»Unglaublich, wie sich unser Rain Man konzentrieren kann«, flüstert hinter dessen Rücken der Programmierer Gerald Buttke einem Kollegen zu. »Irre! Seit Monaten sitzt er immer wieder stundenlang vor den Computern, isst keinen Bissen und trinkt nichts, behält sämtliche Daten im Kopf, und nicht der geringste Fehler unterläuft ihm. Der Mann ist ein wahrer Glücksgriff gewesen.«

»Ich würde mich gerne ausführlich mit Rain Man unterhalten«, antwortet ebenso leise Ulli Kempowski, Buttkes Mitarbeiter, »aber es ist wahnsinnig schwer, zu ihm vorzudringen. Jetzt ist er mehr als ein halbes Jahr bei uns, aber außer einem kurzen Gruß am Morgen und einer knappen Verabschiedung am Abend kommt nichts von ihm, abgesehen von dem, was die Arbeit betrifft. Ihn einmal auf ein Bier einladen, unmöglich! Er hat durch mich hindurchgesehen, als wäre ich nicht existent.«

Buttke und Kempowski kennen sich seit ihrer Schulzeit. Das gemeinsame Interesse an Computern, Technik und Science Fiction schweißte sie über die Jahre zusammen. Illegal verdienten sie sich ihre ersten Sporen als hoch qualifizierte Hacker, die in Datenbanken einbrachen, jedoch nicht um sich zu bereichern, sondern um Sicherheitslücken aufzudecken. Es dauerte nicht lange, und ihr Treiben wurde publik, große IT-Konzerne umwarben sie, und der mit dem besten Angebot bekam den Zuschlag. Nach einer umfassenden Ausbildung in Silicon Valley, dem Mekka für Computerfreaks, kehrten sie in ihre Heimatstadt zurück, wurden von der IT-Firma, für die sie bis heute arbeiten, mit offenen Armen empfangen und übernahmen die Abteilung Forschung und Entwicklung. Seit mehr als einem Jahr tüfteln die Freunde an einem Prozessor, einer revolutionären Steuereinheit. BUTKEM 1.0, wie sie ihr Baby tauften, wird dem Internet noch bislang ungeahnte Möglichkeiten eröffnen und kühnste Visionen real werden lassen.

»Ich weiß«, antwortet der knapp 30-jährige Buttke mit seinen schulterlangen Dreadlocks und den flippigen Klamotten, »mir geht es auch nicht anders. Wenn ich mit ihm eine Unterhaltung beginnen will, betet er irgendwelche Algorithmen herunter. Ich frage mich, wie er den Alltag bewältigt? Manchmal ist er nicht einmal in der Lage, sich selbst die Schuhe zuzubinden.«

Jasper Hedegaard war Buttkes Entdeckung. In einem Fachmagazin hatte er etwas über »Specialisterne«, eine dänische Organisation in Ballerup, gelesen, die sich besonders um Autisten kümmert. Hedegaard ist einer von ihnen, ein Mensch mit einer sogenannten Inselbegabung, dem Savant-Syndrom.

Ein Savant verfügt über spezielle Fähigkeiten auf einem Gebiet, die mit der Gehirnleistung eines normal begabten Menschen kaum vergleichbar sind. Jedoch sind diese außerordentlichen Talente nur auf diese besonderen Bereiche im Denk- und Gedächtnisvermögen des Gehirns beschränkt. Manche kennen Tausende von Büchern auswendig, andere sind begnadete Musiker und Komponisten, ohne jemals das Handwerk erlernt und studiert zu haben, wieder andere sprechen Unmengen an Sprachen, die sie sich selbst in Windeseile beibringen, oder sind wie Hedegaard Zahlen- und Kombinationsgenies, die jedem Computer Paroli bieten, da sie sich unglaubliche Datenmengen merken und jederzeit fehlerfrei wieder abrufen können. Erste Teams dieser Savants, durch die Hilfe von »Specialisterne« zusammengestellt, arbeiten bereits mit großem Erfolg in irischen und indischen Software-Hochburgen. Trotzdem sind sie für das Alltagsleben oft völlig ungeeignet.

Rain Man – den Spitznamen verpasste Buttke dem Dänen in Anlehnung an den Film mit Tom Cruise und Dustin Hoffman. »Im Grunde ist mir Rain Man unheimlich«, wispert Kempowski, genauso alt wie Buttke und ebenso ein lockerer Typ, der seine Haare meist unter einem Piratentuch bändigt. »Oft denke ich, hier sitzt ein Roboter, getarnt mit einer menschlichen Hülle.«

»Heute ist Tag X«, Kempowski knetet nervös seine Finger, »Rain Man ist bald fertig, und unser BUTKEM 1.0 wird endgültig das Licht der Cyberwelt erblicken. »Alter, wir haben es bald geschafft.« Kempowski stößt euphorisch seinem Freund mit dem Ellenbogen in die Rippen, »dann werden andere für uns malochen, und wir lassen uns die Sonne auf die Bäuche scheinen. Geile Weiber, Partys, Champagner, heiße Schlitten, Villen, Yachten, heute New York, morgen Cannes, Marbella – alles, wovon wir immer geträumt haben, ist nur mehr ein Fingerschnippen entfernt. Spätestens morgen lassen wir die Katze aus dem Sack. Dann wird diese Firma weltweit in aller Munde sein, reich, und wir dazu!« Auf eine Bewegung am Rande seines Sichtfelds hin dreht er den Kopf: »Sieh an, wer lässt sich denn da wieder einmal blicken? Unsere IT-Cat!«

Ein Satz nach oben. Au verdammt, war das jetzt ein Stich im Kreuz! Mein Leben auf der Straße hinterlässt Spuren, und langsam werde ich alt. Vielleicht sollte ich auch nicht mehr so oft eine Keilerei mit einem Konkurrenten provozieren?

Mein Freund ist hier. Sehr gut! Somit gehört mein Hunger demnächst der Vergangenheit an. Anscheinend ist er schwer beschäftigt. Das merke ich natürlich, auch ein Kater wird mit Hirn geboren. Doch darauf kann ich keine Rücksicht nehmen, mein Magen fordert sein Recht. Also werde ich mich bemerkbar machen und setze mich direkt vor ihm hin.

»Hi, Stanislaus.«

Seit »Good morning« sind es die ersten Worte, die Jasper Hedegaard nach mehreren Stunden spricht. Dabei krault er liebevoll Stanislaus' Kopf. Den Namen gab der Däne dem Straßenkater, und niemand kennt den Grund dafür.

Na bitte, geht doch. Mein Tag ist gerettet. Komm, greif in die Lade, wo bleibt mein Schüsselchen? Mein feines Näschen verrät mir, heute steht Thunfisch auf dem Speiseplan. Super! Mein Freund weiß, was Katzen mögen. Sehr brav, selbst das Nachspülen hat er nicht vergessen. Schon ein Weilchen her, seit ich das letzte Mal Milch getrunken habe. Verdammt, was war denn das? Seit wann ist Thunfisch hart? Irgendetwas würgt mich fürchterlich.

»Hey, was ist denn mit Stanislaus los?«, fragt Kempowski besorgt, »dem scheint etwas nicht zu bekommen?«

»Das blöde Vieh interessiert mich jetzt am allerwenigsten«, sagt Buttke eiskalt, »wir stehen knapp vor dem Durchbruch, und du machst dir wegen des Zimmertigers Sorgen. Ich verstehe unseren Boss nicht, dass er überhaupt Viehzeug in der Firma duldet. Das hat hier nichts verloren. Dann müsste ich mir auch nicht das andauernde Gekläffe von dem Hund der Buchhalterin anhören.«

Ich weiß ja, dass du mir nicht wohl gesonnen bist. Ich werde mir das merken und es dir zu gegebener Zeit heimzahlen. Wir Katzen können sehr nachtragend sein ... Endlich habe ich dieses Ding, was immer es auch war, aus dem Hals. Weiß der Teufel, was ich da geschluckt habe!

Zeit für ein gediegenes Nickerchen, daher Rückzug auf mein gewohntes Plätzchen auf der Fensterbank. Aber vorher muss ich mich noch ordentlich pflegen und putzen.

Kempowski verkneift sich eine Antwort. In letzter Zeit versteht er seinen Jugendfreund oft nicht mehr. Seit den ersten Fortschritten von BUTKEM 1.0 ist Buttke wie verwandelt. Leider nicht zu seinem Vorteil. Auch sehr viel von Kempowskis Herzblut steckt in diesem Projekt, doch Buttke scheint ihm nahezu besessen und würde vielleicht, wenn es darauf ankommt, dafür über Leichen gehen.

Jasper Hedegaard nimmt nichts um sich wahr. Der Savant ist nur auf die Bildschirme fokussiert, ignoriert völlig seine Umwelt. Stanislaus war eine kurzfristige Unterbrechung und Abwechslung, konnte ihn allerdings nicht aus seinem monotonen Rhythmus bringen. Obwohl es der Däne nicht versteht und schon gar nicht artikulieren kann, fühlt er, er ist anders, und Menschen sind ihm nicht geheuer.

Im Kindergarten und in der Schule kapselte er sich ab, wurde rasch zum verspotteten, wehrlosen Außenseiter, den man nach Belieben verprügeln konnte. Nur Mathematik interessierte ihn, andere Fächer waren für ihn nicht existent. Bereits im Kindergarten beherrschte er sämtliche Grundrechenarten, in der Grundschule bewegte er sich längst auf Abiturniveau. Während Gleichaltrige auf den Spiel- und Fußballplätzen herumtobten, saß er stundenlang in Bibliotheken über Mathematikbüchern. Seine Lehrer konnten mit ihm nicht mehr Schritt halten.

TV-Shows entdeckten ihn: Jasper sorgte für hohe Einschaltquoten und enttäuschte nie das Publikum, wenn er spektakulär gegen Computer antrat und überlegen gewann. Hedegaard wehrte sich nicht dagegen. Er war glücklich, wenn sie ihn mit Zahlen jonglieren ließen und er komplizierteste Rechenoperationen in Windeseile lösen durfte. Windige Manager verdienten sich an ihm goldene Nasen. Hedegaard bekam davon nichts mit und noch weniger ab. Erst »Specialisterne« begann, seine Leistung fair zu honorieren.

»Wie sieht es aus?« Der lässige Typ in Jeans mit heraushängendem und bunt gestreiftem Hemd lehnt grinsend im Türrahmen.

»Rain Man überprüft noch die letzten Schritte. Wenn er sein Okay gibt, bauen wir das Ding endgültig zusammen. Dann ist BUTKEM 1.0 tatsächlich reif für die Welt.«

»Gut«, der Firmenchef blickt auf seine Uhr, »knapp vor Mitternacht. So wie es aussieht, habt ihr wieder einmal eine Nachtschicht vor euch. Jungs, wir schlagen morgen zu. Und zwar richtig: Presseaussendung, Pressekonferenz, das gesamte Brimborium. Ab morgen beginnt für unsere Firma eine neue Ära. Danke für euren tollen Job.«

»Ein oder zwei Testläufe werden wir noch absolvieren«, stellt Buttke klar, »nur um auf Nummer sicher zu gehen.«

Der Boss nickt nur, reckt den Daumen in die Höhe und verlässt das Büro.

»Puh«, stöhnt Kempowski, »wieder einmal sind wir die Letzten, die nach Hause gehen.«

»Ready«, sagt Hedegaard leise, dreht sich auf seinem Drehstuhl abrupt von den Monitoren weg und starrt durch das Fenster in die sternenklare Nacht hinaus. Es war sein fünftes Wort an diesem langen Tag. Die spartanische Kommunikation des Savants erfolgt stets auf Englisch. Auch diese Sprache erlernte er selbstständig im Kindesalter, als er merkte, dass er sie für den mathematischen Level, auf dem er sich bewegt, braucht.

»Thanks a lot, Rain Man, a great job«, bedankt sich scheinheilig Buttke und klopft ihm auf die Schulter, während sich Kempowski aufs Applaudieren beschränkt. Der Savant zuckt zusammen. Menschliche Berührungen sind ihm unangenehm.

Hey Leute, geht es vielleicht ein bisschen leiser? Wie soll man hier schlafen? Zweibeiner können unglaublich rücksichtslos sein.

»Come on, Rain Main«, fordert Buttke den Dänen auf, »follow me. You have to check another program for us.«

»Okay«, antwortet der Däne. Das sechste Wort. Kempowski findet, dass der Savant heute beinahe einen Redefluss an den Tag legt. Hedegaard folgt seinem Auftraggeber mit hängenden Schultern und gesenktem Kopf in das angrenzende Büro.

»Ich hol mir rasch einen Kaffee«, ruft Buttke herüber, »willst du auch einen, Ulli?«

»Ja, gute Idee!«

Buttke erklärt dem Savant in knappen Sätzen, was er zu tun hat, fragt ihn, ob er nicht etwas essen oder trinken will. Der Savant verneint stumm, zeigt nur auf die Computer vor ihm. Buttke geht und sucht eine Toilette auf, steigt auf die Muschel und nimmt aus dem Spülkasten eine in Plastik verpackte Pistole, die er bereits vor zwei Tagen hier versteckte und mit Klebeband befestigte. Er wickelt die Waffe aus, überprüft, ob sie geladen ist, schraubt den Schalldämpfer auf den Lauf, steckt sich die Knarre in den Bund seiner Jeans. Die Verpackung zerreißt er, wirft sie in die Toilette und spült nach.

Mit dem Lift fährt er hinunter ins Erdgeschoss. Der Securitymann sitzt in seinem Kabäuschen und sieht sich auf einem kleinen Fernseher ein Fußballmatch an.

»Und wie steht es?«, fragt Buttke.

Der Wachmann zuckt zusammen. »Ihr habt aber ein Durchhaltevermögen. Der Alte hat schon die Biege gemacht.«

»Ich weiß. Wie ist der Spielstand?«, hakt Buttke nach.

»Lahme Enten. Noch immer null zu null. Und nur noch fünf Minuten bis zum Spielende.«

»In fünf Minuten kann sich vieles verändern«, sagt Buttke kryptisch, und seine Hand wandert langsam nach hinten. Seine Fingerspitzen berühren bereits leicht den Kolben der Pistole.

»Das ist wohl wahr.« Der Sicherheitsmann streckt sich. »Ein mieses Spiel ...«

Er zieht scheinbar belanglos eine Lade seines Schreibtisches auf. Und dann glaubt Buttke seinen Augen nicht zu trauen: Plötzlich ist der Lauf eines Revolvers, ebenfalls mit einem Schalldämpfer ausgerüstet, auf ihn gerichtet.

»Jungchen«, spricht der Wachmann leise, »was immer du jetzt vorhast, vergiss es.«

»Spinnst du? Was soll der Scheiß?«

»Komm, leg deine Wumme brav und sehr vorsichtig da auf den Tisch. Glaub mir, deine Sperenzchen kannst du dir sparen. Soll ich dir sagen, was wirklich läuft?«

Mit spitzen Fingern zieht Buttke seine Waffe aus dem Hosenbund, legt sie wie befohlen auf den Tisch.

»Blöde Geschichte, wenn man mit einem Judas zusammenarbeitet. Schön brav die Hände im Nacken verschränken. So ist es gut.«

»Judas? Wovon sprichst du?«

»Ich helfe dir auf die Sprünge. Da haben sich zwei Scheißkerle getroffen. Du und Kempowski. Und ich bin der Dritte im Trio, aber ich bin nicht wichtig. Nur gut bezahlter, ausführender Söldner.« Dabei lacht er dreckig.

»Ulli hat dich gekauft?« Buttke drohen die Augen aus dem Kopf zu fallen.

»Ulli? Der spielt sein eigenes Spiel. Nein, deine Chinesen haben mich angeheuert, mit denen du heimlich verhandelt hast. Du hältst dich für besonders schlau, weißt aber gar nichts. Du willst Kempowski ausbooten, und er will aber dich über den Tisch ziehen. Und ich bin das Zünglein an der Waage. Klingelt es jetzt endlich bei dir?«

Vor Schreck, Aufregung und Überraschung bringt Buttke seinen Mund nicht mehr zu.

»Anscheinend nicht«, stellt der Sicherheitsbeauftragte lakonisch fest, »du hattest vor, mich jetzt umzulegen. Ich muss ins Gras beißen, schließlich bin ich für die Sicherheit verantwortlich, und im Gebäude wird jeder Schritt mit Video überwacht. Bevor du Ulli umlegst, musst du mich aus dem Weg räumen, damit du die Bänder vernichten kannst. Das geht nur, wenn ich mausetot bin. Dann fährst du wieder hoch, bringst Ulli um und hast freie Bahn. Euer Däne kriegt nichts mit, kapiert es nicht. Den kannst du nicht ausschalten, der ist dein Kapital. So war doch dein Plan, oder?«

»Du bist völlig übergeschnappt.« Buttkes Gesicht ist schweißüberströmt.

»Dann sind wir es wohl alle drei«, diagnostiziert der Securitymann knochentrocken, »aber die Aussicht, demnächst bis ans Lebensende ausgesorgt zu haben, Moos in rauen Mengen zu besitzen, lässt leicht die Sicherungen durchbrennen. Übermäßig viel Geld zu besitzen, verdirbt nun einmal den Charakter. Erklär mir doch, warum du mit dem Puffer durchs Haus läufst.« Er wartet erst gar nicht die Ausrede ab. »Hier ist es so sicher wie in Fort Knox, weil ich stündlich meine Runden drehe, jeden Winkel kontrolliere. Auch auf den Toiletten. Und da habe ich die Pistole entdeckt, nichts gesagt und abgewartet.«

»Vielleicht solltest du weniger saufen«, versucht Buttke mit dieser eher läppischen Aussage, doch noch seinen Kopf aus der Schlinge zu retten, während der Revolver noch drohender auf seine Brust zielt.

»Jungchen, du magst zwar ein As an deinem PC sein, aber für den richtig großen Coup fehlt es dir an Grips und der nötigen kriminellen Energie«, holt der Wachmann Buttke auf den Boden der Tatsachen zurück.

»Wie soll es jetzt weitergehen?«, fragt Buttke, und in seiner Stimme ist die Resignation nicht zu überhören.

»Wir fahren zusammen hoch, ihr übergebt mir den BUTKEM 1.0 und …«

»… und was?«

»Komm jetzt«, befiehlt der Wachmann und bleibt die Antwort schuldig. Er nimmt Buttkes Waffe an sich, treibt den Programmierer Richtung Lift vor sich her.

»Mann, ich dachte schon, du holst persönlich den Kaffee von einer Plantage in Südame…« Kempowski glaubt zu halluzinieren, als sein Freund und Partner vor ihm mit erhobenen Händen steht und dahinter der Securitymann, der Buttke den Revolverlauf in den Rücken bohrt. »Ich bin zwar für jeden Scheiß zu haben«, sagt Kempowski langsam, »aber lustig finde ich das nicht.«

»Das ist auch nicht lustig«, stellt ihr Aufpasser fest.

»Gib ihm das Ding«, Buttkes Stimme ist rau geworden und kratzt wie Sandpapier.

Der Lärm geht mir auf die Nerven. So tief und fest hatte ich geschlummert, bis der Wirbel mich aus meinem schönen Traum gerissen hat. Ich jagte diesen dämlichen Hund von der Tussi so lange durch dieses Haus, bis er hechelnd zusammengebrochen ist. Na, dann werde ich wohl ein Auge riskieren müssen. Auweia, dicke Luft. Das spüre ich. Da braut sich etwas zusammen. Keinen blassen Schimmer, was, aber ich sträube sicherheitshalber mal meine Nackenhaare.

»Was soll ich tun?«, fragt ein fassungsloser Kempowski.

»Ihm den BUTKEM 1.0 geben, verdammt noch mal!« Buttkes Dreadlocks sind schweißgetränkt und hängen ihm wirr ins Gesicht. »Der Scheißtyp hat uns beide ausgetrickst.«

»Intelligenter Junge«, höhnt der Wachmann.

Aha, die Zweibeiner scheinen sich zu streiten. Interessant, aber könnt ihr eure Probleme nicht woanders lösen? Wer weiß, wann ich mich mal wieder so geschützt und im Warmen ausschlafen kann?

Langsam gewinnt Kempowski seine Fassung zurück. »Da wird er sich wohl noch ein wenig gedulden müssen, ich bin gerade erst beim Zusammenbauen.«

»Wie, was, zusammenbauen?« Erstmals zeigt sich der Securitymann verunsichert. »Ich dachte, der ist fertig.«

Buttke hat den großen Schraubenzieher auf dem Tischchen im Blickfeld, überlegt fieberhaft, wie er an das Werkzeug herankommen soll, versucht Kempowski sein Vorhaben mit den Augen zu signalisieren, der auch sofort versteht.

»Wenn du uns jetzt umnietest, schaust du durch die Finger, denn nur wir können den BUTKEM 1.0 zusammenbauen und in Gang setzen«, klärt Kempowski ihren verdutzten Bewacher auf. »Also wirst du noch ein wenig warten müssen. Und dafür brauche ich auch ihn.« Dabei deutet er auf Buttke.

»Okay«, gestattet es der Wachmann nach einem Augenblick des Überlegens. »Ich werde hier drüben stehen und euch nicht aus den Augen lassen. Bei der geringsten falschen Bewegung seid ihr dran.«

Buttke setzt sich neben Kempowski und hantiert an einer Platine herum, lötet und greift dann nach dem Schraubenzieher. Ihr Aufpasser beobachtet sie mit Argusaugen, während der Revolver auf ihre Köpfe zielt.

»Macht schon, wie lange dauert das denn?«

Buttke sieht aus den Augenwinkeln, dass der Lauf für einen Moment von ihren Köpfen abgewichen ist. Die Chance!

Mit einer ruckartigen Drehbewegung rammt er das scharfkantige Werkzeug in den Oberschenkel des Wachmanns und duckt sich. Mit leisem Plopp zischt ein Projektil nur wenige Zentimeter über seinen Kopf hinweg und schlägt in die Scheibe eines Monitors ein, die mit einem Knall in Abertausende winzige Scherben zersplittert. Aus dem Gehäuse dringt dunkler Rauch.

Während der Wachmann mit der linken Hand versucht, den Schraubenzieher aus seinem Bein zu ziehen, und Blut zwischen den Fingern hervorquillt, schlägt Buttke ihm die Waffe aus der Rechten und streckt ihn mit einem gewaltigen Faustschlag nieder. Der Wachmann stürzt rücklings über einen Stuhl, schlägt hart mit dem Hinterkopf auf dem Boden auf und bleibt benommen liegen. Aus dem Mundwinkel rinnt ein dünner Blutfaden.

Da fliegen doch tatsächlich die Fetzen! Zweibeiner haben also auch diesen komischen Saft in sich, wie ich sehe. Den kenne ich bestens, wenn ich einer Maus oder Ratte ins Genick beiße und ihr den Garaus mache.

Kempowski sitzt starr und wie angewurzelt auf seinem Stuhl, kann nicht glauben, was sich gerade vor seinen Augen abspielt.

»Was glotzt du so blöd?«, fährt Buttke seinen Partner an. »Gib mir die Kabelbinder und hilf mir, das Arschloch zu fesseln.«

Im Nachbarbüro unterbricht Jasper Hedegaard seine Arbeit, nachdem er den Monitor platzen gehört hat, lauscht.

Stöhnend und sich vor Schmerzen windend liegt der gefesselte Wachmann auf dem Boden, während sich Buttke mit zitternden Händen eine Zigarette anzündet. Plötzlich richtet er nach den ersten, hastigen Zügen den Revolver auf den völlig verdatterten Kempowski.

»He, was soll das? Spinnst du jetzt auch? Lass diese blöden Späßchen!«

»Das ist Ernst, Ulli.« Buttkes Stimme klingt scharf und schneidend. »Ihr kommt hier beide nicht mehr raus. Zumindest nicht lebend. Weder du noch er.« Dabei deutet der Programmierer mit einer Kopfbewegung zu dem Schwerverletzten, der inzwischen verstummt ist und in einer immer größer werdenden Blutlache liegt.

»Hast du etwas geraucht oder eingeworfen?« Kempowski sieht seinen alten Jugendfreund wie ein Wesen von einem anderen Stern an.

Buttke lässt Kempowski keine Sekunde aus den Augen. »Es gibt eben Menschen, die nur für die zweite Reihe bestimmt sind. Leider bist du einer von ihnen. Und jetzt bau endlich den Prozessor zusammen«, herrscht ihn Buttke an, »damit ich abhauen kann.«

»Du brauchst mich«, Kempowski kommt langsam zurück in die Spur, »ohne mich schaffst du es nicht. Es gibt gewisse Arbeitsschritte, wie du weißt, die nur ich beherrsche. Ich bin bereit, den Ausraster für immer zu vergessen. Wir verlieren nie mehr ein Wort darüber. Um unserer jahrzehntelangen Freundschaft willen. Schwamm drüber. Leg die Knarre weg, und wir vollenden unser Werk.« Vorsichtig streckt er Buttke die Hand entgegen.

»Dir traue ich schon lange nicht mehr über den Weg. Dir verrate ich vielleicht noch die Uhrzeit, mehr nicht. Schraub das Ding endlich zusammen.«

»Selbst wenn ich wollte: Ein entscheidender Chip fehlt, und ich habe keine Ahnung, wo das Teil sein könnte. Einfach verschwunden.« Sein Blick fällt auf den Securitymann, der noch immer regungslos am Boden liegt. »Du willst ihn tatsächlich krepieren lassen?«

»Was interessiert mich der Typ?«, braust Buttke auf. Er tritt nach dem Wachmann. »Der ist tot. Mach endlich deine Arbeit!«

Kempowski sucht in Laden, Schalen und Kästchen, stöbert mit zitternden Händen darin herum, aber Fehlanzeige. Er weiß genau, dieses wichtige Teilchen lag hier, doch jetzt ist es spurlos verschwunden. Wie vom Erdboden verschluckt. Niemand außer ihm, Buttke und Hedegaard halten sich in diesem Raum auf.

»Hast du nicht kapiert, ein Chip ist weg! Der Chip! Ohne den läuft gar nichts!«

»Du bluffst!«

»Der Chip ist weg, das ist korrekt.«

Wie ein Geist ist Jasper Hedegaard im Türrahmen erschienen. Buttke ist vom Donner gerührt, wirbelt herum. Kempowski nutzt die Gelegenheit: Ein schneller, gezielter Fußtritt gegen Buttkes Knie, und dieser stürzt mit einem Aufschrei zu Boden. Er verliert den Revolver, der genau in die Blutlache schlittert. Ungerührt hebt der Savant die Waffe auf, hält Buttke in Schach.

»Du sprichst unsere ...« Kempowski ist völlig verdattert, will nur mehr, dass dieser Albtraum endlich ein Ende findet.

»Das ist korrekt. Deutsch, Englisch, Französisch, Italienisch, Spanisch, Russisch, Chinesisch, Paschtu, Urdu, Arabisch, Japanisch, Gälisch«, sagt der Däne mit unbewegter Miene.

»Wo ist dieser verfluchte Scheißchip?«, stöhnt Buttke.

»Gut versteckt. Das ist korrekt.«

»Komm, Rain Man, gib mir den Revolver«, fordert Buttke den Savant in versöhnlichem Ton auf, »du hast doch keine Ahnung, was das ist. Damit kannst du nur Schlimmes anrichten.« Unter Schmerzen streckt ihm der Programmierer die Hand hin. »Gib schon her, bevor noch ein Unglück geschieht.«

»Ich weiß, was damit passieren kann«, sagt Hedegaard in seinem leisen und monotonen Tonfall, »ich kann dich tot machen.«

»Ich bin doch dein Freund.« Buttke versucht zu lächeln. »Du wirst mich nicht töten. Und du sagst mir jetzt, wo dieser Chip zu finden ist.«

Wieso sieht mich mein Freund so komisch an? Eigentlich will ich schlafen, aber bei dem Lärm ist das unmöglich.

»Du bist nicht mein Freund. Ihr seid schlechte Menschen. Das ist korrekt. Das ist mein Freund. Das ist korrekt. Komm, Stanislaus, wir gehen.«

Was? Das hat doch mir gegolten, oder? Das ist doch eine Ansage!

»Der Scheißkater hat das Ding gefressen!« Mit einem Schlag spürt Buttke keine Schmerzen mehr. »Natürlich! Das Katzenviech hat doch heute so gewürgt! Rain Man hat ihm den Chip unters Futter gemischt, um sich gegenüber uns abzusichern! Der will sich unser Baby unter den Nagel reißen!«

»Stanislaus, komm, wir gehen«, wiederholt der Savant.

Da bin ich sofort dabei! Hier wird es immer ungemütlicher. Ein einziger Satz, auch wenn es mich fürchterlich im Kreuz sticht, und ich bin bei meinem Freund. Doch vorher muss ich noch etwas erledigen.

»Aua!«, schreit Buttke gequält auf und hält sich sein zerkratztes Gesicht.

Du dummer Zweibeiner denkst doch nicht, dass du einen straßenerprobten Profikater wie mich austricksen kannst? Da musst du schon früher aufstehen. Außerdem hatte ich mit dir noch eine Rechnung offen. Schon vergessen? Das Muster meiner Krallen in deinem Gesicht steht dir ausgezeichnet.

Aus dem dunklen Flur tritt Dirk Jonsen ins Licht. Er schiebt den Savant mit einer sanften Handbewegung zur Seite.

»Interessant, was ich bisher auf den Überwachungsmonitoren gesehen habe, meine Herren«, richtet der Firmenchef das Wort an Buttke und Kempowski. »Das

Spiel ist aus. Manchmal gibt einem das Schicksal genau im richtigen Moment den passenden Wink. In meinem Fall ist es mein Smartphone, das ich im Büro vergessen hatte. Die Polizei ist bereits auf dem Weg. Besonders von dir, Gerald«, dabei sieht er verächtlich auf den noch immer halb am Boden liegenden Buttke hinab, »bin ich zutiefst menschlich enttäuscht.«

Von draußen dringt das Geheul von Polizeisirenen herein.

»The end of the show, meine Herren. Alles Weitere ist Angelegenheit der Polizei und des Staatsanwalts. Ach ja, bevor ich es vergesse. Aus dem BUTKEM 1.0 wird ganz sicher der JASHE 1.0 werden ...«

... und mir ist es egal, was sich die Zweibeiner untereinander ausbaldowern. Mir ist wichtig, dass ich auf die Butterseite gefallen bin und dem anstrengenden Straßenleben Adieu sagen konnte. Hätte ich nie für möglich gehalten! Mein schweigsamer Freund lässt mich bei ihm logieren, ist mein liebster Dosenöffner. Ich habe einen festen Wohnsitz und dennoch alle Freiheiten.

Ab und zu schaue ich bei meinen Pennern vorbei. Katzen haben ein verdammt gutes Erinnerungsvermögen und vergessen nie, wer sie mag.

Selbstverständlich habe ich dafür gesorgt, dass dieses kleine Ding, das mich so im Hals gewürgt hat und auf das alle so scharf waren, auf natürlichem, wenn auch etwas schmerzhaftem Weg wieder zum Vorschein kam. Schließlich bin ich eine Katze und merke mir, wo meine Hinterlassenschaften zu finden sind, nicht so wie ein blöder Hund ...

Statt eines Nachworts

Ingrid Noll
Alles für die Katz

Wenn ich früh am Tag – noch im Morgenrock – unsere Zeitung aus dem Briefkasten hole, treffe ich oft einen gut genährten Stubentiger.

»Guten Morgen, Katzmarek«, begrüße ich ihn. Seinen wahren Namen kenne ich nicht.

Anscheinend hat er schon auf mich gewartet, denn er stellt sich sofort in Positur. Mit sanftem Druck streiche ich mit Zeige- und Mittelfinger sein Rückgrat hinunter, mindestens dreimal vom Nacken bis zur Schwanzwurzel. Wenn Katzmareks Wollust hiermit befriedigt ist, führt er mir vor, wie man unseren Fliederbaum in einen Zottelbär verwandeln kann. Er bearbeitet einen dicken, schrägen Ast so ausgiebig, bis sich Baststreifen ablösen. Nach dieser Vorführung verabschieden wir uns, und jeder geht seines Weges.

Im Laufe meines langen Lebens lernte ich viele Katzen kennen. Die erste hieß Minne-Minne und war ein roter Wildfang. Meine Schwestern und ich haben Minne-Minne zwar nicht direkt gequält – das hätten unsere Eltern nie zugelassen –, doch leider wie eine lebendige Puppe behandelt. Zum Beispiel feierten wir ihren Geburtstag mit einem Kuchen aus Sand und Zahnpasta, bekränzten sie mit Gänseblümchen, spielten Friseur und kürzten ihre Barthaare oder tauften sie mit Regenwasser. Es ist erstaunlich, dass sie trotz aller ungestümen Liebkosungen oder gar Demütigungen unsere Nähe suchte.

Minne-Minne ließ es sich sogar gefallen, dass wir ihr Kleider anzogen, sprang dann allerdings schnell aus dem Puppenwagen und kletterte auf einen Baum. Wie ein Zirkusäffchen blieb sie in rotem Rock und Häubchen dort oben hocken, bis es uns zu langweilig wurde. Was aus Minne-Minne geworden ist, kann ich nicht mehr sagen. Irgendwann verschwand sie von der Bildfläche.

Das Aussitzen eines Problems – wie es auch Politiker zuweilen tun, habe ich noch Jahrzehnte später bei vielen Katzen beobachtet. Wenn unser Hund eine Katze aus dem Garten jagen wollte, saßen die Dachhasen im Nu auf einem hohen Ast, darunter der ungeduldige Hund. Aus luftiger Höhe wurde miaut, tiefer unten gejault. Im Allgemeinen gab der Hund als Erster auf.

Vor allem unser Mischling Jacobowsky hielt es für seine Pflicht, Eindringlinge aus seinem Terrain zu verscheuchen. Mitunter glückte das recht schnell. Doch wenn ein wehrhafter Kater einfach stehen blieb, die Krallen ausfuhr und fauchte, traute sich Jacobowsky keinen Zentimeter näher heran und versuchte erfolglos, den Störenfried durch Kläffen in die Flucht zu schlagen.

Im Inneren aber war besagter Jacobowsky, ein hochbeiniger Halbdackel, trotz seines Namens eine Hündin mit mütterlichen Instinkten. An einem warmen Sommerabend wurde bei uns gegrillt, der Geruch von gebratenem Fleisch lockte ein winziges Kätzchen aus der näheren Umgebung heran. Das kleine Ding war noch so jung, dass es nichts von der uralten Feindschaft zwischen Hund und Katz ahnen konnte. Furchtlos, neugierig näherte es sich unserem Jacobowsky, der ein wenig ratlos und verlegen reagierte. Einen solchen Dreikäsehoch konnte er beim besten Willen nicht unter lautem Gekläff davonjagen.

Aus dieser ersten Begegnung entwickelte sich eine rührende Tierfreundschaft. Jacobowsky pflegte sein adoptiertes Baby immer wieder gründlich abzuschlecken. Unsere Kinder nannten das Kätzchen Tamerlan, und seit sie den Zeichentrickfilm *Aristocats* kannten, war klar, dass Katzen viel Musik brauchen. Also sangen wir ein Lied, dessen Text von Tucholsky stammt:

Tamerlan war Herzog der Kirgisen,
Und jeder Mensch in Asien wusste, wo er war.
Tamerlan ritt über grüne Wiesen
Und wo der Junge einmal hintrat, wuchs kein Gras ...

Unser Kirgisenherzog schien dieses Lied zu lieben. Im Gegensatz zu seinem Namensgeber war er feinsinnig – und nicht mehr heimatlos. Die Nachbarn, denen Tamerlan ursprünglich gehörte, sahen bald ein, dass es keinen Zweck hatte, seine Anhänglichkeit zu unterbinden. Jacobowsky und Tamerlan lagen einträchtig auf unserem Sofa, teilten sich Katzen- oder Hundefutter und vergnügten sich in unserem und anderen Gärten. Nach etwa einem Jahr wurde Tamerlan überfahren, das traurige Los vieler frei herumlaufender Katzen. Jacobowsky vermisste seinen Augapfel, das Fressen schmeckte ihm nicht mehr. Eine Zeit lang war er untröstlich, benahm sich fortan aber nachsichtiger im Umgang mit streunenden Katzen.

Schon früher hatte ich einträchtiges Zusammenleben von Hund und Katze beobachten können.

Als ich ein Teenager war, schenkte man meinen Eltern zwei kleine Siamkätzchen, unzertrennliche Brüder. Wir nannten sie Mao Zedong und Dschingis Khan, kurz Mao und Dsching. Als die Zwillinge bei uns einzogen, besaßen wir bereits einen Jagdhund, Katzenfeind von Berufs wegen. Es war eine umständliche Prozedur, den Hund an die neuen Familienmitglieder zu gewöhnen. Täglich gab es eine Stunde Unterricht: vom bloßen Anschauen bis zum Beschnüffeln, anfangs mit Maulkorb und Leine. Nach ein paar Wochen waren alle drei gute Freunde. Leider fand diese rundum harmonische Zeit ein trauriges Ende: Der inzwischen stattliche Dsching sollte Vater werden und wurde zu diesem Zweck ausgeliehen. In den frühen 50er-Jahren waren reinrassige Siamkatzen mit blauen Augen noch eine Rarität. Nach erfolgreicher Tat brachte man Dsching wieder heim, doch von da an war es um die innige Zuneigung der Brüder geschehen. Sie bissen sich so heftig und ausdauernd, dass wir Dsching weggeben mussten. Mao freundete sich dafür immer enger mit dem Jagdhund an; sie schliefen zusammen in einem Korb, fraßen aus einem Napf wie Jahre später unser Jacobowsky und Tamerlan. Als Mao viele Jahre später starb, war die Trauer des Hundes besorgniserregend.

Bei einem Urlaubsaufenthalt in den 90er-Jahren lernten mein Mann und ich einen deutschen Schriftsteller kennen, der ganzjährig auf Mallorca lebte. Anfangs hatte seine Frau nur eine einzige Katze gefüttert, die herrenlos und hungrig um ihr Haus strich. Mit der Zeit war die Zahl der Asylanten immer größer geworden. Jeden Abend klopfte mein Kollege mit einem Holzlöffel auf einen Kessel und rief mit lauter Stimme wie im Märchen vom Kleinen Muck: »Kommt alle herbei, gekocht ist der Brei!«, und aus den Büschen, unter parkenden Autos, zwischen Beeten und Müllcontainern huschten die Gäste hervor und fraßen gierig aus den vielen aufgestellten Schüsseln und Näpfen. Mit der Zeit wurden die Katzen zutraulicher und bekamen für Regentage auch ein Quartier angeboten. Unter der Pergola türmten sich bald Schuhkartons, ausrangierte Einkaufstaschen, Pappschachteln, zerlöcherte Körbe und andere ausgepolsterte Schlafgelegenheiten. »Not macht erfinderisch« – es war ein kunterbuntes Durcheinander wie in einer brasilianischen Favela.

Um die Zahl der Tiere in Grenzen zu halten, fuhr die Frau des Schriftstellers regelmäßig den einen oder anderen Schützling zum Tierarzt und bezahlte die Sterilisation oder Kastration. Ein Fass ohne Boden, denn es kamen immer neue Zuwanderer. Was man auch versuchte – es war alles für die Katz.

Ebenfalls auf Mallorca erfuhren wir mit leichtem Befremden, wie rassistisch Katzen sein können. Da gab es einen kleinen Kater, der von den anderen nicht an die Futterquelle herangelassen wurde. Der abgemagerte El Negro stellte sich bettelnd bei uns ein und wurde natürlich aufgepäppelt. Er war der einzige völlig Schwarze unter der getigerten und gefleckten Schar; offenbar hatte man in der mallorquinischen Katzenwelt noch nichts vom Ende der Apartheid gehört.

Als meine jüngste Schwester erfuhr, dass sie nicht mehr lange zu leben hatte, wünschte sie sich ein Haustier zum Schmusen; die Wahl fiel auf eine Kartäuserkatze. Es sollte kein junges, verspieltes Tier sein, sondern eines von zurückhaltendem Temperament und mit dem Bedürfnis nach Ruhe und Zärtlichkeit. Der Züchter empfahl eine ältere Mieze, die von ihren Genossen nicht gut gelitten wurde. Bei Einzelhaltung würde sie mit Sicherheit aufblühen.

Diese Kartäuserin war bildschön und hochgradig neurotisch. Die ersten Wochen lebte Mielchen unter einem Schrank und kam nur nachts zum Toilettengang oder Fressen heraus. Von Knuddeln, Kraulen und Streicheln konnte keine Rede sein. Durch die Geduld ihrer Herrin taute sie nach längerer Zeit immer mehr auf, aber Besucher bekamen sie nie zu Gesicht. Manchmal sah ich einen grauen Schatten blitzschnell irgendwo verschwinden, das war alles. Aber meine Schwester hatte mit viel Liebe und Zuwendung ihr Ziel erreicht: die Freundschaft und Gesellschaft eines spinnenden Kätzchens an ihrem Krankenbett.

Meine Schwester starb. Sie lag friedlich im Bett und sah aus, als schliefe sie. Nachdem ich Abschied genommen hatte und die Tote, meinen Schwager und meinen Neffen verlassen wollte, tauchte Mielchen plötzlich auf und setzte sich vor mich auf einen Sessel. Ich redete leise auf sie ein, wollte sie trösten, konnte aber letzten Endes nur schluchzen. Die Katze hörte sehr aufmerksam zu, ließ mich näher kommen, ließ sich hinter den Ohren kraulen und begann sanft zu schnurren. Es schien, als wolle sie sagen: Ich weiß genau, dass etwas sehr Trauriges geschehen ist.

Mein Schwager war fassungslos über die Reaktion der Katze, die sich einer fremden Person bisher noch nie gezeigt hatte, geschweige denn sich von ihr anfassen ließ. Die Antennen dieser kleinen Raubtiere sind wohl sensibler, als es sich unsere Schulweisheit träumen lässt. Und Empfindungen wie Liebe, Eifersucht, Schmerz oder Trauer sind bei ihnen sicherlich ebenso intensiv wie bei uns Menschen.

Die Autorinnen und Autoren

Jean Bagnol ist das gemeinsame Pseudonym des Schriftstellerehepaares Nina George und Jo Kramer. Die Publizistin, Textdozentin und internationale Bestsellerautorin George und der Journalist, Ethnologe und Schriftsteller Kramer sind seit 2006 verheiratet, leben in Hamburg, schreiben unter insgesamt sieben Namen und Pseudonymen und veröffentlichten bisher insgesamt 29 Solowerke (Romane, Sachbücher, Thriller, historische Romane). George und Kramer wurden bisher dreimal – einzeln – für den DeLiA, den besten deutschsprachigen Liebesroman, nominiert; 2011 gewann George ihn mit dem Bretagneroman *Die Mondspielerin. Commissaire Mazan und die Erben des Marquis* ist der erste Jean-Bagnol-Provencethriller des Schriftstellerehepaares. www.jeanbagnol.com

Nicola Förg darf bei uns wohnen. Naja, sie hat mittlerweile vierzehn Kriminalromane verfasst und an zahlreichen Anthologien mitgewirkt. Das bringt uns ja immerhin Futter ein und ein angemessenes Umfeld mit Wald und Wiesen, wo man schön Mäuse fangen kann ... Jedenfalls schreibt die Menschin Krimis, die oft tierische Themen haben. Gut so, es ist wichtig, begriffsstutzige Menschen ins Wesen der Tiere einzuweisen. Sie hat für *Mordsviecher* vom Tierschutzbund Bayern einen Tierschutzpreis bekommen. Für eine Menschin ist sie ganz okay, warum sie aber diese großen, dämlichen Vegetarier hält und die kleinen mit den langen Ohren, die teils schlapp runterhängen, ist uns nicht klar. Und die blöden Goldfische im Teich erwischen wir auch nicht. Wir elf arbeiten dran, nicht umsonst wurden wir im alten Ägypten als Götter verehrt. Das ist auch heute ja wohl das Mindeste! www.ponyhof-prem.de

Uwe Gardein ist Autor von Kriminalromanen und historischen Romanen. Er schrieb Radioessays, Theaterstücke und Drehbücher. Kater Kaspar und die Katzen Helen und Liesbeth lebten, wie zahlreiche andere Katzen, jahrelang bei ihm und werden nun schmerzlich vermisst. Gardein erhielt das Förderstipendium für Literatur der Landeshauptstadt München. Er lebt in der Nähe von München.

Fredrika Gers ist ursprünglich ein Nordlicht, doch im Laufe der Zeit wagte sie sich immer weiter nach Süden vor. Zwanzig Jahre arbeitete sie als Werbetexterin in Hamburg, Düsseldorf, Frankfurt und München. Nebenbei schrieb sie Glossen und Satiren für verschiedene Zeitungen und Computerzeitschriften. In den Neunzigern veröffentlichte sie zwei Jugendromane über die damals ganz junge Computer- und Hackerszene.
Fredrika Gers liebt die Natur und ist viel in den Berchtesgadener Bergen unterwegs, wo sie mit Gämsen und Murmeltieren zu sprechen pflegt. 2012 und 2013 erschienen ihre ersten beiden Berchtesgaden-Krimis *Die Holzhammer-Methode* und *Teufelshorn*.
www.fredrikagers.de

Thomas Kastura wurde 1966 in Bamberg geboren, lebt ebendort und arbeitet seit 1996 als Autor für den Bayerischen Rundfunk. Er veröffentlichte zahlreiche

Erzählungen, Jugendbücher und Kriminalromane, u. a. *Der vierte Mörder* (Platz 1 auf der KrimiWelt-Bestenliste). Neu seit Herbst 2012: *Drei Morde zu wenig. Brandeisen & Küps ermitteln* mit Bamberger Kriminalgeschichten. Thomas Kastura ist außerdem Herausgeber der Whiskykrimi-Anthologie *Scotch as Scotch can* (2013). Den Rest seiner Zeit widmet er der Ernährung, Animierung und Ganztagesbetreuung der Katze Moony.
www.thomaskastura.de

Christian Klier, 1970 in Nürnberg geboren, lebte an verschiedenen Orten in Deutschland und Frankreich. In Augsburg und Würzburg studierte er Germanistik und Romanistik. Einige Jahre verbrachte er in Paris, wo auch sein Kriminalroman *Das ganze Jahr November* (ars vivendi, 2013) spielt. Seit 2010 erscheint seine Reihe um den Nürnberger Kultkommissar Werner Klotz: *Klotz, der Tod und das Absurde* (2010), *Klotz und der unbegabte Mörder* (2012), *Klotz und der Schatz im Silbersee* (2013). Beiträge in verschiedenen Anthologien.
www.christian-klier.de

Ingrid Noll, geboren 1935 in Shanghai als Tochter eines deutschen Arztes, ist eine der erfolgreichsten deutschen Krimiautorinnen überhaupt. Ihre Bücher, darunter so berühmte Titel wie *Der Hahn ist tot* und *Die Apothekerin,* wurden in über zwanzig Sprachen übersetzt und auch verfilmt. Anders als die bedauernswerten männlichen Helden ihrer Bücher, die äußerst kreativen Toden zugeführt werden, gilt den Katzen in ihrem Leben und Schreiben ihre ganze Zuneigung.

Elke Pistor: Ich heiße Herbert, bin fast 2 Jahre alt und lebe in Köln. Normalerweise ist mein Frauchen Elke nur schwer einzufangen, weil sie sich den ganzen Tag hinter ihrem Computer versteckt und Kriminalromane schreibt. Bisher sind es sechs, aber ich befürchte, dass es mehr werden. Mein Frauchen ist Freigängerin. Sie stromert oft durch die Eifel und andere Gegenden und nennt das Recherchen und Lesereisen. Sie kommt aber immer wieder brav nach Hause. Dann gibt es ein Leckerchen. Nachts lasse ich sie in meinem Bett schlafen, weil sie so lange gebettelt hat und ich schließlich weich geworden bin. Wenn dann auch noch meine kleine Schwester Hermine dazukommt, wird es eng. Mein Frauchen ist 46, also im besten Frauchenalter, und ich hoffe, dass wir noch viele gemeinsame Jahre vor uns haben. Ich werde gut auf sie aufpassen. Versprochen!

Barbara Saladin wurde an einem Freitag, den 13., im Jahr 1976 geboren und lebt im Kanton Baselland/Schweiz, wo sie als Autorin, Journalistin und Zeitungsredakteurin arbeitet. Sie schreibt vor allem Kriminalromane und Kurzgeschichtenbände, hat sich aber auch schon als Drehbuch- und Sachbuchautorin und als Filmprojektleiterin betätigt. Ihre literarischen Tatorte befinden sich schwerpunktmäßig an der rauen Nordseeküste und im Nordwestschweizer Jura. Zwar ist Barbara Saladin – obwohl in einem Katzenhaushalt aufgewachsen – mittlerweile Halterin eines Hundes, doch dieser unterscheidet sich in seiner Größe kaum von den Lieblingstieren ihrer Kindheit (und verträgt sich in der Regel auch gut mit ihnen, was an dieser Stelle zu betonen sehr wichtig ist).
www.barbarasaladin.ch

Andrea Schacht war lange als Wirtschaftsingenieurin und Unternehmensberaterin tätig, hat dann jedoch den seit ihren Jugendtagen gehegten Traum verwirklicht, Schriftstellerin zu werden. Ihre historischen Romane um die scharfzüngige Kölner Begine Almut Bossart gewannen auf Anhieb die Herzen von Lesern und Buchhändlern. Mit *Die elfte Jungfrau* kletterte Andrea Schacht erstmals auf die SPIEGEL-Bestsellerliste, die sie seither mit schöner Regelmäßigkeit immer neu erobert. Sie lebt mit ihrem Mann und zwei Katzen in der Nähe von Bonn.

Alexa Stein, gebürtige Nürnbergerin, lebt mit Mann und drei Katzen im niedersächsischen Umland von Bremen. Seit 1997 schreibt sie Kurzgeschichten und Romane unterschiedlicher Genre. 2008 debütierte sie mit dem Kriminalroman *Kronus' Kinder*. Sie ist Mitglied im Syndikat und bei den Mörderischen Schwestern. Seit 2011 ist sie die Organisatorin des Bremer Krimifestivals »Prime Time – Crime Time«.
www.alexa-stein.de

Uwe Voehl, geboren in Hagen, lebt als Schriftsteller und Lektor in Bad Salzuflen. Seine Erzählung *Sternenkinder* erhielt 2007 den UTOPIA-Literatur-Preis, verliehen vom Börsenverein des Deutschen Buchhandels und der Aktion Mensch. Gemeinsam mit Ralf Kramp und Carsten Sebastian Henn schrieb er bislang fünf Krimis um die Kommissarin Carola Coltella. Bei Bastei Lübbe erscheint seine Krimi-Serie um den Hobbydetektiv Moritz Morgenstern.
www.uwevoehl.de

Malte S. Sembten schreibt in den Genres Krimi, Horror und Science Fiction. Ein Teil seiner Kurzgeschichten und Novellen liegt gesammelt in bisher fünf Storykollektionen vor. Außerdem ist er (Mit-)Herausgeber von derzeit vier Anthologien. Eine Sammlung seiner besten Erzählungen erscheint im Sommer 2013 unter dem Titel *Maskenhandlungen*. Als Enkel und Großneffe zweier Ladys, die sich in ihrem großen Haus mit Generationen von Katzen (und einer riesigen Sammlung kätzischer Kunstwerke) umgaben, hegt er seit seiner Kindheit eine besondere Liebe zur Gattung der Feliden. Sein bevorzugtes Zitat über Katzen stammt von C. C. Van Doren (1885–1950): »Gentlemen prefer Cats!«
www.mssembten.de

Günther Zäuner, dieser Riesenkater mit seinen 205 cm Körpergröße, wurde 1957 in Wien geboren, wo noch immer sein Körbchen steht. Nach dem Studium (Klassische Philologie, Geschichte und eine musikalische Ausbildung) führte er ein berufliches Streunerleben als Kabarettist, Schauspieler, Regisseur und Journalist. Heute arbeitet er als freier Schriftsteller und Dokumentarfilmer. Sein Kratzbaum sind die menschlichen Untiefen: Organisierte Kriminalität, Drogen, Sektenunwesen, Terrorismus, Rechtsextremismus. Diese Themen finden sich in seinen zahlreichen Krimis (»Kokoschansky«), Anthologie-Beiträgen und Sachbüchern wieder.
www.guenther-zaeuner.at
www.kokoschansky.at

Textnachweis

Ingrid Noll: Alles für die Katz

aus: *Die schönsten Katzengeschichten*

Mit Provinz und Tücke

Tessa Korber (Hrsg.)
Fiese Morde in der Provinz
Kriminalgeschichten
Klappenbroschur, 238 Seiten
ISBN978-3-86913-059-0

Ob in Hintertupfing oder hinterm Deich, die deutsche Provinz ist ein gefährliches Pflaster. Denn nicht nur die Metropolen haben ihre Last mit der Kriminalität. Das allzu menschliche Vergnügen, den verhassten Nächsten um die Ecke zu bringen, blüht auf dem Lande zwar verborgen hinter idyllischen Fassaden, aber darum nicht weniger üppig. Und das mit Hinterlist und Tücke. Was ist ein Mord im Rotlichtmilieu gegen die Leidenschaften, die hinter wohlgepflegten Geranienkästen lauern? Die gedemütigte Oma an der Supermarktkasse steht mit ihren Rachegelüsten einem in seiner Ehre gekränkten Mafioso in nichts nach. Und für Drogen ist ohnehin in der kleinsten Hütte Platz, so was regelt man auf dem Land ganz gelassen, hinterfotzig und unter sich. Ansichten aus der deutschen Provinz, von denen Großstädter nicht zu träumen wagen ...

Mit Beiträgen von Lena Blaudez · Nicola Förg · Nina George · Anja Jonuleit · Karr & Wehner · Carsten Klemann · Stefanie Koch · Sandra Lüpkes · Franziska Steinhauer · Jörg Steinleitner · Elmar Tannert · Birgit C. Wolgarten · Petra Würth

Liebe, die den Tod bringt ...

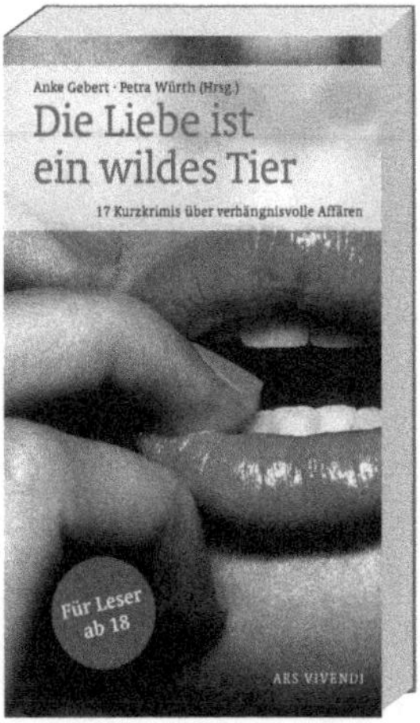

Anke Gebert · Petra Würth (Hrsg.)
Die Liebe ist ein wildes Tier
17 Kurzkrimis über verhängnisvolle Affären
Klappenbroschur, 224 Seiten
ISBN 978-3-86913-200-6

Die Liebe ist eine Himmelsmacht – aber auch Todesursache Nr. 1 unter den nicht natürlichen Sterbefällen. In den Kriminalgeschichten dieser Anthologie reimt sich Herz final auf Schmerz: Leidenschaft schlägt um in Hass, Seitensprünge enden verhängnisvoll, eine Amour fou wird zur mörderischen Falle ...

Mit Beiträgen von Bernhard Aichner · Jürgen Ehlers · Marcel Feige · Anke Gebert · Nina George · Gunter Gerlach · Marina Heib · Norbert Horst · Andreas Izquierdo · Peter James · Gisa Klönne · Carmen Korn · Ralf Kramp · Tatjana Kruse · Bernhard Lassahn · Kurt Palm · Petra Würth

»Spannend [...] Die Schattenseiten großer Gefühle: In der Anthologie ›Die Liebe ist ein wildes Tier‹ [...] stellen die Herausgeberinnen Anke Gebert und Petra Würth 17 erotische und romantische Kurzkrimis vor.«
Madame

Mörderisch hungrig?

Angela Eßer (Hrsg.)
Mordsappetit
Kulinarische Krimis aus Bayern
Klappenbroschur, 272 Seiten
ISBN 978-3-86913-174-0

Von wegen weiß-blaues Postkartenidyll! Bayern hat auch ganz andere Seiten zu bieten: Kriminell gute Autorinnen und Autoren ziehen eine Blutspur durch das ganze Bundesland von den Alpen über Augsburg und Nürnberg bis nach Bamberg – mit ihren Geschichten rund um gefährliche Köstlichkeiten und mörderisch delikate Schmankerln. Kulinarische Dreingabe zu jedem Kurzkrimi: das passende Rezept! Mordslust auf Hopfenspargelragout, Brezenguglhupf oder Weißwurst Italiano?

Mit Beiträgen von Friedrich Ani · Willy Astor · Angela Eßer · Werner Gerl · Michael Gerwien · Bernhard Jaumann · Thomas Kastura · Lotte Kinskofer · Tessa Korber · Barbara Ludwig · Andreas Mäckler · Beate Maxian · Marc Ritter · Irene Rodrian · Frank Schmitter · Leonhard Michael Seidl

Nicht ganz sauber ...

Tessa Korber
Die Saubermänner
Klappenbroschur, 260 Seiten
ISBN 978-3-86913-205-1

Bei ihrem Einsatz als Tatortreiniger im Haus einer verwirrten alten Dame machen Nadine und Hartmut einen grausigen Fund: Im Gefrierfach liegt ein abgeschnittener Männerkopf. An der Polizei vorbei fördert das ungleiche Duo ein dunkles Familiengeheimnis zutage. Schon bald ist ihnen nicht nur eine Gruppe Neonazis, sondern auch ein weiterer dubioser Verfolger auf den Fersen ...

»... ein schwarzhumoriger, witziger und dabei absolut fesselnder Kriminalroman rund um ein chaotisch-sympathisches Duo, das sich zusammenraufen, improvisieren und viel mehr als nur den Putzlappen schwingen muss.«
Altmühl-Bote